成人指定な
悪逆皇帝の
攻略法

MELISSA

成人指定な悪逆皇帝の攻略法

柴田

Illustrator
炎かりよ

この作品はフィクションです。
実際の人物・団体・事件などに一切関係ありません。

成人指定な悪逆皇帝の攻略法

MELISSA

プロローグ

「皇帝陛下を救うためには〝神の愛《いと》し子〟である貴女《あなた》と契る必要があります」

「ち、ちぎる……？」

毛先に向けて紫がかる白銀の長髪が特徴的な、いかにも神々しい雰囲気の男は、私を気遣うように表現を慎重に選びながら言う。彼の言葉の意味は理解していたけれど、勘違いの可能性も捨てきれない。私の認識で正しいのか確認せずにはいられなかった。

「契るって、やっぱりそういう……？」

「はい。つまり、セ――」

「だ、大神官様！　理解できたので、それ以上言わなくていいです！」

神聖国ヘーベンの大神官である彼の口から、およそ顔と役職に似合わない単語が飛び出しそうになった瞬間、私は思わずストップをかけた。

理解はできても、到底受け入れられない。

混乱する頭を押さえ、おそるおそる大神官ハインリヒの目を見つめる。アメジストの瞳は一片の曇りもなく澄んでおり、彼が嘘《うそ》や冗談で言っているのではないことを証明していた。私としてはその類いの言葉であってほしかったのだけれど。

「大神官様。ですが、ですが私は――……っ！」

神聖国ヘーベンから自国へ戻り、私は兄に泣きついた。

「私は、陛下の娘なのに……！」

父が命の危機に瀕《ひん》し、救う方法を知っているだろう大神官に会いに、帝国から遠く離れた神聖国ヘーベンまで訪れた。しかし得られた唯一の手立てが倫理に反するだなんて、もう嘆くしかない。

私はシグルド帝国の皇女、ラララルーシェ・デ・ロス・シグルドであり、皇帝ディオン・デ・ロス・シグルドとは紛れもない親子関係にある。

私が父と契れば彼を助けることができる、と大神官ハインリヒは言った。〝神の愛し子〟は他に存在しない。しかし命を助けるためとはいえ、その行為を父は許すだろうか。

ベッドで眠るディオンを見つめるうちに目には次から次へと涙が浮かび、私をそっと抱き締める兄の服を濡《ぬ》らした。背中を撫《な》でながら、兄、クリストハルトは優しい声音で私を呼ぶ。

「ララ」

見上げると、彼の顔は若干引《ひ》き攣《つ》っていた。こんな表情の兄をこれまで一度だって見たことがない。

ああやっぱり、この行為は倫理的に許されないと思っているのね。たとえそうだとしても、クリストハルトに反対されようと、ディオン本人に拒絶されようと、私は彼を救いたい。その気持ちは絶対に揺らがない。なぜなら、そのためにこれまで必死で生きてきたのだから。

「ララ」

「お兄様がなんと言おうと、私は……！」

「ララルーシェ。よく聞いて」

人がせっかく決意を固め、反対を覚悟のうえで発言しようとしたというのに、空気を読まず食い気味で割り込むクリストハルトをもどかしく思いながら、耳を傾ける。

「君と父上は、実の親子じゃないよ？」

「はい？」

たっぷりと間を置いて、私はムッと顔を顰《しか》めた。

「お兄様、今は冗談など聞きたくありません！」

「いや、本当なんだけど……」

尚《なお》も言い募ろうとするクリストハルトに苛立《いらだ》ちが込み上げる。落ち込む私を気遣ってくれているのだとしても、言っていい冗談とそうでないものの区別くらいはつけてもらいたい。

「いい加減にしてください。そういう状況では――」

「まさかとは思うけど、本気で知らなかったのかい？」

「本当なの……？」

「…………」

「…………」

お互い無言で見つめ合った。神妙な顔をして相手が頷《うなず》くものだから、先ほど彼が言った言葉が急に現実味を帯びてくる。

「…………知らなかったわ」

私の返答に対し心の底から困惑している様子のクリストハルトに、理解が追いつかずしばらく固まった。頭の中を整理する時間が切実にほしい。

私とディオンが実の親子ではないだなんて、とてもじゃないが信じられない。

しかしクリストハルトは私にそんなくだらない嘘は吐《つ》かない人だから、れっきとした事実なのだろう。私にとって重要な情報のはずなのに、十八年間生きてきて初めて知ったということに憤りを感じる。どうして今まで誰も教えてくれなかったの、と恨みがましくクリストハルトを見た。

「誓って言うけど、隠してたわけじゃないよ！　当たり前にララも知ってると思ってたんだ。たぶん僕だけじゃなくて、父上もそう思ってるはずだ。なにか行き違いがあったに違いない」

焦って弁解する様子を見るに、本当に私を騙《だま》すつもりはなかったようだ。

（私とディオンが、実の親子じゃない——？）

その衝撃の真実を知った今、さまざまなことに合点がいく。これまで悩んできたのが馬鹿らしい、と乾いた笑いが零《こぼ》れた。

けれど差し当たり大事なのはそんなことではなく——。

「だったら、合法ってことよね」

何の憂いもなく、私の最推しディオンを救える。

親子だから、と推しとの恋愛は諦めていたところに、突如差し込んだ一筋の光明だった。私は密《ひそ》かに歓喜に打ち震える。緩む口元を隠すようにうつむき震える私を見て、何か勘違いしているらしいクリストハルトが痛ましげな表情をしていた。

◇◇◇

ベッドに縛りつけられ、身動きできないディオンの腹部に跨《また》がる。媚薬《びやく》を盛られた彼は、顔を火照らせ肌をしっとりと汗で濡らし、壮絶な色気を放っていた。夢にまで見た状況に眩暈《めまい》がしそうだ。

「……ラルーシェ」

私が口づけても、彼は拒絶しない。ただじっと剣呑《けんのん》な光を湛《たた》えた眼差しで睨《にら》みつけてくる。

「陛下、お父様と呼びたいという願いは、撤回します」

「何を今更」

「本当は陛下をお父様だと思ったことは、これまで一度もありません」

ディオンの目が見開かれる。彼との恋愛を諦めていた私は、せめて娘として溺愛してもらえるように努力してきた。でもそれは本心じゃない。彼との確固たる繋《つな》がりが欲しかっただけだ。

「実の親子じゃないって、知らなかったんです」

「…………は？」

本当の娘ではない私を、今までディオンはどんなふうに見ていたのだろうか。実の娘でもないのに、愛されたいと振る舞う私は滑稽だっただろうか？　悪くない関係を築けてきたと思っていたけれど、今となっては何もかもわからない。

でもディオンが私のことをどう思っていようが関係ない。私の気持ちはずっと変わらないのだから。

「愛しています」

おしりをずらし、わざと昂《たかぶ》りの上に乗る。着衣のまま秘所を擦《こす》りつければ、私の下で彼のものがびくっと跳ねた。ディオンは歯を食い縛り、荒い呼吸を繰り返す。媚薬に熱を煽《あお》られているせいか、無意識に自ら腰を蠢《うごめ》かせ私のそこに押しつけていた。

「はぁ、……っ、く」

低く呻《うめ》く声はなまめかしく、おなかの奥が甘く疼《うず》く。

――彼の精で満たされた胎内が熱い。媚薬で昂らされた身体は何度達しても終わりを迎えられず、組み敷かれ喘《あえ》ぐディオンは強すぎる快感にうっすら涙さえ滲《にじ》ませていた。

腰を上げ先っぽだけを残し陰茎を抜き出すと、白濁と私の愛液が混ざった粘液がどろりと肉棒を伝

い、彼の白い肌を汚す。息も絶え絶えな姿は、匂い立つほどの色香をまとい私を誘惑した。自重に任せ腰を落とせば、蜜壺《みつつぼ》に包まれる快楽にまた絶頂する。

「もう、もういいっ、やめろ……ラルーシェ！」

口ではそう言いながらも、私を見つめる眼差しは熱くとろけている。その瞳に見つめられると得も言われぬ快感が背筋を走り抜け、根元まで飲み込んだ陰茎の形がはっきりわかるほど中が収縮し、きつく締めつけた。

太く長い陰茎は恐ろしいとすら感じる場所まで届き、子宮口をぐりぐりと刺激する。先端に当たる感触が気に入ったらしいディオンが息を詰めるのを目にして、私は舌舐《したな》めずりした。

「まだ、です……。ん、ん……っ、はあ」

今にも射精したそうに震える陰茎に、奉仕するように中がうねる。媚薬のせいで我慢なんてできっこないのに、必死に耐える姿が私を焚《た》きつけた。

上体を反らし彼の腿《もも》に手をついて、見せつけるようにして腰を上下させる。ぐぷ、ごぽ、と下品な音が響く結合部を見て、ディオンはきつく目を細めた。

「なぜだ！　ッあ……、は、もう出ないっ、——ッ！」

これは治療行為だと自分に言い訳しながら、懇願するディオンに口づけた。

あなたを苦しめるものから救うためなら、この身も心も捧げられる。たった一日の、愛の伴わない交わりだとしてもかまわない。恨まれたっていい。

だって私はきっと、ディオンを幸せにするためだけにこの世界に生まれてきたのだから。

第一章　悪逆皇帝の娘に転生しました

「ディ、ディオンー！　死んじゃやだー!!」

パソコンの前で項垂《うなだ》れる。画面には、皇太子クリストハルトに剣で胸を貫かれる、皇帝ディオンのスチルが表示されていた。クリストハルトルートを攻略中だというのに、私は皇帝ディオンの死から立ち直れずおいおいと涙を流す。

実はこれが初めてのプレイではない。何度も繰り返しプレイしているから、ほとんどシナリオを暗記しているに等しいくらいだ。

このあとのストーリーは、悪逆皇帝から皇位を簒奪《さんだつ》したクリストハルトが立派な皇帝となり、ヒロインは皇后になって幸せに暮らしましためでたしめでたし、というよくあるハッピーエンド。

しかし私にとっては一ミリもハッピーではない。

パッケージのディオンに一目惚《ひとめぼ》れして衝動買いしたPCゲームだったのに、まさか最推しのキャラが悪逆皇帝で、ゲームのラスボス的存在とは思うまい。しかも攻略対象の全エンディングを終えればルートが解放されるでもなく、役割としては本当にただただ攻略対象とヒロインの前に立ちはだかる壁でしかなかった。

「なら無駄にイケメンにするなよぉ。無駄に豪華な声優使うなよぉ。頼むから攻略させてください！私にディオンを幸せにさせてくれーー！」

ディオンはどの攻略対象のルートでも死ぬ。不憫《ふびん》すぎる。

やり切れない感情のままに、制作会社に何度も何度もしつこく要望を送った。

ディオンルートを作ってください。ディオンにも幸せを！

——どうやらそのような内容のお気持ちメールが大量に届いたらしく、念願叶《かな》って二年後に、無印の続編とディオンルートが入った追加パックの制作が決定した。

だが、それがまさかの成人指定だった。

公式サイトを眺めながら「なんでだよ」と無意識に呟《つぶや》く。全国の未成年ファンが口を揃《そろ》えてそう言ったことだろう。無印は全年齢対象だったのに、追加パックでいきなり成人指定にするか？と女子高生の私は嘆きに嘆いた。

高校を卒業したら絶対にプレイすると心に決めていたが、卒業前に不慮の事故により私は無念の死を遂げてしまう。

死ぬ間際まで頭を占めていたのは、ディオンルートをプレイできなかった後悔だった。どのルートでも死ぬ運命にある彼の、幸せになった姿が見たかった。笑った顔なんて一度も見たことがない。

悪役だもの。そもそも攻略対象じゃないから、スチルも立ち絵のパターンも非常に乏しい。数少ないスチルは、登場シーンの険しい顔と各ルートで死ぬ姿のみだ。推しが死ぬ光景をそう何パターンも見たくはないのだが、やたらと力を入れて描かれていたせいで、それはそれは美しかったのがまた悔しい。

なんて無念なんだろう。私もディオンに口説かれたかった。あの悪逆皇帝がどんな表情で甘い言葉を囁《ささや》くのか知りたかった——……。

想《おも》いが強すぎたのか、はたまた事故で負った怪我《けが》のせいで血を失いすぎて幻でも見ているのか、ハッと気がつくとディオンがそこに立っていた。

「――――」

人ならざるものの如《ごと》く、恐ろしくも美しい顔。まるで宝石と見紛《みまが》うばかりのきらめく青色の瞳は、温度を持たず冷たくこちらを見下ろしていた。絹糸のような髪と同じ金色の長い睫毛《まつげ》が影を作る様は、呼吸を忘れそうになるくらい幻想的だ。

しばらく見惚《みと》れていたが、はたと気がつく。こんなスチル、見覚えがないと。

そもそも違和感を覚えるくらい、景色があまりにもリアルだ。

これは絵なんかじゃないと理解したのは、ディオンが動くのを目にしてからだった。

ディオンが手に持っていた剣を振ると、血がパタタッと床に飛んだ。意識してみれば鉄のにおいが辺りに充満している。初めは自分の血かと思ったが、車に撥《は》ねられたのに身体に痛みはない。それにディオンが血のついた剣を持っているということは、彼がその剣で何かを斬ったことは明白だ。

(どういうこと？　何が起きてるの？　夢？)

疑問の声は言葉にならない。喉からはただ弱々しい泣き声だけが飛び出す。それが自分の声だとすぐにわからなかったのは、ふにゃふにゃの赤子のような泣き声だったからだ。

身体も上手く動かせない。こて、と首を横に向けると、隣で女性が息絶えていた。予想が正しければ、ディオンの剣はこの人の命を奪ったのだろう。

身体を動かす度にぴちゃぴちゃと音が鳴る。どうやら私は血溜《ちだ》まりの上に寝転んでいるらしい。

ゲームで悪逆皇帝と呼ばれていたディオンのことだ。この女性は皇帝の機嫌を損ねるようなことをしでかしてしまったんだろう。

恐怖を覚えるべき状況にもかかわらず他人事《ひとごと》のようにしか思えないのは、あまりにも現実味がないせいだった。しかし夢にしては五感がはっきりしすぎてはいないだろうか。

ディオンがゆっくりと近づいてくる。足なっが。でっか。顔ちっちゃ。

見惚れていると、片手でつまみ上げられた。

「これも一応皇族の血を引いている。十歳になるまでは生かしておけ」

うわ、声がいい。顔もいい。どこからどう見ても私の愛したディオンだ。そのディオンが私に触れているということに、感動のあまり言葉が出てこない。

じっと見つめる私とは正反対に、彼は一切目を合わせようとしなかった。

(こっちを見て。あなたの瞳が見たいの)

クリームパンのようにまるまるした小さな手を伸ばす。ディオンの頬にぷにっと触れたその瞬間、この場の空気が凍った。メイドや使用人、騎士らが揃って青褪《あおざ》める。

ディオンが私を無言で見た。じっと見つめ合うと、彼の美しい瞳の中には、よく似た色合いを持った赤ん坊が映り込んでいる。彼は剣を握ったままで、いくら赤ん坊であっても無礼を働いた私を斬るのでは、と皆が固唾《の》を呑んで見守っていた。

しかし特に何か起こることもなく、視線を外したディオンは私をメイドに抱かせ、その場を去って行った。


――あのあとメイドに連れて来られたのは、皇宮内の本城から少し遠い離宮で、いわゆる後宮と呼ばれる場所だった。

どうやら私は赤ちゃんになっているようだ。しかもあれだけやり込んだゲームの世界に転生しているらしい。そして乳母に育てられ三年経つ間に、自分が一体何者であるかを知った。

ラフルーシェ・デ・ロス・シグルルド。シグルルド帝国、皇帝ディオン・デ・ロス・シグルルドの娘。第四皇女だ。ゲームで見たから知っている。ラフルーシェは、ヒロインと攻略対象の恋仲を邪魔する悪役だ。

「ラフルーシェ、かぁ」

皇族特有の金髪碧眼《へきがん》を持ち、豊かに波打つロングヘアと、宝石のように眩《まばゆ》い大きな瞳が印象的なグラマラスボディの妖艶美女――それがラフルーシェの将来の姿だ。

ゲームでの彼女は、側室だった母親を皇帝の手で殺され、兄からも父からも疎まれ冷遇され、使用人にも軽視されるという恵まれない環境で育つ。そしてヒステリックで傲慢、わがままな性格のテンプレ悪女となったが、それは愛に飢えていた彼女の「自分を見てほしい」と願う必死な叫びだった。

かわいそうな境遇だが、ヒロインへの仕打ちがエグすぎてあまり同情はできない。

ヒロインは〝神の愛《いと》し子〟という特別な存在で、ラフルーシェとは正反対に皆から愛されていた。天使のような性格と愛くるしい姿で、皇帝にも、皇太子にも気に入られるのだ。自分が手に入れられないものを全て持っているヒロインを疎ましく思うのは、もはや必然とも言えた。

次第にラフルーシェはヒロインをいじめるようになる。しかし当然攻略対象たちがヒロインを守り、ラフルーシェは時には叱責され厳しい罰を与えられた。それを繰り返すうちに苛立《いらだ》ちが募り、果てにはヒロインを殺そうとするのだ。

トゥルーエンドでは、大体ストーリーの中盤でスパイスを与える小悪党として登場し、企てがことごとく失敗に終わり早々に退場していくキャラである。

だが私には、シナリオでの不憫な扱いなどどうでもよかった。

「ディオンと……！　血が繋《つな》がってるなんて……！」

適当に放り込まれた後宮の、適当に割り当てられた自室。一応皇女だというのに、侍女も護衛もいない部屋で一人ぽつんとベッドに座りながら、日に何度もそうして絶望していた。

こんなふうに三歳児らしからぬ姿で絶望できる環境はありがたい。そもそも普通の日本人だった私は、侍女だとかメイドだとかに世話されるほうが慣れていないので、放置されていることはさほど気にならなかった。

「ディオンとのラブラブ恋人ルートはどこいったの？」

親子ではどうしようもない。ヒロインなんて贅沢《ぜいたく》は言わないから、せめて赤の他人として生まれたかった。

まさかのラララルーシェだなんて問題外だ。せっかくゲームの世界に転生したからには、生前の夢だったディオンルート攻略を成し遂げてやろう、という意気込みは早々に砕け散った。ディオンを攻略できないなら転生した意味がない。

追加パックで、ヒロインがあの悪逆皇帝をどうやって攻略したのかも謎だし、父と娘では難易度爆上がりすぎなうえ禁忌だ。

ラララルーシェに生まれ変わってしまった私には、ゲームのシナリオどおりにディオンが破滅していくのを、ただ見ていることしかできないのだろうか。

「ヒロインじゃなくても、ディオンを幸せにする方法はあるのかな？　いやムリか？　ムリじゃない！　やるのよ！　私がやらずに誰がディオンを幸せにできるの⁉」

「……皇女様？」

一人で大声で喚《わめ》いていたせいか、メイドがドアからチラッと顔を覗《のぞ》かせる。慌てて「なんでもないよ」とにっこり笑って追い返した。

この三年間、一度もディオンと顔を合わせる機会は訪れなかった。冷遇されているという設定のままで、少しララルーシェというキャラを憐《あわ》れに思う。側室だった私の母は一体何をやらかしたというのか。

冷遇された皇女という立場では、ディオンの顔も満足に見られないなんてあんまりだ。

よいしょ、と短い足でベッドから下り部屋を出て、メイドたちが忙しそうに行き来する廊下を進む。

もうシナリオがどうとか関係ない。ゲームのララルーシェのとおりに振る舞う必要性を感じず、後宮のメイドや乳母に必死に愛嬌《あいきょう》を振《ふ》り撒《ま》き、なんとか良好な関係を築くことには成功した。これで少しばかり暮らしやすくなっただろう。

皇帝に見捨てられているに等しいこの後宮は人手不足なため、こうして皇女が一人で出歩いても何も言われない。それはいつものことだし、たくさんいる側室の世話と後宮の管理で、メイドや侍女たちが忙しいことはわかっている。むしろ自由に出歩けて気は楽だった。

「あっ、皇女殿下。お散歩ですか？　すみません、手が回らず」

「平気よ。お庭に出るだけだから、心配しないで」

メイドたちからは、ディオンに関するさまざまな噂《うわさ》を聞いた。

彼が恐ろしい力を持っているということはゲーム内でも記述があったし、その人となりもざっくりとは把握している。無印では攻略対象ではなかったため、ディオンについて掘り下げは少なく、ゲーム内で語られなかった内容は多い。噂の中には私が知り得なかった情報も当然あった。

——ぐるぐるぐる。広い庭園を隅々まで歩き回る。

後宮に放り込まれた側室たちは、ほとんどがシグルルド帝国との戦争で負けた国の姫だ。しかしそれだけ側室を囲っておきながら、ディオンが後宮を訪れるのは稀《まれ》らしい。

元姫にもかかわらず待遇の悪さに文句を言うこともなく、側室たちはひっそりと質素に暮らしていた。皇帝の逆鱗《げきりん》に触れれば、皇后だろうと側室だろうとすぐに殺される。現に皇后は既に亡くなっていた。側室も年に何人か死んでいる。ディオンさんや、短気すぎやしませんかね。

――ぐるぐるぐる。あちこちを注意深く観察しながら歩き回る。

愛しの推しに側室が複数いることはなかなかにショックだが、そもそも子持ちである。ラフルーシェが第四皇女ということからも推測できるが、あの若々しさで相当子沢山であった。

ところがゲームに出てくるディオンの子どもは、攻略対象である皇太子クリストハルトと、悪役皇女のラフルーシェだけだ。決して皇位継承争いで多くが命を散らしていったわけではなく、ほとんどの皇子皇女たちの死因は共通している。

〝悪魔との契約〟だ。

このゲームの世界観は少し変わっていて、魔法が使えるファンタジー要素は普通だが、魔法を使うためには悪魔との契約が必要になってくる。そしてこの悪魔が、ディオンが死ぬ運命にある大元の原因だった。

シグルルド皇族は、代々〝悪魔公ヴィム〟と契約を結び魔法の力を得ている。ヴィムは強大な力を持つ悪魔だ。

悪魔との契約には代価がいる。普通の悪魔であれば血や身体の一部を代価として要求し、契約を結ぶと魔力を分け与え、そのまま魔界に帰っていく。その後は一切関わりを持つことはない。

しかしヴィムは、普通の枠に収まるような悪魔ではなかった。

召喚者である初代皇帝と契約する際に、その代価として要求したのは「今後全てのシグルルド皇族の血を引く者が、自分と契約を結ぶこと」。愚かにも当時のシグルルド皇帝はヴィムの強大な力に目が眩《くら》み、その要求を呑んでしまった。

ヴィムは契約後も魔界に帰らず、契約した皇族の身体に潜み、下界で遊興に耽《ふけ》った。

彼は悪魔の中でもとりわけ残忍な性格であり、その遊興の内容は想像に難くない。契約者に人を殺《あや》めさせるのはもはや日常で、果てには戦争を起こし敵味方問わず多くの人間を死に追いやった。そうして犠牲になった人間の魂を食らうのが、人間界に留《とど》まる目的だ。

「悪魔公ヴィムめ！　あいつのせいでディオンが死んじゃうのよ」

イライラした足取りで庭園の端まで来て、また折り返した。

ディオンが悪逆皇帝と呼ばれる原因も、ほぼヴィムにある。魔法を使ううちに身体が悪魔の力に馴《な》染《じ》みすぎてしまい、最終的にヴィムに意識を乗っ取られてしまうのだ。今はまだ時々操られる程度だろうが、ゲームのほとんどのルートで後半はヴィムの人格になっていた。

ヴィムとの契約には、ほかにもデメリットがある。

シグルルド皇族は十歳になるとヴィムと〝契約の儀〟を執り行うのだが、なぜ十歳かというと、魔力の器ができあがるのがちょうどその頃なのだ。その魔力の器にヴィムが収まるか否かは別の問題であり、器がヴィムの力よりも小さいとそのまま命を落とす。そして契約できたとしても、強すぎる力にじわじわと蝕《むしば》まれ数年のうちに死亡する者も多かった。

「でもこのままだと、ディオンを幸せにする云々《うんぬん》の前に私が死ぬ……！」

そう、ララルーシェも例に漏れずヴィムと契約させられる。ディオンがあの時「十歳までは生かしておけ」と言っていたのもそのためだ。ゲームのララルーシェはヴィムとの契約に成功し、ディオンほどとはいわずとも強い魔法を扱えた。しかし契約したが最後、私の人生は詰みだ。

多くのルートで処刑されるララルーシェだけど、処刑されずに牢《ろう》に囚《とら》われるルートもある。その場合、力に器が耐え切れず数年後に死亡するのだ。

だからヴィムとの契約は、なんとしても絶対に避けなければならない。しかし全ての皇族がヴィムと契約の儀を執り行う、というのは覆らない契約だった。

「まずはヴィムと契約しなくて済むようにしないと。神聖力の適性があればいいけど、あれは確か生まれ持ったものだから私には望みはないわ。あとはヴィムと契約するよりも先に、それ以上に強い悪魔と契約する……も難しいわね。ヒロインみたいに〝神の愛し子〟になれれば一番いいんだけど……」

――そこまで考えて、足を止めた。

「やっと見つけたわ。〝神の御使《みつか》い〟」

あまり広さも派手さもない後宮の庭園。それでも庭師の腕がいいのか、季節を問わず美しい花々が咲き乱れている。薔薇《ばら》をメインに鮮やかな色彩が、後宮に囚われた側室たちの目を楽しませた。

普段は雑草一本も生えていないほど整えられた花壇だというのに、ある一角だけ無残にも花が折れ、花弁があちこち飛び散っているのが遠目に確認できる。

この日をどれだけ待ったことか。気持ちを弾ませながら慌てて駆け寄ると、折れて散った花の中に隠れるようにして、傷ついた一羽の鳥が倒れていた。

ゲームの記述どおりだ。先が桃色に染まった不思議な色合いの白く輝く羽を持ち、神々しさを感じさせる姿をしている。

〝神の御使い〟と呼ばれるこの鳥が倒れているのを発見したゲームのラルーシェは、「鳥の死骸だなんて気持ち悪いわ」とメイドに命令して城の外に捨てさせた。その鳥を拾い助けたのが、ゲームのヒロインである。このことをきっかけにして、ヒロインは〝神の愛し子〟になるのだ。

「ごめんねヒロイン。私にはこの力が必要なの」

ゲームでは「ヒロインが幼少の頃に〝神の御使い〟を助け、その褒美に〝神の愛し子〟となった」としか記述がなかった。だから〝神の御使い〟が倒れている場面に出くわすために、歩けるようになってから毎日庭園に通ったのだ。ディオンのためならこれくらいの努力、なんてことない。

アヒルくらいのサイズの鳥をそっと抱き上げ、急いで部屋に戻った。

ヒロインが誰ルートを選ぶかなんてわからない。それに無印では、誰のルートを選んだところでディオンは結局死ぬ運命だ。彼を必ず救うためには、ヒロインを〝神の愛し子〟にさせるわけにはいかなかった。

このゲームのヒロインは、別に孤児だとか愛人の子だとか不遇な境遇の育ちではない。下級貴族ではあるものの、穏やかで優しい両親と姉を慕う可愛い弟妹に囲まれ、領民たちと交流しながら田舎《いなか》でのびのびと暮らしているはずだ。

〝神の愛し子〟になれなくとも彼女の愛嬌は天性のものであり、ごく普通に恋愛をして家庭を持って、平凡ながらも周りの皆に愛され幸せな人生を送るだろう。

追加パックでディオンルートがどのように進むかなんて見当もつかないけれど、彼を救うには〝神の愛し子〟の力は必須に違いなかった。


後宮に戻ったはいいものの、メイドたちは忙しそうにしているため自分でなんとかするしかない。

薄汚れた鳥なんて連れていたら、最悪取り上げられる可能性もあった。

リネン室から毛布を持ってきて即席のベッドを作り、そこに〝神の御使い〟を寝かせる。

それから誰もいないのを見計らって、キッチンで綺麗《きれい》な水を桶《おけ》にくみ部屋に運んだ。どうして私の部屋はキッチンからこんなに離れているんだ、という理不尽な怒りがわく。階段で半分以下に水が減ったのは仕方ない犠牲だった。

あとは薬が必要だけど、どこにあるんだろう。とりあえず使用人がよく出入りしている休憩室のような部屋を漁《あさ》ってみると、奇跡的に救急箱があった。

「なんでわざわざ高いところに置くのー！」

椅子の上に箱をいくつも積んで、背伸びしてやっと手が届いた。だがしかし指先だけ。持ち上げることなんてもちろん不可能だから、指先でツンツンして少しずつずらし下に落とす。あらかじめクッションを敷いておいたから、なんとか救急箱は無事だった。グラグラと不安定な足場のせいで、私が先に落ちそうになったのは言うまでもない。

やっとのことで手当てのための布やガーゼ、塗り薬を拝借し、また人目を忍んで部屋に戻る。

ぐったりしている鳥を治療できた頃には、疲労でクタクタだった。

「鳥の怪我なんて治療したことないけど、これで大丈夫かな？」

拾った時よりも状態が良く見える鳥は、すやすやと気持ち良さそうに眠っている。〝神の御使い〟だなんて仰々しく呼ばれているとは思えない。そっと頭を撫《な》でると、ふわふわとした羽毛が心地いい。

無意識に手にすり寄るこの鳥は、私が下心ありきで助けただなんて思ってもいないだろう。

「ディオンのためなら、私はヒロインの役割だって奪ってみせるわ。そうすることでディオンが幸せになれる可能性が少しでもあるなら、やらないなんて選択肢はないのよ」

傍観しているだけなんてできない。ヒロインにはなれなくても、私にできることはあるはずだ。

――ツンツン、と固いものが頬に触れる感触で目を覚ます。そっと瞼《まぶた》を上げると、至近距離で鳥に見下ろされていた。どうやらクチバシで突《つつ》いて起こしてくれたらしい。首を傾《かし》げて様子を窺《うかが》うようにしていた〝神の御使い〟は、目が合うと頬に頭を擦《す》り寄せてきた。

一晩寝て回復したらしく、傷が治ったことをアピールしたいのか、羽を広げて私の周りを飛び回る。

「すっかり良くなったのね。安心したわ」

起き上がるとすぐに私の膝に乗って、じっとこちらを見つめた。

「なあに？　私がヒロインじゃないから神様が加護をくれない、なんて言わないわよね？　あなたを助けたのはこの私よ、いい？」

アヒルに似た顔を両手で挟み、じっと見つめ返す。すると〝神の御使い〟はグワと鳴き、突然キスをするように唇にクチバシをくっつけてきた。

「わぁっ」

途端に私の身体が眩い光に包まれる。キラキラと瞬くあたたかな光は部屋全体を照らしていたかと思うと、徐々に私の身体に向けて集束してきた。ちょうど下腹部のあたりで光が収まり、そこがじわりと熱くなる。

グワ、という鳴き声に促され慌てて服を捲《まく》ってみると、下腹部に鳥の色と似た薄桃色で謎の紋様が刻まれていた。ゲームで何度も見た。これは神から加護が与えられた人間、〝神の愛し子〟の証《あかし》だ。ヒロインの手の甲にあったのと全く同じ紋様が自分の身体に刻まれたのを見て、感動を覚える。

「本当に私が〝神の愛し子〟になれたのね！」

グワと相槌《あいづち》を打つ鳥を抱き寄せる。

「それにしてもあなた、〝神の御使い〟なんでしょう？　どうして怪我をしていたの？」

「グワ～」

アヒルっぽい鳴き声で何やら説明してくれるが、もちろん伝わらない。小腹の空《す》いた騎士に撃ち落とされたのかしら。ディナーにされなくて良かったわね。

怪我も治ったことだし、早く放してあげないといけない。ヴィムのテリトリーである皇宮に、いつまでも〝神の御使い〟がいては不都合があるかもしれないからだ。

この世界の神とヴィムは非常に相性が悪い。というよりは、神がヴィムを毛嫌いしているといったほうが正確だ。人々の命を残虐に弄ぶことも許しがたいが、ほかの悪魔たちとは異なり下界に無理矢理留まることにより、世の秩序と魂の均衡を崩す異分子を嫌悪している。

ヴィムは快楽主義な悪魔だ。神の怒りを知りつつも、平和を望む慈愛の神なぞクソ食らえとばかりに、神の目となり耳となる〝神の御使い〟を徒《いたずら》に傷つけたり、敬虔《けいけん》な信徒である神官を殺めたりと、神の神経を逆撫でするように振る舞った。

もし神が下界に直接的な干渉ができるタイプだったなら、神聖国ヘーベンとシグルルド帝国による聖魔大戦が起きていた可能性もある。


庭園に出て〝神の御使い〟を放す。くるりと私の周りを一周すると、あっという間に飛んでいった。〝神の御使い〟はああして世界を飛び回り、神への祈りを集め伝える役割を持つそうだ。それにしては姿も鳴き声も緩いわね。

さて、これで準備は整った。

私が授かったこの〝神の愛し子〟という存在には、特別な力がある。癒やしの力を持ち、あらゆる病や怪我を治すことができるのだ。しかしもう一つ重要な設定がある。こちらが本命だ。

悪魔と契約し魔法を扱う者――いわゆる魔法使いを癒やすこと。

人間の身で悪魔の力を扱うのは負担が大きい。魔法使いは魔法を使う度に、その肉体に魔印と呼ばれる黒く禍々《まがまが》しい刺青《いれずみ》のようなものが刻まれていく。悪魔との契約の際に身体のどこかに契約の証がつけられるのだが、そこから蝕まれるようにだんだん広がっていくのだ。

もし魔印が全身に広がってしまうと、肉体が悪魔の力に耐えられず崩壊してしまう。

厄介なことに時間経過では癒えない。広がってしまった魔印を癒やすためには、神聖力で作った聖水が必要になる。

だが、それは一日に作れる数に限りがあった。強い神聖力を持った大神官でも一日に十本程度が限界だ。軽度の魔印ならば聖水一本で済むところ、広範囲に魔印が広がった場合、契約した悪魔の力や本人の器の大きさにもよるが、数十本から数百本を要する場合もあった。

しかし〝神の愛し子〟がいれば話は別だ。

その体液には聖水以上の聖力――神力に近いものが含まれるそうだ。量には制限もなく、体液を摂取するだけで魔印を癒やすことができる。

また魔力は悪魔の力が根源であるせいか、扱ううちに心が荒《すさ》む魔法使いも多い。しかし〝神の愛し子〟が近くにいるだけでも魔法使いにとっては心地良く、心を穏やかにさせる効果があった。そのため〝神の愛し子〟の存在は特別なものとされている。

つまり血液や涙を舐《な》めるだけで、魔印を癒やすことが可能なのだ。ヒロインは乙女ゲームらしく、主にキスで攻略対象たちを癒やしていた。

ディオンをヴィムから救うには、〝神の愛し子〟になるしかない。私がディオンとキスしたいとかそういう不純な理由ではなく。

魔印を癒やすのに聖水が必要ならば、悪逆皇帝らしく独占すればいいじゃない、と思うだろう。しかしディオンには聖水は手に入れられないのだ。

ヴィムとこの世界の神の仲は、悪魔と神という立場を差し引いても余りあるほど不和であることは神官たちの間にも周知の事実であり、聖水の生産国である神聖国へーベンとシグルド帝国との仲も最悪だった。

そのため帝国民が聖水を手に入れるためには莫大《ばくだい》な金銭を必要とし、それでも都合してもらえる数は非常に少ない。さらに皇家に至っては、どれだけの金額を積んでも聖水を買わせてさえくれないのだ。

ディオンがどうやって魔印を癒やしているのかは、ゲームでは語られなかった。

〝神の愛し子〞の私がいれば、ディオンが聖水を入手できずに困ることもなくなるはずだ。とはいえまずは彼に気軽に会えるようにならないと、特別な力を持っていようが宝の持ち腐れになってしまう。

◆◆◆

側室の一人を斬った剣を騎士に渡し、鉄の臭いに満ちた部屋から出る。同じく血で汚れたマントを脱ぎ捨てて執務室へ入った。気怠《けだる》い身体をソファに沈め、気を落ち着かせるように深く息を吸って、吐く。まだ身体に血の臭いと女の悲鳴がまとわりついているような気分だった。

『なあディオン。あの赤子、美味《うま》そうなニオイがしたな。きっと俺の器になれる』

「黙れ」

部屋の隅に控えていた複数の護衛騎士が、私の言葉にびくっと肩を震わせた。

頭の中に響く悪魔の声は、契約者である私以外には聞こえない。

お前たちに言ったのではない、と手を振る。いちいち誤解を解くのも面倒だ。どれだけうるさかろうと私が無視すればいいだけなのだが、しかし暇さえあれば話しかけてくる悪魔の声は耳障りで仕方なく、言っても無駄だとわかっていても悪態を吐《つ》きたくなる時もある。

煩わしい全てから解放されて一人になりたい。小さく溜息《ためいき》を吐き、背凭《せもた》れに身体を預け目を閉じた。

瞼の裏に、殺した側室の姿が映る。そしてその傍らにいた赤子も。

「泣かぬ赤子だったな」

泣かないどころか、無垢《むく》な瞳で熱心に私を見つめていた。美しい瞳だった。穢《けが》れた私には痛いほどに。

赤子にあの状況が理解できるはずもないが、私を前にして泣かない子どもも珍しい。私の姿や雰囲気が恐ろしいのか、それとも悪魔の気配のせいか、子どもや小動物には好かれない。――いや、大人であろうと誰しもが私を恐れているか。

「あの子どもは、どうされるおつもりですか?」

神経質そうに眼鏡《めがね》を上げる、側近のフォー・ド・アライアスに目を向けた。

「十歳までは生かすと言ったが?」

「いえ、そうではなく。皇宮で育てるのですか?」

「…………」

あの側室は、先帝の弟の息子――つまりは私の従弟《いとこ》と関係を持ち子どもを身籠《みご》もった。そして愚かにも後宮の資金を横領し、我が帝国に敗れた自身の出身国へと金を流していたのだ。従弟を唆し、反逆でも企《たくら》んでいたか。後宮の微々たる資金と力のない従弟、私に敗北した国では、いくら力を合わせようと到底敵うはずもないというのに。

だから殺した。従弟はそろそろヴィムの力に器が耐え切れなくなってきている。牢に入れておけば放っておいても近いうちに死ぬだろう。

子を産んだのは私の側室ではあるが、あの子どもは私の娘ではない。だが悪魔との契約のせいで、殺すことはおろか側室の出身国に押しつけることもできない。父である従弟の家も、反逆を企てたのだから取り潰しになる。

「……面倒だな」

どこか適当な家臣の家に預け十歳まで育てさせるか。そんな厄介な立場の子どもを押しつけられたら、たまったものじゃないだろうな。

「私の養子にでもしておけ。一応側室だった女の娘だ」

「陛下、それは……」

赤子をかわいそうに思ったわけでもない。家臣に面倒をかけさせたくないわけでもない。それが手っ取り早いだけだ。子どもは既にたくさんいる。一人増えたところでどうということもない。

それに、その子どものうち大半は、十歳の契約の儀で命を落とすのだ。皇位継承権争いだとかの前に、そもそも継承する者がいなくなっては困る。一応皇族の血は引いているし、数は多いに越したことはない。

——悪魔との契約、か。

私は悪魔に捧げるために子を成しているのか？

子を作るのも悪魔の意思だ。皇帝としてではなく、ただの私は、子なんていらないとさえ思っている。これ以上犠牲になる者はいないほうがいい。シグルルド皇家なんて途絶えてしまえばいい。侵略戦争を繰り返し巨大になりすぎた帝国なぞ、滅びてもかまわない。

いいや、深く考えるのはよそう。心が擦り切れる。まだ私が壊れるわけにはいかない。

「後宮に放り込め」

他の子どもたちは本城で暮らしている。十歳の契約の儀で、ヴィムと契約できた者だけに宮が与えられた。しかし私の実の娘でもなく、ましてや反逆者の子。あの娘をいきなり本城に住まわせるのも些《いささ》か問題がある。

後宮ならば、あの娘が他人からの悪意に晒《さら》されることも少ないだろう。側室たちはほとんど自室から出てこないし、メイドや侍女たちは数だけはやたらいる側室の世話で手一杯だ。

あそこにいる側室のほとんどは、私の身体を操っては戦争を起こす悪魔が、攫《さら》うように敵国から連れてきた姫たちだった。私にとっては忌々《いまいま》しく、むしろ後宮など廃止してしまいたい。悪魔がそれを許さないだろうが。

見捨てられたような場所だが、こういう時ばかりは役に立つ。本城にいては、反逆者の子だと誹《そし》られ害されるやもしれない。あの娘を守る義理はないが、面倒は少ないほうがいい。

「……承知いたしました。そのように手配しておきます。ところであの娘、まだ名前もつけられていないようでしたが、いかがいたしますか？」

「名前……考えておこう」

『俺が考えてやろうか？　俺様の愛くるしい契約者候補だからな』

「貴様は黙っていろ」

フォーがびくりと身体を揺らす。

しかし自分に言ったのではないと察すると、取り繕うように眼鏡の位置を直した。横目にそれを見て、溜息を吐きたい気持ちを抑える。

悪魔のおぞましい言葉に、嫌悪のあまりまた思わず口に出ていた。

愛くるしい契約者候補だと？　甚だおかしくて笑えもしない。生《い》け贄《にえ》の間違いだろう。

血の繋がった実の子よりも、シグルド皇家の金髪碧眼が色濃く受け継がれた赤子だった。その色はおかしなことに、あの娘の実の父親よりも私のほうに似ている。

名づけなんてひどく面倒なこと、フォーに任せれば良かったとあとになって気づいた。なぜ私が考えるなどと言ってしまったのか。

あの娘が生まれたことは決して誰からも祝福されず、これから歩む道は間違いなく険しいだろう。それなら名くらいは、私が祝福として贈ってやってもいい。

そんなことを考えた自分に少し驚いたが、悪くはない気分だ。

美しい瞳だった。私を見てさらに輝いた瞳に、僅かに心が動かされたのかもしれない。

生まれた子に罪はない。私の子にしても、あの娘にしても。だがいちいち情けをかけていては正気でいられない。実子さえまともに愛せない私が、あの娘を実の子のように愛するのは難しいことだ。

せめて健やかにあるように。

「…………」

袖から覗く手首にまで広がった魔印を見て、全てを投げ出したくなる。いっそこのまま――。

そう思っては、叶わぬ願いから目を逸《そ》らした。

◆◆◆

シグルルド帝国は、多くの統治領を持つ大帝国だ。ディオンの代でも侵略戦争は続けられていて、今日もまた帝都では凱旋《がいせん》パレードが行われているようだった。私は皇宮の敷地から出たことがなく実物を見られないけれど、花火が上がっているのは遠くに見える。

戦争から皇帝が帰ってくるとなると、普段はシンと静まり返ったこの後宮も少しは浮き立った。

後宮とディオンのいる本城は離れた場所にあるうえ、私が知る限り今まで後宮に通う姿を見たこともなく、そろそろ推しが恋しい。

昼の凱旋パレードも終わり、静寂を取り戻した帝都。本城は皇帝がいなくても、相変わらず別世界のように光り輝いている。何もない日々を過ごすのは退屈で、宵闇に美しく浮かび上がる本城を見ていると溜息が漏れた。

もう後宮内は寝静まっている。今頃本城では戦勝パーティーとか開かれているのかしら。

ぼーっと窓から本城を眺めていると、不意にそこから一羽の大きな鳥が飛び立つのが見えた。

「伝書鳥、かしら……？」

鳥にしてはやけに大きい。不自然な大きさとフォルムによくよく目を凝らすと、それは人の姿をしていた。音もなく翼を広げ飛んできたかと思えば、やがて後宮の前庭に下りる。

「え？　……うそ、ディオン？」

鳥の羽だと思っていたものは黒い悪魔のような翼で、暗闇の中でもきらめく金色の頭の両側には、見慣れない牛に似た形状の太い角が生えていた。そして蜥蜴《とかげ》のような尾が背後で揺れている。

さらに驚いたのが、顔にまで広がった魔印。おぞましいほどびっしりと肌を埋め尽くす魔印は、今すぐにでもディオンを死に至らしめそうに見えた。

ゲームでもこんな姿は見たことがない。何度確認しようとディオン本人にしか見えないが、変だ。私の推しはあんなんじゃない、と直感が働く。

ディオンはそのまま後宮へと慣れた様子で入ってきた。あんな姿のディオンが、一体後宮に何をしにきたのだろうか。誰も皇帝のお渡りについて知らされていないようで、相変わらず後宮内は静かだ。

怪しい。怪しすぎる。慌てて部屋を飛び出し、足音を忍ばせて階下へ急ぐ。ロビーを見渡せる場所まで辿《たど》り着き息を潜めていると、ディオンが靴音を鳴らし歩いてきた。異形の角や翼、尾は出し入れが可能らしく、先ほどとは違い人間と変わりない姿で、一番近い部屋へと入っていった。

「……これは、普通にあれかしら」

でもただの皇帝のお渡りだと割り切るには、妙な違和感がつきまとった。しばらく悩んだ末、意を決して階段を駆け下りる。攻略に関する手がかりが得られるかもしれない、という気軽な気持ちだった。

無防備にも少し開いたままの扉から中を覗き込む。

「ぁ……っ、陛下ぁ」

『声を出すな。不快だ』

皇帝が側室とまぐわうためだけの建物だから、側室たちの部屋はどこも入ってすぐにベッドがある。その上で、ディオンは上半身裸で女性を組み伏せ身体を重ねていた。白い肌に不釣り合いな、全身に広がった魔印がよく見える。

戦争などから帰ると身体が昂《たかぶ》るというが、彼もそうなのだろうか。しかしニヤリと口元を笑みに歪《ゆが》め手酷《てひど》く抱く姿は、とてもではないが私の知っているディオンとは思えなかった。その姿はまるでゲーム終盤の、ヴィムに完全に意識を乗っ取られている時のようで、ぞっとする。

くぐもった悲鳴のような甲高い声が、やたらと頭に響いた。ディオンがぐっと腰を押しつけると、一際悲鳴が大きくなる。ふー、と息を吐いたディオンが頭を振ると、消えていた角や尾が現れ翼がばさりと広がった。

異形の姿に慄《おのの》く女性の下腹に、おもむろに手のひらを当てる。すると繋がっている場所から女性のほうへ、ずずず、とまるで生き物のように魔印が移動していった。顔にまで侵食していた魔印は、契約の証であろう下腹部の印のみを残し、全て女性の身体へと広がっていく。瞬く間に女性の顔が苦悶《くもん》に満ちていった。

（な、なにあれ……）

かは、と掠《かす》れた声で息を吐いた女性の口から、淡く光る玉のようなものがふわりと浮かび上がった。ディオンはそれをぱくりと食べてしまう。それを最後に女性は動かなくなったため、おそらくもう死んでいる。先ほどの光る玉は魂だったのだろうか。

「ごちそうさまでした」とでも言うように唇を舐め、うっそりと笑うディオン。その瞳は夜闇でもはっきりとわかるほど、血のように真っ赤な色をしていた。ディオンの瞳は、ラルーシェと同じ宝石のように輝く青色だったはずなのに。やはり何かがおかしい。

「――――！」

疑問に思っていると、喰らったものを味わい恍惚《こうこつ》としていたディオンが、唐突にハッと目を見開く。その瞬間、翼も角も尾も消え、瞳の色もすっと元に戻った。まとっていた妖しげな雰囲気も消え失せて、元の氷のように冷たい空気に入れ替わる。

ディオンは死んでいる女性を見下ろした。それから全身に広がっていた魔印が、下腹部に刻まれたもののみになっているのを目にして、しばらく呆然《ぼうぜん》とする。

長く重い息を腹の底から吐き出した彼は、シャツを適当に羽織りフラフラした足取りで後宮から出ていった。

音を立てないように気をつけながら、慌てて自分の部屋へ駆け込む。ディオンが心配で、窓から幽鬼のような後ろ姿を見送った。

「……ディオンはあんな方法で魔印を癒やしていたのね」

おそらくヴィムの能力だろう。あの行為はディオンの意思ではなく、完全にヴィムに乗っ取られていた。性交によって魔印を強制的に譲渡し、死んだ人間の魂まで美味《おい》しくいただくなんて、悪魔らしい惨《むご》さだ。

ああして魔印が致死に達する寸前になると、ヴィムにより後宮へ足を運ばされるのだろう。いわばこの後宮は悪魔の餌場だ。それを繰り返しているなら、後宮を蔑《ないがし》ろにしているはずのディオンが子沢山なのも頷《うなず》ける。

悪魔が下界に留まるためには人間の契約者が必要だから、ディオンの子をたくさん残す必要もある、ということだ。魔印を譲渡して殺してしまっては意味がないから、相手の女性が孕《はら》んだかどうか、何らかの方法で判断できるのだろう。

子どもの人数分以上、魔印が全身に広がるほど魔法を使っているのだとしたら、そんなことを繰り返していればヴィムに意識が全て乗っ取られるのも時間の問題だ。

ゲームではいつ頃からディオンの人格が変わっていたか、細かいところまで記述されていなかったからはっきりしない。少なくともゲーム開始時までは余裕があるはず。

まだ今の段階では、ゲーム終盤ほど長い時間は操っていられないように見えた。どういった法則で意識が操られてしまうのか、わかればいいのだけれど。

ディオンに近づくのも、慎重にならないといけないかもしれない。私が〝神の愛し子〟になったことをヴィムが知れば、殺される可能性が高い。

「はー……、前途多難だわ」

まずはどうにかしてディオンと会えるようにならないと、何も始まらない。


そう悩んでいた翌日。

いつものように後宮の庭園を散歩していると、奥まった場所でディオンが死んだように眠っているのを見つけた。後宮の裏手にある、ほとんど人の来ないような薄暗い奥庭だ。ベンチでこの国の皇帝が寝転んでいるだなんて、些か目を疑うような光景だった。

おそるおそる近づいてみる。角も翼も尾もない。瞳の色は確認できないけど、たぶんディオン。

陽の差さない大木の下で眠るディオンを間近で眺める。寝ていても推しは美しい。私よりもよっぽど〝神の愛し子〟という名称がよく似合う。けれど目の下にはくっきりとクマができていて、よく見ると顔色も悪かった。白い肌や柔らかな色合いの金髪が相俟《あいま》って、とても儚《はかな》げに見える。

初めて会った時は私の母親を殺していたし、昨日は側室を犯し殺していたけれど、それでもディオンは美しい。

悪逆皇帝のくせに、ふと見せる立ち絵の表情が薄暗かったり儚かったりして、放っておけない危うげなところが刺さったのだ。こうして目の前で死んだように眠られていると、むくむく庇護欲《ひごよく》がわいてくる。思わずそっと頭を撫でてしまった。

「あ、柔らか」

白分の髪と同じ手触りだった。指先が触れた額には生きている人間の体温があって、そのあたたかさや感触に急激に現実味が押し寄せてくる。言葉にできない感情に襲われ、慌ててその場を離れた。

ディオンが生きている。私と同じ世界で。今まではどこか夢のように感じていたのに、ラララルーシェになって初めてそうはっきり実感した。


「──やっぱり。またここで寝てる」

戦争をしては魔印がほぼ全身にびっしり広がるほど魔法を使い、そして夜な夜な悪魔そのものの姿で後宮に現れ、側室を一人犯し殺していくディオン。その翌日にはいつも、隠れるようにして後宮の奥庭のベンチで死人のように眠っている。そして時折、魘《うな》されていた。

これまでは私が肉体年齢に引っ張られて眠気に負けていたせいで、ディオンが後宮を訪れていることすら気づいていなかっただけのようだ。そのルーティンに気づいてからは、こっそり近づいて寝顔を堪能《たんのう》して、それから頭をよしよし撫でるまでがお決まりになっていた。

「あなたはいつも、何をそんなに苦しんでいるのかしら」

悪逆皇帝で戦争狂で、恐怖の権化。巷《ちまた》ではそんなふうに囁《ささや》かれているというのに、ディオンはいつも悪夢でも見ているかのような苦しげな顔で眠っている。

側室を殺し魔印を強制譲渡して我に返った途端、絶望した表情をしているのを何度も見た。フラフラと庭園を歩く姿は弱々しい。寡黙で鋭利な刃物のような男だとゲームでは記述されていたが、私が実際に見たディオンは、常に無気力ですぐに消えていなくなってしまいそうだった。

滑らかな頬に触れる。

「……好き。大好き、ディオン」

私がきっと幸せにしてあげるから。魘されて苦しそうに顔を顰《しか》めるディオンの頬に、思い切ってそっと口づける。そうすると〝神の愛し子〟の力が僅かだが効いているようで、表情が和らいだ。

「あ、そうだ。花、花……と」

その辺に咲いていた花を適当に一輪摘んで、花びらにキスをする。

これはゲームのヒロインがやっていたことだ。こうすると花に聖力がこもるらしく、攻略対象の好感度上げのアイテムになる。花をディオンの胸の上に置いた。安眠に導くくらいには、癒やしの効果があるといいのだけれど。そう願って、いつも一輪添えている。

近くにいたり頬にキスしたり、聖力を込めた花を渡したり。微々たるものだが多少〝神の愛し子〟の癒やしの力は働いてくれているだろう。私の体液を摂取させるほうが癒やしの効果は格段に高くなるものの、恐れ多くてそんなことできやしない。頬でギリだ。

それにとりあえず〝神の愛し子〟になることを優先したのはいいけれど、よくよく考えてみると微妙な問題があった。

神聖国へーベンとの仲がよろしくないシグルルド帝国の皇女である私が、〝神の愛し子〟であること。それがディオンから見るといいことなのか、それとも裏切りのように見られてしまうのか、判断がつかなかった。

ディオンを救うには確かに必要な力であっても、彼から不要とされてしまっては意味がない。

「私がヒロインだったなら、こんな余計な心配はいらないんだろうな」

そうしたらディオンに遠慮なくキスをぶちかましてやったのに。

ぷるんとした艶々の唇をじっと見つめる。男のくせに、やけに柔らかそうだ。

（いや、がまんがまん。髪に触るだけで満足するのよ。私は皇女で、ディオンの娘のラルーシェ。でも三歳の幼女だからパパとキスしてもセーフ？　だめ？）

悶々と悩みながら、手慰みに頭を撫でる。丸っこい頭だ。可愛い。

「きゃっ」

突然ガシッと腕が掴《つか》まれる。――ディオンが目を覚ましていた。幾分クマが薄くなり顔色も良くなっているように見えるディオンは、青い瞳で自分が掴んでいる子どもの腕を見て、それから私へ視線を向けた。

「お前は……」

むくりと身体を起こすと、胸の上に置いた花が落ちる。ディオンはそれを目で追ったが、また私を見つめた。推しに熱い眼差しで見られると、心臓が爆発してしまいそうなくらいドキドキする。実際は射貫《いぬ》くような視線だけど。

至近距離で見る起きているディオンは破壊力抜群だ。みるみるうちに頬が熱を持つ。

「ラルーシェ、だったな」

「は、はいっ！」

推しに名前を呼ばれた。放置していた割に私のことをちゃんと覚えてたのね。

ディオンは地面に落ちた花をおもむろに拾い上げる。無感情に手の中でくるくる回し眺めているが、まだ私の腕は掴まれたままだ。皇帝の頭を撫でたのだから怒られても仕方がない。思い切って謝罪して、勢いに任せて走り去ろうか。

そんなふうに考えていたのに、彼は怒るどころかまたベンチに身体を横たえた。私の腕はそのままに、そして花はまた胸の上に置かれている。おろおろする私を見上げ、それから微睡《まどろ》むように重い瞬《まばた》きを何度か繰り返すと、すやすやと寝入ってしまった。まさか、寝ぼけてただけ？

掴まれたままの腕を取り戻そうと力を込めるが、眠っているはずなのにびくともしない。三歳児非力すぎる。しばらく奮闘してみたものの、結局力尽きてその場にへたりこんだ。

一体どうすればいいのかしら、と諦め半分に穏やかな表情で眠るディオンを眺める。あー尊い。もう怒られようが殺されようがいいか。全ての角度、どの瞬間を切り取っても百点満点の推しの顔を見ていると、何もかもどうでもよくなってしまう。

いつまでも眺めていられると思っていたが、すーすーと規則正しい寝息を聞いていると、だんだん私も眠たくなってきた。ふわ、と欠伸《あくび》を一つ零《こぼ》す。幼い身体は眠気に逆らえない。ディオンに腕を掴まれているという異常な状態だというのに、いつの間にか私も眠ってしまっていた。


「――……!!」

ハッと目を覚ますと、そこは後宮の庭園ではなかった。豪華なシャンデリアがぶら下がる見慣れない天井で私の部屋じゃないことに気がつき、咄嗟《とっさ》に辺りを見回すが誰もいない。庭園で座り込んだまま眠っていたはずなのに、いつの間にかベッドの上に寝かされていた。

ふかふかな布団に大きなベッド、私の部屋がいくつも入りそうなほど広い部屋は、後宮ではまず見られない豪華な調度品が並び、埃《ほこり》一つ落ちていない。綺麗に整えられすぎて生活感さえ失った部屋は居心地が悪く、後宮のちょっと広めのワンルームのような自室が恋しく思える。

後宮ではないとなると、ここは一体どこなのだろうか。生活圏が後宮とその庭園くらいしかない私には見当もつかない。なにせ皇宮内には本城をはじめ、後宮とそれから各皇族に与えられる個人の宮、それから迎賓用の宮などもあるのだ。

ゲームの背景でも見覚えがないとなると、もうお手上げだった。

「……あっ、あの花」

ふとベッド脇に置いてある花瓶に視線がいき、そこに生けられた数輪の花の統一性のなさに違和感を覚えた。一分の隙もないほど整えられたこの部屋には不釣り合いなアンバランスさだが、どの花にも不思議と既視感がある。私が聖力を込めて、眠るディオンに渡した花々と同じ種類だ。

――コンコン。扉をノックする音に必要以上に驚く。返事もできないでいると、やがて扉が開いてメイドが入ってきた。目を覚ました私に気がつくと、ささっと近寄ってくる。

「お目覚めになられたのですね、皇女様」

「あ、えっと、……うん」

にこにこ笑顔のメイドにさらに状況が理解できない。後宮にいたメイドたちとは明らかに違う雰囲気に圧倒される。上手く言えないけれど洗練されているというか、品があるというか。後宮のメイドはいつも人手不足のせいで慌ただしくしており、こんな優雅さはなかった。

「ここはどこ?」

「皇帝陛下の寝室でございます」

「え!?」

するとここは後宮ではなく本城なの？　しかもよりによってなぜディオンの寝室に？　もしかして私が今座っているこのベッド――ディオンがいつも使ってるってこと――？

メイドがいなかったら枕の匂いを吸ってた。

「眠っておられる皇女様を、皇帝陛下自ら抱いてお連れになりました」

（抱……っ）

思わず言葉を失う。どうしてその時の私は眠ってしまっていたのかと、やるせなくて落ち込んだ。

ディオンの腕の中の感触を噛《か》み締めたかった。それはひとまず置いておいて、一体どういうことだろうか。私が本城の、しかもディオンの部屋に連れてこられた理由がわからない。

再び扉が開くが、今度はノックなしだった。同時にメイドが深々と頭を下げる。——ディオンだ。

「下がれ」

メイドが部屋から出ていき、二人きりになってしまった。ベッドから下りて土下座でもしたほうがいいだろうか。行動に移す前に、ディオンがベッド脇の花瓶から花を一輪手に取った。数週間前の切り花にしては生き生きしているのは、聖力がこもっているおかげだ。

「この花は、お前が？」

事情聴取をされる犯人の気持ちになりながら頷く。

「お前はまさか、聖力を持っているのか？」

およそ三歳児に話しかける雰囲気ではない。私が中身も幼女だったら威圧感で泣いている。ゲームの通りめちゃめちゃいい声だし、推しに話しかけられていることに感動してそれどころではない。生きてるディオンが尊すぎて泣きそうではある。

美声に聞き入っていると、思わず返事を忘れていた。「ラララルーシェ」と呼ばれてハッとする。反射的にこくこく頷いたあと、しまった、と固まった。何をほいほい聖力持ちであることを肯定しているのよ私は。

窺うようにディオンを見る。怒っている感じはしないが、無表情すぎて読めない。

「何を恐れている？」

あなたですよ。ディオンは花の匂いを嗅ぐように顔を近づけた。花弁が薄い唇に触れる。えっちだ。

「これがあるとよく眠れる」

彼はおもむろにベッドに腰掛け、私に顔を寄せた。

「私のほかには誰もいない。話せ」

囁くような低い声。幼女を誘惑してどうする。

彼に誘惑するつもりはなくとも、まとう雰囲気が妖艶すぎた。間近に迫るディオンにまっすぐ見上げられて、平然としていられる人間はいないだろう。

「ララルーシェ」

促されて、私は布団をどかしワンピースの裾を握った。皇女だけど服はいつも簡素なワンピースだ。彼の目線がそちらに移る。おずおずと裾を持ち上げ、ドロワーズを少し下にずらした。

「あの、これ……」

「――〝神の愛し子〟の証か」

下腹部に刻まれた紋様を見て、僅かに目を見開いている。

「これをどこで手に入れた？」

「怪我した鳥さんを庭園で助けてからです！」

いつまでもおなかを晒しているのも恥ずかしく、裾を直しながら答える。意図的に〝神の御使い〟を助けたと見抜かれないよう、幼女らしく無邪気を装ってみたが上手くいっただろうか。

無表情のまま黙り込むディオンに、もしかして疑われているかもしれないと肝を冷やした。

「これのことは黙っていろ」

ディオンの指先が下腹部をなぞる。だからいちいちアダルトな雰囲気を漂わせないでほしい。こくこく頷く私を見て立ち上がり、花を花瓶に戻す。

もう用事は済んだようで、出ていこうとしていた彼はふと扉の前で立ち止まった。

「お前の新しい部屋は隣だ」

「新しい部屋!?　となり!?」

それ以上の説明もなく、ディオンはさっさと出ていった。入れ替わりにメイドが戻ってくる。

(隣の部屋？　普通そこは皇后の部屋では？　なんで？　本城で暮らしていいってこと？)

動揺しているうちに隣の部屋に連れてこられた。扉を一枚くぐり夫婦の寝室らしき場所を通り過ぎ、反対側の扉の向こうにある部屋だ。

本当に皇后の部屋じゃない。

現在皇后は不在だ。ゲームのメイン攻略対象、皇太子クリストハルトの実の母だが、ずっと前に亡くなっている。長い間使われていなかったとは思えないほど綺麗にされていた。

「皇帝陛下は、皇女様にこの部屋でお過ごしになられるようにと仰《おっしゃ》いました。何か必要なものがございましたらお申しつけください。すぐにご用意いたします」

「いいえ、すごく素敵なお部屋だわ。十分よ。……じゃなくて、本当にこの部屋で合ってるの？」

メイドは粛々と頷いた。間違いないらしい。本当にどうなってるの？


――理由は夜になると判明した。

後宮では一人でお風呂に入っていたため、メイドに世話をされそうになってあわや〝神の愛し子〟バレするかと焦ったり。後宮ではとんとお目にかかれないような豪華なディナーを部屋で頂いたり、といろいろあった本城一日目。

寝心地の明らかに違うベッドに感動しながら眠りについて、しばらく経った頃だった。隣に人がもぐり込んでくるような気配に目を覚ます。おっかなびっくり薄目で見てみると、なんとディオンが私の横に寝そべっていた。

夜着の合わせから厚い胸板が誘惑してくるではないか。

ふと目が合う。「寝てろ」と低く囁かれて気絶した。


「……っ⁉」


朝起きた時にはディオンはもういなかった。夢だったのかしら。現実逃避したくなるが、隣にはまだ微《かす》かに温《ぬく》もりが残っており、嗅いでみるといい匂いがした。間違いなくディオンの香りだ。

なるほど、安眠抱き枕ね。〝神の愛し子〟の近くにいると魔法使いはとても居心地がいいらしいが、彼もそういうことだろう。近くの部屋のほうが行き来がしやすいとかいう理由で、この部屋が与えられたというわけか。

もしかして毎日添い寝？　いつか心臓止まりそう。

これまでの生活とは一変し、何もかもメイドが世話をしてくれる。顔を洗う水も、着る服も用意してくれるのはとても楽ではあるが、昨夜からずっと落ち着かない。いつか慣れる日がくるのだろうか。

後宮で着ていた簡素なワンピースとは違い、見るからに高級そうなドレスに着替えさせられる。しかしこれらはほかの皇女が幼い頃に着ていたものらしく、「急なことだったので申し訳ございません」となぜかメイドに謝られてしまった。

一般人感覚ではおさがりなどごく普通のことなのだが、やはり皇族ともなれば違うようだ。近いうちにデザイナーを呼んで新しく誂《あつら》える予定だと言われたものの、子どもの成長なんてあっという間なのだから、今あるもので十分なのにと考えてしまう。

朝食を食べ終わると、「皇帝陛下がお呼びです」と連れていかれた。皇帝の執務室らしき場所では当然ディオンが待ち受けていたのだが、それ以外にも二人いて、一方はなんだか見覚えのある顔だ。

「お、おはようございます、陛下」

ディオンはちらりと目線を上げる。

「お前の侍女だ」

「ロザリンでございます。身の回りの世話は全てわたくしにお任せください」

少し年配の気品のある女性だ。真面目さが顔に出ており、自分にも他人にも厳しそうに思える。

「〝神の愛し子〟であることを黙っていろ」と言った彼が、私の身の回りの世話をさせるために用意した侍女であるなら、おそらく本城の侍女の中で最も信頼のおける者なのだろう。

昨日のメイドは事情を知っていたのかしら。もしかして昨日はうっかり失念していた？〝神の愛し子〟の証は見られていないから問題ないけれど、寡黙という設定どおり言葉が少なすぎるわ。

「お前の専属護衛騎士だ」

「近衛《このえ》騎士団所属ルイゼル・エスジェイアです」

ルイゼル・エスジェイア。それはそれは聞き覚えのありすぎる名前だった。

褐色肌に、黒髪。アンバーの瞳。やたらとデカくてやたらとがっしりした体型をしていて、ファンからは雄っぱいが評判だった、攻略対象の騎士団長ではないか。生で見ても迫力がすごい。胸元がパツンパツンだ。

――ルイゼルのトゥルーエンドでは、民を苦しめ騎士たちを使い捨てる皇帝に対し、騎士団が一丸となって反逆し、クリストハルトを皇帝の座に押し上げる。ディオンは処刑されることなく牢に囚われるが、飲食を拒否しそのまま餓死するのだ。かわいそう。

今はまだ十代後半。けれど早くもいち部隊長を任される有望株のはずなのに、私の専属護衛騎士だなんて。出世街道から外れてない？　大丈夫？

そもそもルイゼルは代々騎士団長を継ぐ家系に生まれたのだが、ストーリーが始まる数年前に騎士団長だった父親が戦死し、その戦争で手柄を上げた功績を認められ、異例の若さで騎士団長を継いだという設定だったはず。

私の護衛騎士なんてしていたら、参戦することはなくなってしまう可能性がある。

ということは、私が〝神の愛し子〟になってしまったせいで、ルイゼルの設定が変わってしまうかもしれないということ？　これが今後のストーリーにどんな影響を与えるのだろうか。

「常に連れていろ」

「よろしくおねがい、します……？」

「はっ。お任せください」

ルイゼルは日中は気配を消し無言で私に付いて回り、そして夜は私の部屋の続き部屋――普通ならメイドが使う場所で過ごした。ディオンの命令通り、本当に四六時中護衛してくれるようだ。護衛騎士には休みとかないのか。

夜に寝室に潜り込んでくるディオンの気配に、一度「侵入者ですか！」と飛び込んできてくれた時は相当驚いた顔をしていた。ごめん。帝国最強の魔法使いであるディオンが一緒にいる時は、護衛も必要ないように思う。

本当に毎晩一緒に寝ている。悪逆皇帝が幼女趣味だとか、変な噂が立っても私の責任ではない。

◇◇◇

「エスジェイア卿《きょう》、庭園に行くわ」

「はい」

住まいが後宮から本城に移って一週間。やっと周りも私の存在に慣れたようだ。初めの頃は使用人たちにも皇宮で働く貴族たちにも注目されていたが、随分マシになった。じろじろ見られるだけで、変に絡んでくる人がいないのは助かる。おそらくそういうのも想定して、護衛騎士にルイゼルを選んだのだろう。彼は近衛騎士だが、公爵家の嫡男でもある。貴族からの盾にはちょうどいい。

私の護衛騎士に任命されたことを、彼自身がどう思っているのかはよくわからない。しかし彼は誠実な男だ。毎日嫌な顔も見せず私に付いてきてくれる。まあ本心がどうあれ、皇帝命令だから逆らえないよね。

本城周辺の庭園は、後宮の庭園とは比べ物にならないほど立派だ。全てを回るには、三歳児の足じゃ一日では足りない。一週間かけてやっと全て回りきれそうだ。皇宮から出る許可は下りていないので、やることといえば散歩くらいしかない。

「お花、とってもきれいねー」

「花が好きなの？」

ルイゼルに話しかけたつもりだったのに、返ってきたのはソプラノ。驚いて横を向くと、男の子がいた。

「驚かせちゃった？」

「――――！」

私の身長に合わせるようにしゃがみ込んだ男の子に、言葉を失《な》くす。この子は――。

「僕はクリストハルト。君はラルーシェだね」

クリストハルト・デ・ロス・シグルルド！　攻略対象のクール系皇太子だ。今は全然クールじゃな

い。ディオンによく似た顔立ちと、母親譲りだという黒髪。そして私やディオンと同じ特徴的な色合いの碧眼。

私が三歳だから、今は九歳くらいかしら。ゲームよりも随分幼い姿だが、もう既に女泣かせの片鱗が見える。口元のホクロがえっちだ。顔がディオンと瓜二《うりふた》つな時点で、顔面国宝は確定である。

母親がやらかしたせいで後宮暮らしという不遇な身の上の私と違い、皇后から生まれた正統な皇子だ。今はまだ立太子は済んでいないため皇太子ではないはず。

本城で暮らす以上いつかは会うと思っていたが、まさか向こうから話しかけてくれるだなんて思わなかった。なぜなら、ゲームのラルーシェは兄からも疎まれていたからだ。子どもの頃はそうでもなかったのか、それともラルーシェの性格が相当悪かったせいで嫌われただけなのか。

とりあえず今は普通に接してくれるようでホッとする。

「初めまして、お兄様」

「……お兄様？　……そうだね、それでもいいか」

微妙な反応を見て、馴れ馴れしくお兄様だなんて呼んではいけなかったのかもしれないと思ったものの、そんな私の不安を払拭するようにクリストハルトは微笑《ほほえ》んでいた。

「あなたはエスジェイア卿だね？」

「陛下より、姫様の専属護衛騎士を任されました」

騎士礼をとるルイゼルに、クリストハルトは「そうなんだ」と目を丸くする。後宮に入れられていた私が突然こんな待遇を受けては、驚かずにはいられないだろう。何か言われるかもしれないと身構えたが、彼はそれ以上追及することはなかった。

「ここ数日、毎日庭園を散歩しているよね。気に入った？」

「はい。とってもきれいです。お兄様もお散歩ですか？」

毎日私を見かけたということは、彼もまた庭園にいたということだ。クリストハルトが花好きという設定はなかったはずだけれど、小さい頃は違ったのかしら。

「僕は……ちょっと、気分転換にね」

一瞬表情が曇った気がしたが、すぐに誤魔化すようににっこり笑う。見捨てられていた皇女とは違い、正当な血筋の皇子は学ぶことが多くその分気苦労もありそうだ。本城で暮らす以上、私もそのうち家庭教師をつけられ、皇宮の厳しい作法だとかを叩《たた》き込まれるのだろうかと想像すると、少し憂鬱な気分になる。

少しだけ会話を交わしたあと、クリストハルトは「授業があるから、またね」と去って行った。

ディオンに少しの人間らしさと優しさを足したような性格、と言われていたクリストハルトの純粋無垢な姿は愛らしい。できれば嫌われずに仲良くしたい。あとディオンとも仲良くしてほしい。

――クリストハルトのトゥルーエンドでは、殺戮《さつりく》のために戦争を繰り返す父ディオンを自らの手で殺し、皇位を簒奪《さんだつ》するのだ。ディオンの不幸を減らすためにも、ここの確執をどうにかしたい。

「姫様。そろそろ冷えてまいりました。戻りましょう」

「そうね。ここの庭園は広すぎて少し疲れたわ」

「抱いていきましょうか？」

両手を伸ばすと、軽々と抱き上げられる。ルイゼルファンのみんなに、「雄っぱいは意外と柔らかいぞ」と教えてあげたい。決して胸筋を堪能したくて抱っこされているわけではない。今日はちょっと庭園の端のほうまで来たから疲れたのよ。雄っぱい最高。

「陛下、今日は初めてお兄様に会いました」

「………。……お兄様？　どの皇子だ？」

ベッドに潜り込んできたディオンに今日の報告。今のところ抱き枕としか思われていないため、少しでもお近付きになろうと会話も頑張っている。

クリストハルトが長子なため、彼が九歳の現在まだディオンの子は誰もヴィムとの契約の儀を迎えておらず、顔を合わせたことはないものの他の兄姉たちも存命だ。

「クリストハルトお兄様です。陛下にそっくりで、かっこよかったです」

「そうか」

ディオンは私の話を聞いているのかいないのか、何を考えているのか読めない表情で頬杖《ほおづえ》をつきながら手慰みに私の髪をいじっている。わあ。興味なさそう。


——それから散歩中、よくクリストハルトに出会うようになった。彼はいつも目的もなくぼーっと物思いに耽っている。声をかけるとにこやかに返してくれるが、日に日にその表情は翳《かげ》っていった。

気分転換というには少し違和感がある。き、気になるわ。

「お兄様は、いつもここで何をしているのですか？」

「うーん。……現実逃避、かな」

答えにくそうに苦笑するが、かなり無理をして作った笑顔に見えた。芝生に座るクリストハルトのすぐ横にくっついて腰を下ろす。彼は一瞬目を丸くしたけれど、その視線はすぐに地面を見つめてしまう。

「……明日、十歳の誕生日なんだ」

「そうなんですね！　おめでとうございい、ま……」

――十歳。悪魔公ヴィムとの契約の儀が行われる歳だということを思い出し、ハッとして口を噤《つぐ》む。

私のその反応に、クリストハルトは余計暗い雰囲気になってしまった。

シグルルド皇家の長い歴史の中で、ヴィムと契約の儀を執り行った者の大半がどうなったのか、彼もちゃんと知っているのだ。そんな儀式を明日に控え、憂鬱にならないほうがどうかしている。

私はクリストハルトが契約に成功することを知っているが、彼本人はそんなことを知る由もない。

「心配しないで！」と言ったところで心は軽くならないだろう。

九歳の少年が、明日死ぬかもしれない己の未来を嘆く姿は、不憫《ふびん》で見ていられなかった。しかも契約が成功したところで、待っているのは不幸だ。ディオンのように悪魔の力に馴染みすぎると、いずれ人間の魂を求めて殺戮を繰り返すようになるかもしれない。魔印を癒やすためにも人を殺す必要がある。

ゲームのクリストハルトは二十一歳だったから、彼の少年時代を意識したことはなかった。けれど今目の前にいるのは、私と同じ世界で生きている幼気《いたいけ》な少年だ。悲惨な未来を辿ると知っていて見て見ぬふりをするなど、誰ができるだろう。

「お兄様!!」

突然立ち上がって大声を出す私に、クリストハルトは肩をびくっと跳ねさせる。

「どうしたの、ララルーシェ」

「悪魔公ヴィムと契約、したいですか？」

じっと見つめて聞くとぽかんと口を開け、それから唇を噛み締めて首を横に振った。

「……したくない。契約なんてしたくないよ。死ぬのは怖い」

「私、契約しなくて済む方法を知ってます」

「え……？」

「契約の儀の前に、別の強い悪魔と契約をしてしまえばいいんです！」

ヴィムの力は強大だ。契約に失敗した際のリスクは大きいけれど、その分リターンも大きい。それに代々の皇帝から圧力をかけられ、今までほかの悪魔と契約をしようという皇族はいなかった。

――いや、できないと思っていたのだ。ヴィムとはそういう契約が結ばれているから。しかしこの契約には穴がある。ヴィムと同等、もしくはそれ以上の力を持つ悪魔と先に契約を結んでしまえば、もう手が出せないはずだ。

実際、ゲームでクリストハルトはこの方法を使った。ヴィムと契約をしたあとでも、その上からさらに強い悪魔と新たな契約を結べば、ヴィムとの契約を破棄できるのだ。

クリストハルトが新たに契約したのは、〝火炎の悪魔〟。同じ悪魔公の序列ながら、火炎の悪魔はヴィム以上に強い力を有している。だからこそ、ゲームでディオンがクリストハルトに殺されることになるわけだけれど。

十歳でヴィムと契約したクリストハルトは、二十一歳で火炎の悪魔と再契約した。それがゲームのシナリオだ。けれどどこんなに思い悩むクリストハルトを見ていると、必ずしもそのとおりに進む必要はないのでは、と思ってしまった。解決方法を知っているからこそ、余計に。

「別の強い悪魔と契約を……？　そんなことできるの？」

「お兄様ならできます」

「はは、すごい自信だ。本当にそんな悪魔がいたらいいね」

小さな子の嘘《うそ》に付き合うように彼は優しく笑おうとして、失敗したようななんともいえない顔をした。私がそんな悪魔の存在を知っているのはおかしいだろう。冗談だと思っているに違いない。それでも一縷《いちる》の望みに縋《すが》りたいのだと、切なげに揺れる瞳が私を見つめていた。

彼の手を取って引っ張り、立たせる。それから傍《そば》に控えていたルイゼルのもとに駆け寄った。

「エスジェイア卿、手を貸して」

◇◇◇

渋るルイゼルを死ぬ気で説得して、私たち三人はシグルルド帝国の北に位置するレッドマウンテンに来ていた。

常に騎士の制服を着ているルイゼルはいいとして、クリストハルトと私は動きやすい服に着替える必要があったが、部屋に戻ればロザリンに見つかる。どうしようかと悩みながら馬を借りに行くと、ちょうど厩番《うまやばん》に少年がいたから、二人分の服を貸してもらった。ウエストをぎゅっと絞って、裾は何回も折っているけれど、ドレスよりは幾分マシだ。

皇宮からは馬で駆けて三時間ほど。私はルイゼルに乗せてもらったが、クリストハルトは一人で馬に乗っていた。休憩を挟みつつ来たものの、初めての乗馬のせいか既にへろへろだ。

二人ともどうして私の言葉を信じてくれたんだろう。クリストハルトはきっと、それだけ切実だったのだとわかる。ルイゼルは正義感に溢《あふ》れる人だから、幼い皇族たちが契約により命を落とすことをよく思っているはずがない。賭け、だろうな。

誰にも内緒で来てしまったため、あとで叱られるかもしれない。

山の中腹で馬を下りる。ここからは馬は使えない。魔獣の気配に脅《おび》えてしまうからだ。

「姫様はこちらに」

ルイゼルに抱きかかえられて薄暗い山の中を進む。

「エスジェイア卿、聖水は何本持ってる？」

「一本です」

「い、一本!?」

本当に貴重なのね。公爵家嫡男のルイゼルでさえ一本しか所持していないとは。ちょっぴり、ほんのちょっぴりだけど、この先が不安になった。なぜなら火炎の悪魔が封印されているここレッドマウンテンは、悪魔の気配に誘われるのか、やたらと魔獣が湧いて出る帝国屈指の危険地帯だから。

騎士のルイゼルはもちろん剣を所持しているが、クリストハルトも帯剣していた。将来、騎士団長であるルイゼルの次に優れた剣術の使い手になる。早くも剣術の授業は受けているらしいが、今回はあまりあてにはしていない。

襲いくる魔獣たちを、ルイゼルがばったばったと切り伏せていく。クリストハルトもたまに魔獣を倒していた。ルイゼルは攻略対象なのでもちろん魔法使いだが、聖水の無駄遣いはできないため、なるべく魔法は使わずに戦っているようだ。

火炎の悪魔が封印されている場所に近づくにつれて、魔獣がだんだんと強くなっていっている気がする。そしてこの先に待ち受けているのは――。

「出ましたね」

「わ、わあ……」

山頂、火口付近。私たちの前に立ち塞がったのは、一匹の巨大なドラゴンだった。

「赤龍だ！」

クリストハルトが叫ぶ。火炎の悪魔が封印されている火口を住処《すみか》とする、魔獣の巣窟であるレッドマウンテンのボスのお出ましだ。

ゲームにも登場したから、いることは知っていた。けれど現実で見るのとフィクションで見るのとは全くもって別物だ。ばさりと大きな翼を広げ、縄張りの侵入者である私たちを見下ろす赤龍は、あまりにも巨大で圧倒される。

威圧感に足が竦《すく》んだ。びりびりと空気が震えている。ルイゼルが無意識に私を強く抱え直し、緊張が如実に伝わってきた。

「エスジェイア卿、倒せる？」

「善処します」

ゲームではクリストハルトがヒロインと二人で攻略していた。不可能ではない、と思いたい。今はルイゼルだけが頼りなのだ。彼が剣を構えると、赤龍が空に向かって咆哮《ほうこう》する。

「殿下は下がっていてください。姫様も――」

「だめよ！　私はこのままじゃないと」

「姫様、危険です」

いざという時にルイゼルに〝神の愛し子〟の力を使うためには、一緒にいるほうが都合がいい。

「来るわよ！」

ぐわ、と大きく開かれた赤龍の口腔《こうこう》に魔力が集中していく。圧縮された魔力が、驚異的な火力をもってこちらに襲いかかった。ドラゴンお得意のブレスだ。剣では弾き切れないと判断し、ルイゼルがすぐにシールド魔法を展開する。

なんとか防ぎきれたものの、相手はずっと浮遊しており反撃の手段がない。ルイゼルは剣を天に掲げ、それから地面へと突き刺した。バリバリィ！　と空気を裂くような轟音《ごうおん》に反射的に肩を竦める。赤龍に雷が直撃していた。

　彼が契約している〝雷撃の悪魔〟の力だ。

「すごいわね」

「いいえ。思ったより効いていません」

　確かに、雷の直撃を食らったというのに地に落ちない。それどころか怒りも露《あらわ》に身体を燃え上がらせ、そのままミサイルのように突っ込んできた。剣で受け止め、今度は直接雷電を流す。咆哮を上げた赤龍は至近距離でブレスを放った。咄嗟にシールドで防いでも、熱が伝わってくる。

　ブレスの反動で動きが鈍った赤龍の片翼を斬り落とすと、ギャアアと山が震えるほどの叫び声を上げた。

　ルイゼルの呼吸が激しく弾み、じっとりと汗をかいている。私を抱える腕をふと見ると、指の先まで魔印が広がっていた。よく見れば、襟からも魔印が少し覗いている。まずいわ。かなり魔法を連発したせいで、魔印に大分侵されてしまっている。

「エスジェイア卿、魔印が……」

「姫様、私の懐に聖水があります」

　両手が塞がっている彼の代わりに聖水を取り出す。片翼を落とされ少し距離を取った赤龍を睨《にら》みつけるルイゼルの口に、瓶の中身を流し込んだ。するとゆっくり魔印が引いていく。彼の契約の証は鎖骨にあるため見えないが、全身に広がりかけていた魔印は聖水の力で少し癒やされているだろう。しかし、なけなしの一本だ。

「エスジェイア卿……」

「うわー！」

聞こえてきた悲鳴に振り向くと、クリストハルトが魔獣たちに囲まれていた。ルイゼルは直ちに彼の周りにシールドを張る。長期戦は無理だ。早く決着をつけないと体力が尽きて負けてしまう。

けれど赤龍はまだ轟々と炎をくゆらせ、獲物と目をつけたルイゼルに襲いかかる。剣に雷をまとわせ応戦しているが、僅かに劣勢に見えた。常時クリストハルトにシールドを展開しているのと、剣にまとわせた雷。それから時折落とす雷撃。

じわじわとまた魔印が広がっているのが、騎士服の襟から見てとれた。

ブレスを放とうとしたところに雷撃が落ちる。焦げた臭いが立ち込めるが、赤龍の眼《め》はギラギラとこちらを見据えていた。長い尾が鞭《むち》のように振り下ろされる。剣で受け止めたものの、今度は横から爪で払われた。

ルイゼルと一緒に吹っ飛ぶが、衝撃を殺すためにシールドを張ってくれたおかげで傷は負っていない。しかし爪の斬撃はルイゼルの身体を切り裂いていた。ボタボタと溢れた血が地面に吸い込まれていく。額には冷や汗が滲《にじ》んでいた。

「姫様、ご無事ですか」

沈痛な面持ちで頷く私を確認し、赤龍に視線を戻す。取り落とした剣を拾い上げると、雷撃を落とそうと剣に魔力を込めた。じわ、じわ、と墨が滲むように頬にまで魔印が広がるのを目にして、私はすかさず叫んだ。

「ルイゼル！　剣の魔力をといて！」

私の言葉に忠実な彼は、突然のことにもかかわらず剣にまとわせた雷の魔力を霧散させる。それを確認して、私は衝動的に手を伸ばした。

「姫様！」

「ラルーシェ！」

剣に手のひらを滑らせた私に、ルイゼルが珍しく声を荒らげる。遠くから見ていたらしいクリストハルトも、驚愕《きょうがく》の声を上げた。手のひらに赤い筋が刻まれ、あっという間に血が溢れ出す。「なんてことを」と狼狽《うろた》えるルイゼルの口に、問答無用で手のひらを押しつけた。

「んぐ……っ!?」

「飲んで！」

喉奥に流れ込む血の味にルイゼルは目を見開き、私を見た。おそらくそれは鉄臭い普通の血液とは違い、甘く、芳醇《ほうじゅん》な味わいだっただろう。尚《なお》も押しつける手のひらから血を舐め取られるくすぐったさに、「ん」と小さく声を上げた。襟から覗いていた魔印がたちまち消えていく。

そろそろいいかしらと手のひらを離すと、ルイゼルは自らの袖を肘まで捲り驚愕に息を呑んだ。

「――姫様、あなたは」

「話はあとよ！」

赤龍が今にも飛びかからんとしている。狼狽《ろうばい》する気持ちもわかるけれど、まずはこちらを片づけなければ。手のひらの傷に応急手当てをしようとする彼の手を振り払う。ルイゼルが両手を使って戦いに専念できるように、背中側に回りぎゅっとしがみついた。

言いたいことが山ほどあるだろうルイゼルはなんとか気持ちを切り替え、再び剣を握り先ほどまでよりも強力な雷撃をお見舞いする。しかし赤龍はそれでも倒れない。多少効いているようではあるが、さらに激怒してブレスを放ってきた。シールドで防ぎつつ雷の刃を魔法で飛ばす。赤龍はそれを避けながら、物凄《ものすご》い速さでこちらに向かってきた。

迫る爪を剣で受ける。鋭い牙が並んだ大きな口を至近距離で開き、ブレスを放とうとするのを察知してシールドを展開した。この距離で受ければひとたまりもない。ルイゼルは重い爪を剣で受け止め踏ん張りながら、シールドを厚く、何枚も重ねる。

じわじわと広がる魔印を確認して、歯を食い縛る彼の口に手のひらを当てる。ルイゼルは赤龍から目を逸らさないまま、躊躇《ちゅうちょ》せず血を啜《すす》った。

口に高密度の魔力を集中させ今にもブレスを放とうとしていた顎を下から蹴り上げ、油断したところを狙い鱗《うろこ》に剣を突き刺して雷撃を流す。苦しそうに咆哮を上げているが、致命傷とはならない。


そんな攻防を何度も繰り返した。魔印が広がる度に、酷い傷を受ける度に、私の血を飲ませて。

だが赤龍は想定していたよりしぶとい。レッドマウンテンに封印された火炎の悪魔から漏れ出る魔力の恩恵を受けているせいで、普通のドラゴンより手強《てごわ》いのだ。片翼を切り落とし、目を潰し、大きな傷を与えてはいるもののなかなか倒すまでには至らない。

〝神の愛し子〟の血を飲んだところで、魔印や傷は癒えても疲労まではなくならないため、ルイゼルは肩で息をしてなんとか立っているような状況だった。

どうやら私の見通しが甘かったみたいだ。

ゲームでクリストハルトが攻略に成功していたとはいっても、彼はルイゼルが契約している雷撃の悪魔よりも高位の悪魔――ヴィムの力を持っていた。優れた才能を持ちディオンからも認められているルイゼルだが、まだ若く全盛期ですらない。一人で倒すのは少々厳しかったようだ。

「はっ、はぁ……」

「エスジェイア卿……」

ごめんね。過信した私のせいだ。

くらくらする。血を失いすぎたのだ。ルイゼルの背中にしがみつく力もだんだん弱くなっていった。

「エスジェイア卿っ、ラブルーシェが！」

クリストハルトが叫ぶ声に、ルイゼルはハッとして肩口の私を見る。顔面蒼白で今にもずり落ちそうな私を抱え、彼は必死の形相で私を呼んだ。

ああ、だめよ。赤龍に背を向けては。爪を振りかざすのが見える。「私は平気」って言わないと。赤龍だけに集中していてって言わないとだめなのに。

「るい……ぜ………っ」

「姫様！　姫様……!!」

爪が私たちに迫る。クリストハルトが剣を手に飛び出してきたけれど、今のあなたにはどうすることもできない。ここで私たちが死ぬのは、全部私のせいだ。後悔と恐怖に、ぎゅっと目をつぶる。


——ズドォオオン！

痛みを覚悟していた中、突如響いた耳を劈《つんざ》くような轟音に目を見開く。衝撃から庇《かば》うようにルイゼルに抱え込まれた。レッドマウンテン全体が揺れているんじゃないかというほどの地響き。上がる土煙で一瞬視界が悪くなる。一体何が起きたの？

「随分遠くまで遊びにきたものだな」

混乱する私の耳に、よく通る低い声が届いた。

土煙が収まると、無残にも変わり果てた赤龍の姿が目に入る。その躰《からだ》の上に、身長よりも長い魔杖《まじょう》を持ち、私たちを見下ろす一人の男がいた。

「…………陛下」

そう呼んだのは誰だったろう。突然現れたディオンに、誰もが言葉を失っていた。

赤龍の亡骸《なきがら》の上からディオンが降り立つ。ルイゼルに抱えられた私を見て、それから血が流れる手のひらに視線が集中した。

「ち、父上……」

駆け寄るクリストハルトに、ディオンは無表情で冷たい目を向けた。

「クリストハルト。誰にも告げずに皇宮を出れば、どんな騒ぎになるか想像もできないか？」

「申し訳……ありません」

「陛下、違うんです……。私が、私が悪いんです」

クリストハルトは父を恐れているのか、震えていた。確かに今のディオンはとても怖い。魔杖で心臓を一突きにでもしそうな雰囲気がある。

私は掠れた声で訴えた。全て私が企んだことであり、クリストハルトもルイゼルも、無理矢理つき合わされたようなものだから。

ディオンはしばらく沈黙を貫いていたが、おもむろに膝をついた。ポケットからハンカチを取り出し私の手のひらの傷に被《かぶ》せると、ギュッと押さえて止血する。血を吸ってたちどころに赤く染まるハンカチを見つめながら、彼は私の名を呼んだ。

「ララルーシェ」

「……ごめんなさい」

間髪を容《い》れずに謝罪する私に、ディオンは微かに眉を寄せる。

「愚かなりに過ちを犯した自覚はあるのだな」

随分と時間をとられていたようだ。レッドマウンテンは常に薄暗いため、時間の経過に気がつきにくい。それほど必死に戦っていた。

「勝手にいなくなることは許さん」

「…………」

クリストハルト不在に大わらわな皇宮で、ディオンだけが私の不在に気づいてくれたのだろうか。そうよね。〝神の愛し子〟である私がいなくなることは、ディオンにとっては大損失だもの。どんな理由であれ、わざわざ転移の魔法まで使って捜しに来てくれたことは嬉《うれ》しかった。ついつい破顔しそうになり表情筋を引き締める。

「なぜ赤龍と戯れていた？」

「そ、それは……その」

本当のことを説明してもいいものだろうか。「クリストハルトがヴィムと契約しないで済むように、ほかの悪魔と契約しにきました」なんて馬鹿正直に言ったら、計画を阻まれる可能性もある。

しかしヴィムと契約しているディオンは既に、レッドマウンテンに満ちる火炎の悪魔の気配に気がついているだろう。ゲームのクリストハルトも、気配を辿ってここへ辿り着いたのだから。

表情からは感情が読み取れない。やっぱり怒っているだろうかとじっと見つめると、彼も私の目を見つめ返した。やだ、なんて綺麗な瞳なの。

ディオンはルイゼルとクリストハルトを見遣《みや》ると、静かに立ち上がった。

「早めに戻れ」

それだけ言い残し、魔杖の先端を地面に突き立てる。するとそこに魔法陣が浮かび上がった。ディオンを包むように魔法陣から光の柱が立ち上り、魔杖を装飾する宝石たちが揺れる。

ディオンの姿は瞬きのうちに消えていた。

――見逃してくれた、ということ？

極度の緊張から解放され、クリストハルトは全身から力が抜けたのかその場にへたり込む。ルイゼルも、大きく息を吐き出して強張っていた身体から力を抜いた。

「姫様、大丈夫ですか」

「うん。陛下が止血してくれたから、もう大丈夫。ごめんね、無理させちゃって。エスジェイア卿もボロボロだわ。陛下にも怒られちゃったし」

「私のことはお気になさらずとも良いのです」

ハンカチを取り血が止まったのを確認すると、傷を保護するため手のひらに結んでくれた。それから私を抱えたまま、クリストハルトに手を貸し立ち上がらせる。

「皇帝陛下は早めに戻るよう仰っておりました。用を済ませてしまいましょう」

「そうね。行きましょう、お兄様」

「うん！」


レッドマウンテンにおける食物連鎖、そのピラミッドの頂点に立っていた存在を、いとも容易《たやす》く倒したディオンの魔力の残滓《ざんし》が残っているせいか、他の魔獣たちも近づいてこない。これ幸いと、火炎の悪魔が封印されている火口付近の洞穴へ急いだ。

そこは赤龍が巣にしていたようで、どこからか盗んできた宝物で溢れ返っていた。光るものが好きらしい。その一番奥、鈍く輝く魔法陣が見えた。火炎の悪魔を此処《ここ》に縛りつけている、封印の魔法陣だ。

火炎の悪魔の強大な魔力に満ちた洞穴は少し息苦しい。この魔力を浴び続けていたというのなら、赤龍のあの異常な強さも納得がいく。

「……悪魔の書だ」

魔力にあてられて少し顔色を悪くしながらも、一番体力的に元気なクリストハルトが自ら進んで奥へ向かった。彼は何が封じられているのかを確認し、息を呑んだ。

私を抱えたまま、ルイゼルも警戒しながら近づいていく。

悪魔にはそれぞれ固有の召喚魔法陣がある。悪魔一体につき一冊作られた悪魔の書に記されており、この本がなければ召喚は不可能なのだ。契約の儀を明日に控えたクリストハルトは予行演習でも行ったのか、悪魔の書の存在を知っていたらしい。

それなら、どうやって悪魔と契約をするのかもわかっているだろう。

「エスジェイア卿、あの封印解ける？」

「お任せください」

封印の魔法陣がバチバチッと雷鳴を響かせて焼け焦げながら消えていく。すると、先ほどまでよりもさらに濃厚な魔力が漏れだした。途端に悪魔の書から炎が立ち上る。

「熱ッ……！」

一番近くにいたクリストハルトがあまりの熱気に後退《あとずさ》る。迫る炎を見てルイゼルが彼を引き寄せようと手を伸ばすが、燃え広がるかに見えた炎はみるみるうちに圧縮され、人間ほどの大きさになった。

赤く燃える髪。頭の横に生えた羊のような角。褐色の肌にはびっしりと刺青が刻まれている。──悪魔は長い眠りから醒《さ》めるようにゆっくりと瞼を開いた。白目の部分が黒く、瞳は燃え盛る炎の如き灼熱《しゃくねつ》の赤だ。溜息でも吐くように息を吐くと、唇の端から炎が零れた。

初めて見た悪魔の姿に圧倒される。ルイゼルは自身の契約悪魔を一度見たことがあるためか、それほど驚いた様子はない。私とクリストハルトは言葉を失い、恐ろしさに身体が震えていた。

『…………永き時が過ぎた』

しわがれた低い声がその場を支配する。一言発するだけで、魔力でびりびりと空気が震えた。

「あなたが、火炎の悪魔ね」

『如何《いか》にも。封印を解いてくれたこと、感謝する』

「ど、どうしてこんなところに封印されていたのですか……?」

基本的に悪魔の書は、シグルルド帝国では皇家または貴族家に厳重に保管されている。クリストハルトの疑問はもっともだ。

『──昔、遠い昔だ。我と契約をしようとした愚かな人間がいた。しかし我を召喚してすぐに悟ったのだ。我は、自身の手には余る存在だということを』

「そんな……。では、あなたは」

『人間は我と契約を結ばなかった。そして我を封印した。契約をしなければ、我ら悪魔は下界で力を使えない。封印を破ることも、魔界に帰ることもできずに、数百年ここに縛られていた』

はー、と火炎の悪魔は長く息を吐く。やれやれ困ったものだ、とでも言いたげだ。実際いつ解けるかもわからない封印に心底困っていたのだろう。火炎の悪魔は封印を解かれたことに恩を感じているようで、私たちに好意的に見えた。

魔力の圧の割に恐ろしさはもう感じない。

『我は魔界に帰りたいが、お前たちは我に用があって封印を解いたのであろう？　帰る前に話を聞いてやろう』

「ありがとうございます！」

私たちは、クリストハルトがヴィムと契約を結ばないようにするために、火炎の悪魔と先に契約をしたいのだということを説明した。

『ヴィムか……。ふむ、そんな若造がいたな。同じ悪魔公ではあるが、我と契約を結べばヴィムでは上塗りできぬだろう』

「僕と、契約をしていただけますか？」

『いいだろう。代価は僅かな血でかまわぬ。我は疾《と》く魔界に帰りたい。口上を述べよ』

とにかく実家に帰りたいらしい。とっととせい、とばかりに急《せ》かす火炎の悪魔にクリストハルトは拍子抜けしながらも、契約の口上を必死に思い出した。

『我は火炎の悪魔。ディト』

自身の悪魔の書を片手に持つ火炎の悪魔と真正面から相対し、クリストハルトは覚悟を決めた眼差しをしていた。召喚魔法陣の描かれた悪魔の書の上に手を翳《かざ》し、自身の剣をその手のひらに滑らせる。

ぽたりぽたりと落ちる血は、悪魔の書に滴るとすぐに吸い込まれるように滲んで消えた。

「我、クリストハルト・デ・ロス・シグルルド。我が血を代償に汝《なんじ》の力を求めし者。我が血、我が名に於《お》いて此処に契約を結ぶ。火炎の悪魔ディト、我が声に応えよ――！」

『そなたの声に応えよう』

契約に使用するためにつけた傷、未だ血を溢れさせるそこをディトが親指で撫でる。指先についた血を舐め取ると、ディトはクリストハルトの首へと手を伸ばした。

背後に立つ私たちには、彼のうなじに赤く魔印が刻まれていくのがよく見える。少し苦痛を伴うのか、小さな呻《うめ》きが聞こえた。ディトの魔力が、クリストハルトの身の内にある器にそそがれているのだろう。

　この時悪魔の力に耐え切れず器が壊れれば、契約者は無事では済まない。最悪即死だ。それを恐れ、ディトを召喚した者は彼を封印したのだ。

　しかしクリストハルトは倒れることもなく、魔力を器に収められたようだった。幼い彼でも、ちゃんと火炎の悪魔と契約ができたのだと安堵《あんど》する。

『これで契約は結ばれた。もう用はないだろう。我は魔界に帰る』

「ありがとう。ディト」

「あっ、待って」

『なんだ』

　帰りたそうにうずうずしているディトを引き留める。ごめんて。

「もし悪魔との契約を破棄したくなった時は、どうすればいいの？」

またとない機会だ。悪魔本人にこんなことを聞けるチャンスは、もう二度とないかもしれない。ディオンをヴィムの呪縛から解き放つ方法が知りたい。

『これは永劫《えいごう》の契りだ。命尽きる時まで破棄することはできない。それを承知の上で、お前たち人間は我らの力を求めるのだろう』

「そんな……。どうしても方法はないの？」

『…………ふむ。もう一度悪魔を召喚し、契約の破棄に同意させれば不可能ではないかもしれないが……。悪魔に依《よ》っては、また代償を払う必要があるだろうな』

「前例は？　一度も、誰も契約を破棄しなかったの？」

悪魔の力はほとんどが人間の身には余る。それを手放したいと思った人が一人もいないとは思えなかった。

『永い時を此処に縛られていたから、少なくとも我は知らん。知らんが……、強大な力に溺れ、手放せなくなるのだろう。それに、悪魔を再び呼び出し契約を破棄させようとしたところで、新たな代償はおそらく契約した時の比ではないものを要求される。悪魔とはそういう性質の生き物だ。そもそも代償を貰《もら》わずとも、目の前には悪魔の力で壊れ死にゆく人間がいるのだ。その魂を食べたほうが手っ取り早い。契約の破棄に同意する悪魔はいないと思え』

契約した悪魔の同意がいるとなれば、ヴィムが応じるはずがないので絶望的だ。人の理《ことわり》を超えた存在と契約するということは、そういうことなのよ。

しょんぼりと肩を落とす私に、ディトは『だが』と声を上げた。

『お前のその力を使えば簡単であろう』

「私の力……」

『たくさん喋《しゃべ》って疲れた。もう帰る。ではな』

「あっ、ちょっと！」

面倒そうに手早く締めると、ディトは召喚魔法陣に吸い込まれるようにして消えた。それが魔界と下界を繋いでいるのだろう。帰るの早。

やっぱりこの〝神の愛し子〟の力が鍵になるのね。無印のゲームでは語られなかった、秘められし力でもあるのかしら。続編さえ！　プレイできていれば！

悔しがる私をルイゼルがどうどうと宥《なだ》めながら、馬を繋いでいた場所まで下山する。クリストハルトの手にはディトの悪魔の書が握られていた。

レッドマウンテンから出ると、空は真っ暗だった。月明かりに照らされながら馬を駆けさせる。皇宮に帰りつく頃には、うとうとと眠ってしまいそうになっていた。ディオンが何かしら伝えておいてくれたのか、すでに皇宮は静けさを取り戻している。

ルイゼルが厩に馬を戻しに行っている間、クリストハルトと二人きり。彼は私の目線に合わせ、しゃがみ込んだ。

「ララルーシエ、今日はありがとう」

ニコッと天使の微笑みをいただいてしまった。ディオン推しだけど、クリストハルトも結構好きだったのよね。ハンカチの巻かれた私の手と、同じくハンカチを巻いた自分の手をコツンとぶつけて「おそろいだね」とはにかむ。一時はどうなるかと思ったけれど、この笑顔を守れて良かった。

「明日の契約の儀は、もう決められていることだから避けられない。でも怖くないよ。君のくれた力のおかげだ」

「クリストハルトお兄様……きっと、きっと大丈夫だから」

「うん。君とエスジェイア卿が僕のために命を懸けてくれた。だから僕も頑張るよ。父上はちょっと怖いけどね」

「陛下はたぶん怒らないわ。優しいもの」

ゲームではディトがヴィムの力に勝り、契約が上塗りできたけれど、本当に大丈夫かどうか少しだけ不安だ。ディトもああ言っていたが、どうなるかは明日になってみないとわからない。

今日も、ディオンが来てくれなければ私たちは死んでいただろう。ゲームとは状況が異なる以上、私が思うとおりにはいかないかもしれない。

クリストハルトをじっと見つめ、それからその柔らかな頬に啄《ついば》むようなキスをした。せめてもの祝福だ。〝神の愛し子〟のキスなんだから、少しはご利益があるかもしれない。彼は目を丸くしてしばらく固まっていたかと思うと、くしゃっと笑みを崩し私をきつく抱き締めた。

ルイゼルに連れられて本城の部屋に戻ると、気怠げにベッドに寝そべるディオンに出迎えられた。なにこれ、夢――？

侍女のロザリンにお風呂に入れられ着替えさせられる間も、ディオンはベッドから動かなかった。寝ているわけでもなく、まるで私を待っていたかのように思えてしまうのは、私の願望にすぎない。

寝る支度が整うと、戸惑う私に向けてディオンは布団をまくり隣に入るよう促した。おずおずとベッドに上がると、頬杖をついて寝そべったまま、サイドテーブルに置いてあったお皿を引き寄せる。ブルーベリーくらいの大きさの木の実を一つつまみ、私の口の中に放り込んできた。思わず咀嚼《そしゃく》する。甘酸っぱくておいしい。もぐもぐごっくんしたのを確認すると、もう一粒、またまたもう一粒、と皿が空になるまで餌付けのような行為は続いた。なにこれ、夢――？　いや、名前変換夢小説……。

「食べたな。寝ろ」

「ひゃい」

一体何を食べさせたのか。聞きたいけど怖くて聞けない。そしてディオンにいつもの如く枕代わりに抱きすくめられると、推しの供給過多で気絶した。

◆◆◆

その日の夕方近くになり、ラルルーシェの侍女が執務室を訪ねてきた。俄《にわか》に皇宮が騒がしいと思っていたが、何かあったか。

「陛下、ララルーシェ皇女殿下が行方不明でいらっしゃいます。同時にエスジェイア卿と、クリストハルト皇子殿下も皇宮内のどこにも見当たりません」

誘拐か。それとも家出か。

明日に契約の儀を控えたクリストハルトが逃げ出すのは理解できるが、ララルーシェには理由がない。皇宮全体を使用人と騎士たち総動員で捜してから、私に報告しにきたのだろう。それでも見つからず私を頼ってきたか。

契約の儀から逃げ出すことはできない。それはクリストハルトもよくわかっているはずだ。私の身の内に巣食うヴィムが私の身体を操り、地の果てまでも追っていって逃げた者を殺す。私にそれを止める術《すべ》はない。古《いにしえ》の皇帝がそういう契約をしてしまったせいだ。

ならばまた別の目的があって皇宮を出て行ったのだろう。

寝物語のように一方的に喋るララルーシェの話によく出ていたから、あれは長男によく懐いていたはずで、おそらく共にいるのだろう。目を閉じて、気配を探る。毎日近くにいるためララルーシェには私の魔力がまとわりついている。遠くにいようと捜し出すのは難しくない。

――レッドマウンテンか。

そちらのほうに意識を向けると、魔力の揺れが何度も起こっているのがわかる。あそこに生息している赤龍が暴れているようだ。何がどうしてそうなったのかは謎だが、魔力を感知するにルイゼルが赤龍と戦っているらしい。

クリストハルトの気配もうっすらあるか？　魔力を持たない者の探知は難しい。私の血が流れる実の息子だから、なんとなく気配を感じる程度だ。

「……放っておけ」

レッドマウンテンにいるということは、誘拐の線は消えた。あそこはただの人間が立ち入れば即座に魔獣の餌になる。ルイゼルが共にいるのなら魔獣程度は問題なかろう。赤龍に勝てる見込みはほとんどない——が、目的があるのなら、今しばらく目を瞑《つぶ》っておいてやる。

「皇宮内に通達しろ。皇子皇女らを捜す必要はない。通常業務に戻れ」

同席していた執事長に告げる。そうしてしばらく経つと皇宮内は静けさを取り戻した。


——空に夜の帳《とばり》が下り、星たちが瞬く頃。

レッドマウンテンの方向は未だ魔力の揺れがある。いつまで遊んでいるつもりだろうか。心なしかラルーシェの気配が先ほどまでよりも薄く感じられて、私は重い腰を上げた。

彼女に死なれては困る。〝神の愛し子〟は貴重だ。

デスクに向かって黙々と書類仕事をしていたフォーが私を気にしているが、視線を無視して立てかけてあった魔杖を手に取った。

「迎えに行かれるのですか？」

「ああ」

魔杖を床に打ちつける。足元を照らす魔法陣から光の柱が立ち上り、一瞬の浮遊感のあとレッドマウンテンの上空に転移した。

大分追い詰められているようだ。こちらに気づいていない赤龍の頭の上に、魔法を展開した。派手な音を立てて撃ち込まれた魔力の塊に巨体はひしゃげ、ぴくりとも動かない。容易いことだ。

じわ、と魔印が広がるのを感じ微かに眉を寄せる。

土煙が落ち着くと三人はようやく状況を把握し、それぞれ驚愕や恐怖に目を見開いた。赤龍の亡骸から降り立つ。今回の騒動に対し言い訳をしているようだが、私の意識はただ一点に集中していた。だらだらと血を流す小さな手に不快感が募る。

目の前に立つ私を、私によく似た青色がじっと見上げていた。大きな瞳が揺れている。顔色が悪いな、とそんなふうに思ってから膝をついた。私が膝をつくのは父に傅《かしず》いて以来か。そんなどうでもいいことを考えながら、ハンカチでラフルーシェの傷を押さえた。あっという間に白い布が赤く染まる。

脳を直接揺さぶるような甘ったるい香りに、知らず喉を鳴らした。ラフルーシェを抱くルイゼルを見ると、少し口元が血で汚れている。赤龍と戦い魔印が広がったこの男を、〝神の愛し子〟の血で癒やしたか。――ひどく、不愉快だな。

「ラフルーシェ」

「……ごめんなさい」

「愚かなりに過ちを犯した自覚はあるのだな」

お前は大人しく私と共にいるべきだ。私のためにその身を捧げ、私だけを癒やせ。

〝神の愛し子〟に対する独占欲か、どす黒い感情が内に湧く。

『醜いな、ディオン』

うるさい。わかっている。ニヤニヤと喜色を帯びたヴィムの声が気に障る。

「勝手にいなくなることは許さん」

ラフルーシェにいなくなられると、私が困るのだ。〝神の愛し子〟がいなければ私はまたヴィムに身体を操られ、あのおぞましい行為をして魔印を強制的に他人へ譲渡させられる。ただそれだけの理由だ。浅ましい独占欲じゃない。

そんな感情を押し込めて、何をしていたかと聞くと、ララルーシェは言葉に迷い火口のほうを無意識に見つめていた。なるほど。そちらから悪魔の気配がする。

彼女たちがしようとしていたことがわかった。ならば私がここにいるのは都合が悪い。ヴィムは明日自身の契約者となるクリストハルトに意識を向けており、今はまだほかの悪魔の気配に気づいていなかった。

赤龍も死に、魔獣たちは私の魔力に脅えて様子を窺っているから、もう危険はないだろう。「早く戻れ」とだけ言い残し、さっさと皇宮に転移した。

もうすぐ今日が終わるという時、一行は皇宮に帰ってきた。

いつもならばララルーシェはもう眠っている時間帯。仕事を終えた私が子どもの体温で温められたベッドに潜り込む頃だ。

今日は私が先にベッドに入っていたが、やはり寝つけなかった。暇を持て余し寝そべりながら戻りを待つと、ルイゼルが眠そうな彼女を抱いて入室する。ベッドに寝そべる私を見てギョッとした顔をしたが、私が顎をしゃくり退室を促すと無言で一礼し出ていった。

ララルーシェも大きな目を零れそうなほど見開いている。抱かれたまま皇宮へ戻る道中、半分寝ていたのだろう。頭がはっきりしていないようだ。

入れ替わるように侍女のロザリンが入ってきて、ララルーシェの寝支度を整える。ロザリンも足早に退室し、残されたララルーシェは未だぽかんと口も目も開けていた。

ベッドに寝そべっていた私は、そんな幼子に向けて布団をまくり上げ隣に寝るよう示す。おずおずとベッドに上がってきたララルーシェが隣に寝転ぶと、ほんわりと胸元があたたかくなった気がした。

子どもの体温とはこのように高いのだと、子がたくさんいながら初めて知ったものだ。

少し距離を空けて寝転ぶ小さな身体を、胸元に抱き寄せる。彼女は目をおろおろと泳がせて、口元まで布団を被った。私を恐れている、というよりも照れているのだろうか、これは。

ほんのりと頬が赤い。——だが、やはり顔色が悪い。血の与え過ぎだ。

ベッドサイドに手を伸ばし、用意させていた皿を枕元に置く。戦場で兵士が傷を負った時などによく食べる実だ。鉄分が多く含まれていて、その他の栄養も豊富である。一つつまんで小さな口に押しつけた。私が手ずから与えるものに些かの疑いもなく、餌付けされる小鳥のように受け入れる。

ぱくぱくと必死で食べるラルーシェに、自然と顔が緩んだ。

「食べたな。寝ろ」

「ひゃい」

これで一晩寝れば顔色も大分マシになるだろう。皿を下げ、私も横に寝転ぶ。じっと見つめていると、ラルーシェはふにゃっと気の抜けた笑みを浮かべた。「おやすみなさい」と囁く声は鈴の音のようで心地いい。

疲れから早々に眠るラルーシェを見ていると、眠気を誘われる。彼女からはいつも、得も言われぬいい香りがした。どれだけ疲れていても、どれほど気が立っていても、その香りを嗅ぐと心が和いでいく。頭の中で響く悪魔の声もこの時ばかりは遠くに聞こえた。

瞼を閉じれば、眠りに落ちるのはあっという間だった。


一夜明け、クリストハルトの契約の儀。

儀式を行うのは、代々悪魔公ヴィムの悪魔の書を祀《まつ》った聖堂だ。かつては神を信奉していた名残《なごり》である。今では神聖さは失われ豪華絢爛《けんらん》に飾り立てられており、ただただ皇家の力を見せつけるための建物に成り下がっていた。

契約の儀は秘めやかに行われるわけではなく、帝国内の高位貴族たちが集められ一種の式典のようだ。生存している皇家の者も皆出席する。小さな子どもたちもだ。

昔からの慣習で戴冠式の如く着飾ったクリストハルトが、私のもとまで堂々と歩いてくる。祭壇に置かれた悪魔の書を挟む形で立ち止まった。

「クリストハルト・デ・ロス・シグルルド。これより契約の儀を始める」

「はい、陛下」

この場に立つ者は、誰しも悲愴感《ひそうかん》に満ちていた。かつての私も。しかしクリストハルトは何も恐れてはいない目をしていた。その身からは、昨日レッドマウンテンで感じた悪魔の魔力の気配がする。

『……………なんだ、この小童《こわっぱ》?』

ヴィムもようやく気がついたか。

「手を出せ」

悪魔の書の上にクリストハルトが手のひらを上に向けて腕を伸ばす。私はその手のひらを短剣で切った。事前に練習したであろう召喚の口上を静かに舌に乗せる。

「我が血を捧げ、此処に悪魔を召喚す」

血が悪魔の書に落とされると、闇をまといながらヴィムが姿を現す。普段は契約者の身の内に潜んでいないと下界に留まってはいられないが、召喚された際だけは本来の姿を現せるのだ。

長くまっすぐ伸びた黒髪を床まで垂らし、その頭の横には牛に似た太い角が生えている。血よりもどす黒い赤い瞳。蜥蜴の如き尻尾。黒い翼。悪魔を絵に描いたような姿をしたヴィムに、さすがにクリストハルトも息を呑んだ。

『俺は深淵の悪魔。悪魔公ヴィム』

ヴィムは訝《いぶか》しげな眼差しでクリストハルトを睨みつけていた。

「我、クリストハルト・デ・ロス・シグルルド。我が血を代償に汝の力を求めし者。我が血、我が名に於いて此処に契約を結ぶ。深淵の悪魔ヴィム……我が声に応えよ」

『貴様の声に応えよう』

クリストハルトの胸板にヴィムの指が触れる。契約する時、悪魔はそれぞれ好きな場所に魔印を刻み魔力を送り込むのだ。私が契約した時と同じように、ヴィムの指先から黒い靄《もや》が燻《くす》ぶる。魔印を刻まれた時を思い出して、その証がある下腹部が少し痛んだ。

苦痛に眉を寄せるクリストハルトに悪魔は愉悦の表情を見せていたが――突然ヴィムの手が轟々と燃え上がった。

『……ッ!?　これは！』

炎に包まれた手を凝視し、ヴィムは忌々しげに舌打ちをする。

『貴様、俺よりも先に火炎の悪魔と契約したな……!?』

「はい」

ざわ、と群衆が揺れる。ヴィムは火炎の悪魔とやらの魔力に弾かれ、契約ができなかったようだ。

クリストハルトは真っ直ぐな眼差しでヴィムを見据えている。――ああ、まずい。

『殺してやる』

ヴィムが牙を剥《む》く。契約不履行者の息の根を止めようと襲いかかる背中越しに、クリストハルトと目が合った。開かれたままだった悪魔の書を閉じ、その上に魔杖を突き刺し魔法陣を展開する。

『きっさま……！　ディオン‼』

一時的に悪魔の書を封じた。実体を露にしていたヴィムは途端に立ち消える。下界からいなくなったわけではない。しかし悪魔の書の中に封じ込めておけるわけでもない。ただ私の中に入ってくるだけだ。恨みがましい声が頭の中に響いていたが、それを全て無視した。

「――これにて契約の儀を終える」

「ち、父上……」

おそるおそるといったふうに呼ぶクリストハルトに一瞬だけ視線を向け、聖堂をあとにした。

普段ならば、契約が成功すればパーティーが、失敗すれば葬儀が行われる。異例の事態にどうすべきかと思案するフォーにパーティーの準備を言いつけ、華美に着飾らされた装飾を侍従たちに外されながら執務室に戻った。

椅子に腰掛け、何とはなしに天を仰ぐ。唇から零れたのは安堵に似た溜息だった。

子どもたちの中で、長男が一番私に似ている。おそらくだが、ヴィムと無事契約できるのはあの中でクリストハルトだけだったろう。あの子が別の悪魔と契約してきて、私はどこかほっとしていた。

皇帝としては罰しなければならないだろうが、そんな気は毛頭ない。

現在生存している十歳以上の皇家の血を継ぐ者は、もう魔の力に耐えられず死にかけばかり。そう遠くないうちにヴィムの契約者は私だけになるだろう。そうなった時、私が死ねばヴィムは魔界に戻らざるを得なくなる。ほかに契約者がいればその者たちの身を渡り歩けばいいが、誰もいなければ下界に留まってはいられない。

私はこうなることを望んでいたのだ。シグルルド皇家とヴィムとの間の契約を終わらせる。

私が死ねば――。

それもそう簡単にはいかないのだが。

ヴィムの強大な力に酔いしれたこともある。しかし、いつしか心が擦り切れてしまった。

悪魔の力を繰り返し使ううちに肉体が馴染み、ヴィムに意識を乗っ取られることが増えていく。無意味に大勢の人を虐殺した。意識を乗っ取っている間に侵略戦争を吹っかけるヴィムのせいであとに引けなくなり、私はいくつもの国を滅ぼした。

精神が弱っていると、悪魔の囁きに惑わされそうになることもある。思考を誘導されかける。

私は徐々に、悪魔になっていっているのだろう。

人を殺す感触、血の臭い、積み重なった死体。心底嫌悪する。だんだんと生きることに疲弊した。

死のうとした。――だが死ねなかった。

自らを傷つけようとすれば、ヴィムに即座に身体を乗っ取られて阻止される。魔印が全身に広がって死んでしまえばいいと、めちゃくちゃに魔法を使ったこともあった。だが結局死ぬ直前でヴィムに防がれ、気がつくと後宮にいて、死体の上に跨《また》がったまま目が覚める。

こんな思いをするのはもう私だけで十分だ。

――けれど希望が見えてきた。一番素養のあったクリストハルトがヴィムと契約せずに済んだこと。

そして〝神の愛し子〟であるララルーシェがいる限り、もう他人に魔印を移し犠牲にする必要がなくなったこと。後宮なんて明日にも解体してしまおう。そもそもヴィムが作った後宮だ。私には一切必要ない。

ふわ、と花の香りがして視線を向けると、デスクの上に花が飾られていた。

あの子が毎日贈ってくる聖力を込めた花だ。なかなか枯れないため寝室もいっぱいになってきて、執務室にも飾るようメイドに言いつけたのだった。

「…………」

未だに頭の中は悪魔が憤怒していて喧《やかま》しいが、不思議と心は凪《な》いでいた。

私は今日、十歳の誕生日を迎える。

「姫様。皇太子殿下がいらっしゃいました」

着替えの間外に出ていたルイゼルが、扉の向こうから声をかけてくる。彼は今年で二十三歳くらいだったろうか。ゲームでの容姿にぐっと近づいた。もっと身長が伸び、今ではディオンよりも背が高い。そしてムチムチボディもさらに強化されている。

もうドレスも着終わったからと入室を許可すると、クリストハルトが部屋に入ってきた。

彼は十七歳になり、火炎の悪魔ディトの力を使いこなすため日々訓練に勤《いそ》しんでいる。火炎の悪魔の力は攻撃に特化しているようで、燃やす、爆発させるなどは比較的楽にできるらしいけれど、攻撃する対象を絞ったり、ディオンが以前使っていた転移など繊細な魔力操作を伴ったりするものは、まだ難しいと零《こぼ》していた。

そして契約の儀に脅《おび》えていた幼気《いたいけ》な美少年の面影はなくなり、色気を滲《にじ》ませた美青年へと成長を遂げている。もともと顔立ちは父親そっくりだったが、歳を重ねたクリストハルトはますます瓜二《うりふた》つだった。

ゲームでは、ディオンに少しの優しさと人間らしさを足した性格——と描写されていたにもかかわらず、今では常に微笑を浮かべているような心優しいお兄ちゃんだ。ヴィムと契約を結ばなかったことにより、こうも性格が変わるとは思うまい。

さらさらとした黒髪を靡《なび》かせながら近づいてくると、私の前で膝をついて屈《かが》んだ。心配そうに眉を下げて見上げてくる。皇族特有の碧眼は目が眩《くら》みそうなほど美しく、そして艶々の唇の下にあるホクロが相変わらずえっちで目線に困った。

「お兄様、皇太子様がそんなふうに膝をついてはいけないのでは？」

「いいんだよ。こうしたほうが君の顔がよく見える」

既に立太子を済ませた彼は、この帝国の皇太子となった。私が末っ子なのは変わっていない。そして私と彼以外の兄姉は皆、原作のとおりヴィムとの契約に失敗しこの世を去っていた。

「ララ。誕生日おめでとう」

「ありがとうございます、お兄様」

火炎の悪魔との一件があってから、クリストハルトとの仲がぐっと深まった。今では愛称で呼んでくれるまでになったのだ。ゲームでも一番攻略が簡単だったな、とふと思い出す。チョロいだなんて思っていない、決して。

彼は持っていた箱を開け、中から豪華なティアラを取り出すと、私の頭にそっと載せてくれる。

「僕からの誕生日プレゼント。思ったとおり、とてもよく似合うね」

毎年プレゼントをくれるマメな男である。しかし今年はこれまでとは比較にならないくらいの高価なプレゼントだ。

鏡を見るとラベンダー色のドレスの裾が揺れ、少し大人びた顔をしたララルーシェが映る。眩《まばゆ》い金髪の頭の上には、髪色に負けないくらい輝く宝石がたくさんついた、可愛らしいティアラが載っていた。ドレスにあしらわれた繊細なレースや可愛らしいリボンと相俟《あいま》って、まるでおとぎ話のお姫様みたいだ。実際に皇女だけれど。

「可愛い……！」

「ふふ、喜んでもらえて嬉《うれ》しいな」

兄姉たちの契約の儀がある度に思うのだが、生存確率より死亡する可能性が高いというのに、なぜこうまでして着飾る必要があるのだろうか。人生最後になるかもしれないから、だとしたら、なかなかの皮肉だ。

「ララ、大丈夫？　不安だよね」

私の契約の儀も、もうすぐ始まる。

レッドマウンテンでルイゼルを血で癒やしたのを目撃しているため、クリストハルトも私が〝神の愛《いと》し子〟だということは知っていた。知っていようと、心配なのだろう。彼の契約の儀の時も、憤怒した悪魔が牙を剥《む》いたのだから。

「もし悪魔公ヴィムが危害を加えようとした時は、僕が守るから。それにエスジェイア卿《きょう》も近くに控える予定だろう？　最も近くには、父上もいる」

「ふふ、とても頼もしいわ」

「任せて。それじゃあ僕は先に聖堂へ向かわなくてはいけないから。またあとでね」

私の髪を一房手に取って口づけると、クリストハルトは立ち上がり扉のほうへ向かった。

「エスジェイア卿、ララをよろしく頼んだよ」

「この命に代えても」

迷いもなく答えるルイゼルに思いがけず胸がときめく。大人のルイゼルめっちゃかっこいいんだよなぁ。寡黙ながらも優しく誠実で、まさに騎士の中の騎士だ。

「皇女殿下、お時間です」

侍女のロザリンに促され、聖堂へ向かう。

クリストハルトやルイゼルはヴィムのことを警戒していたが、悪魔自身は私が〝神の愛し子〟だということは知っているのだろうか。ディオンの内に常に潜んでいるから既に知られている可能性のほうが高いというのに、契約の儀は避けられなかった。

シグルルドの皇族は十歳になればヴィムと契約をしなければならない。どんな理由があろうと、契約の儀を行わなければ契約違反になる。私にとっては無駄に命の危険に晒《さら》されるだけだ。

聖堂に着くと侍従たちが扉を開けてくれた。場所が場所だからまるで結婚式みたいだ。祭壇の前に佇《たたず》むディオンが、バージンロードの先に立つ夫だったならいいのに。

ルイゼルにエスコートされながら祭壇まで進んでいく。集められた高位貴族たちが、私を見てひそひそと囁《ささや》いていた。本城にいると感覚が麻痺《まひ》してくるけれど、やはりラルーシェという存在には疎まれる理由があるらしい。

祭壇の上には悪魔の書。兄姉たちの儀式で見飽きるくらい眺めた光景だ。

ディオンを見上げると、彼もまた私を見ていた。式典用に着飾った姿は、いつもの五割増しで神々しい。まさに神の創りたもうた奇跡。聖堂のステンドグラスが金髪に反射してキラキラと輝く様は、まるで後光が差しているかのように見える。

豪奢《ごうしゃ》な王冠も、もふもふの襟がついたマントも重くて煩わしいらしく、式典が終わるとすぐに脱いでしまうため貴重な姿だ。

皺《しわ》の一つも増えておらず、ますます美しさに磨きがかかっているディオンに思わず見惚《みと》れた。

毎日見ていても飽きない。ちなみに昨夜もディオンは私のベッドに潜り込んできたが、私の契約の儀の前日だというのに、特に普段と変わった様子もなかった。

「――ラルーシェ・デ・ロス・シグルルド。これより契約の儀を始める」

「はい、陛下」

魔杖《まじょう》を片手に持ったディオンが、静かに悪魔の書をめくる。そこにはヴィムの召喚魔法陣が描かれていた。これまで数多《あまた》の皇族の血を吸ったとは思えないほど、まっさらな白い紙だ。

「手を」

ディオンに手を差し出され、そっと指先を乗せた。ぎゅっと私の手を握る温《ぬく》もりに、厳かな雰囲気など忘れて頬が火照る。くるっとひっくり返して手のひらを上に向けさせられると、短剣ではなく針のようなもので指先を刺された。

(あれ？　これまで見てきた儀式と違うわ)

ぷっくりと浮かんだ血は、やがてぽたりと悪魔の書に一滴零れ落ちた。

「ラルーシェ。口上」

動揺して流れを忘れていた私に、小さく声がかけられる。

「わ、我が血を捧げ、此処《ここ》に悪魔を召喚す」

慌てて口上を述べると、黒い靄《もや》と共にヴィムが実体を現した。重苦しい魔力の圧がこの場を支配する。途端にディオンが私を引き寄せ、背に庇《かば》った。

『やめろ！　その穢《けが》れた血を俺に飲ませるな‼』

召喚されるなり牙を剥き出しにし、怒声を撒《ま》き散《ち》らすヴィムの姿に誰もが呆然《ぼうぜん》としていた。今にも襲いかからんとする悪魔から隠すように、ディオンがさらに前に出る。そしてその間にルイゼルとクリストハルトが剣を抜き、立ちはだかった。

ヴィムが怒りに任せて尾を振るったため、悪魔の書が離れたところに吹っ飛んでしまっている。

「陛下……」

「こうなることは想定内だ」

一触即発の空気に堪えかねてディオンを呼ぶと、彼は私のほうは見ずに魔杖を構えていた。どうなろうとも対処できるようにディオンは警戒を緩めない。

『不快だ不快だ不快だ！　吐き気がする!!　シグルド皇族のくせに〝神の愛し子〟だと!?　俺の獲物を横から奪うなど許せん！　クソ神が！』

吐き捨てるように言うヴィムは本気で怒っていた。それもそのはずだ。ディオンの子たちは全員契約に失敗した。そして末の子である私は〝神の愛し子〟で、契約などできるわけがない。

契約する人間がいないと下界にいられないヴィムは、つまり焦っているのだ。

『〝神の愛し子〟！　お前がいるせいで子が――……ッ!!』

憤怒のままに叫び散らしていたヴィムの姿が唐突に掻《か》き消《き》える。遠くの悪魔の書を見るが、特に封印の魔法をかけたようには見受けられなかった。

「き、消えた……？」

「召喚の際に使う血を最小限にした。現界していられる時間は僅かだ」

私の疑問にディオンが答える。なるほど、だから皆のように短剣ではなく針で刺したのね。

「一瞬とはいえ召喚は召喚に違いない。契約の儀は成された。古《いにしえ》の契約は守ったことになるだろう」

悪魔公ヴィムの姿が消えると、恐怖に慄《おのの》いていた貴族たちが俄《にわか》に騒ぎ始めた。囁きは徐々に大きくなり、私たちにも声が届く。

「……今、〝神の愛し子〟と言っていなかったか？」

「あの皇女殿下が？」

「〝神の愛し子〟……なんてことだ……」

ヴィムが大声で喚《わめ》き立てたせいで、私が〝神の愛し子〟であることが盛大にバレた。今にも詰め寄ってきそうな貴族たちに、思わずディオンのマントの端を握る。カンカンと魔杖を床に打ちつける音が聖堂内に響き渡った。途端に貴族たちは閉口し、粛々《しゅくしゅく》とした様子で皇帝の言葉を待つ。

「これにて契約の儀を終える。去れ」

「陛下、どうかお待ちを」

説明する気ゼロのディオンに恐れ多くも口を挟んだのは、ルイゼルによく似た相貌の老紳士――おそらくエスジェイア公爵だ。現騎士団長である彼は威厳に満ちており、ディオンの冷たい眼差しにも怯《ひる》まない。

「…………」

「ララルーシェ皇女殿下が〝神の愛し子〟だというのは、事実でございますか？」

「……事実だ」

私は隠す必要はないと思うのだが、ディオンがこれまで公表しなかったので口を噤《つぐ》んできた。

騎士団長という立場にあるエスジェイア公爵は、〝神の愛し子〟の重要性がよくわかっている。聖水を手に入れるのが困難な帝国で、騎士団を預かる彼にとって私の存在は救いだろう。しかしディオンは今日まで事実を秘していた。何か理由があってのことだろうけれど、エスジェイア公爵にとってはもどかしいに違いない。

「おそれながら、証《あかし》を見せていただくことは？」

エスジェイア公爵の視線が私に向けられる。居合わせる貴族たちは黙って成り行きを見ていた。〝神の愛し子〟の存在は奇跡のようなものだ。疑う気持ちも理解できる。しかし――。

「ならん」

「なぜですか、陛下！」

憤るエスジェイア公爵をよそに、ディオンは私を片腕で抱き寄せる。それから、〝神の愛し子〟の証が刻まれた下腹部を撫《な》でた。

「ここに、あるからだ」

「…………！」

耳元にディオンの美声が響く。

顔が赤くなる私。「そ、それは致し方ないですな」と明らかに狼狽《ろうばい》し咳払《せきばら》いする公爵。なんで父上がそんなこと知ってるんだという目をしたクリストハルト。いちいち色気を滲ませないでほしい。

「証を見せずとも証明はできる」

ディオンの言葉に疑問符を飛ばしていると、彼は近くに立っていたルイゼルの腰から剣を引き抜いた。え、と思う間もなくディオンの頬に刃が当てられる。

「へ、陛下……！」

そう叫んだのは私だけではなかった。ディオンの麗しい顔に傷が……！　顔色一つ変えず自分の頬を切った彼の顎先から、ぼたぼたと血が落ちてくる。足元の血と彼とを交互に見て大きなショックを受け固まる私の口に、ディオンは問答無用で親指を突っ込んできた。

「んうっ……!?」

「よく見ていろ」

私の唾液がついた指を、ディオンが舐《な》め上げる。

（な、ななな、なんてことを！）

動揺する私を置いてけぼりにしたまま、彼は袖口で血を拭う。するとそこには傷痕一つ残っておらず、目の前で見せられた奇跡に、エスジェイア公爵をはじめとした貴族たちが感嘆の声を上げた。

実演するのはいいけれど、今後は金輪際自分の身体でやらないでほしい。

「事実であることは概《おおむ》ね理解いたしました。しかしなぜ今まで秘密にしておられたのですか。〝神の愛し子〟の力があれば、神聖国ヘーベンの聖水に頼らずに済むというのに」

「その神聖国ヘーベンからの干渉を防ぐためだ」

「え、そうなの？」

思わずぽろっと零す私をディオンが目を細めて見る。てっきり〝神の愛し子〟の癒やしを、独り占めしたいからだとばかり思っていた。

「神聖力を持つ者は全て神聖国ヘーベンに属するように──というのが彼の国の勝手な言い分だ。ラルーシェが〝神の愛し子〟であることを知れば、何がなんでも手に入れようとするだろう。……今となってはもう遅いがな」

人の口に戸は立てられない。貴族からか、使用人からか、噂《うわさ》が広まるのはあっという間だろう。


──そしてディオンの懸念は現実のものとなった。

契約の儀の翌々日にはもう、神聖国ヘーベンから聖王直筆の手紙が届いたのだ。要約すると「神聖力を持つ者は全て神の御子《みこ》であるからして、その中でも特に神に愛された子の証を持つ皇女ラルーシェは神聖国ヘーベンにて保護されるべき」という内容だった。

ディオンはその手紙を、持ってきた使者の目の前で消し炭にしたらしい。皇帝の側近であるアライアス卿が、ディオンの不機嫌さにあてられてしおしおになりながら報告に来た。

「どうか外出の際は護衛騎士から離れないよう、お気をつけください」

「わかったわ」

ルイゼルと目を合わせ頷《うなず》き合う。神に仕える神聖国ヘーベンの人間が悪辣な手段を取ることはないだろうが、ディオンが警戒しているのだから気をつけるに越したことはない。

毎日のように聖王からの手紙を持ってくる使者。何度手紙を消し炭にされようとしつこく、やがてそれに神官が同行するようになった。日に日にディオンの機嫌が下降していっているのでそろそろ諦めてほしい。

今日も今日とて手紙を渡しにきていたらしい神聖国ヘーベン御一行が城から出てきたところに、偶然はち合わせてしまった。暇だったからって庭園を散歩するんじゃなかったわ。高貴そうな雰囲気の神官が、柔和な笑みを浮かべながら私に近づいてくる。なんだか見覚えがあるような——。

さっと前に立ちはだかったルイゼルは、いつでも抜けるよう剣の柄に手を添えていた。

ディオンがだめなら私のほうを説得しよう、という魂胆だと見抜き身構える。毎日違う時間に皇帝に謁見しては庭園を少し見て回っていたのは、私を捜していたからに違いない。

「皇女殿下にご挨拶申し上げます。わたくしは、神聖国ヘーベンの大神官ハインリヒと申します」

「だ、大神官様……？」

大神官ハインリヒ。

毛先に向けて紫がかる白銀の長髪と、星が瞬くように輝くアメジストの瞳が特徴的な青年だ。日に焼けたことがない真っ白な肌をしており、天使とはこういう姿をしているのだろう、と誰しも彼の背に白い羽を幻視しそうな容姿をしていた。

あまりにも人間離れした神々しい外見だが、優しげな眼差しが親近感を抱かせる。

——彼は、ゲームの攻略対象だ。

強力な神聖力を持つが故、若くして大神官になった男。ゲームでは二十二歳設定だったから今はもっと若いだろうに、もう大神官の地位にいるらしい。

決して悪い人じゃない。ゲーム随一の善人とも言える。——が、シグルルド帝国の者にとっては敵だ。正しくはヴィムと神の仲が最低最悪だから敵対するほかない、といったところだが。ディオン推しの私にとっては、最も警戒すべき登場人物だ。

——彼のトゥルーエンドでは、暴虐の限りを尽くすヴィムを滅ぼすためにクリストハルトら反逆勢力と結託し、最終的に神聖力でディオンごとヴィムを消滅させてしまう。ストーリーの進行上、今はまだそれほどまで強い神聖力は持っていないだろうけれど、いつかハインリヒの力はディオンの脅威になるのだ。

「姫様にそれ以上接近することは許されません」

「少し話をするだけですよ」

「では私を間に挟んだままお話しください。皇帝陛下の命令ですので。それ以上近づくようなら斬り捨ててかまわないとも言われております」

「おや、恐ろしいですね」

警戒を露《あらわ》にするルイゼルにも、大神官であろうと殺せと命令するディオンにも、ハインリヒは臆することなく穏やかだった。

「ラルーシェ皇女殿下。〝神の愛し子〟よ。我が国へおいでくださいませんか?」

「いやよ」

「なぜですか? 貴女様《あなたさま》は神に愛された子。ならば神の御許《みもと》である我が国にいらっしゃるべきです。

帝国のような悪魔が統べる国にいてはいけません」

「我が帝国を侮辱しないで。大神官だとしても私のことに口を出す権利はないわ」

毅然とした態度で答える私に、ハインリヒは僅かに目を丸くした。どういう反応なのよ、それ。

「……皇帝に脅されているわけではないのですね」

聞き捨てならない言葉に、す、と目を細める。私の空気の変化を感じ、ハインリヒは息を呑《の》んだ。

「そのように陛下を侮辱するなら、もうあなたとお話しすることはありませんわ。今すぐ神聖国にお帰りください」

「……失礼をいたしました。先の発言、お詫《わ》び申し上げます。では、またお会いしましょう」

私が神聖国へーベンに行くと言うまで国に帰る気はないようだ。ハインリヒは有無を言わせぬような笑顔で一礼すると、すぐに踵《きびす》を返した。


その夜、ベッドに潜り込んできたディオンの気配に目を覚ます。瞼《まぶた》を開けようとすると、大きな手のひらが目を覆った。

「大神官が接触してきたそうだな」

微睡《まどろ》みを邪魔しないくらいの囁き声。落ち着いた低い音が鼓膜を震わせる。随分と近くにいるようだ。

こくんと頷くと、僅かに溜息《ためいき》が聞こえた。

「……お前は、神聖国に行きたいか？」

唐突すぎる問いに、私は思わず瞼を覆う手を持ち上げた。灯《あかり》を落とした室内でも、彼の金髪はキラキラと輝いている。麗しさに目を眇《すが》めるも、しかしすぐに私は口も目も見開いた。

横に寝そべり頬杖をついて私を見下ろしているディオンは、いつもの無表情ではなく――。なんだろう。私の願望が多分に含まれているかもしれないが、縋《すが》っているような、そんな感情が垣間《かいま》見えた。

「行きたくなんかないです！　私はっ、陛下のお傍に……いたい、です」

「………」

私がシグルルド帝国を捨てて、神聖国へーベンに行きたがっているとでも思ったのだろうか。確かに〝神の愛し子〟を神聖視している彼の国では、帝国にいる以上に持《も》て囃《はや》され、国民皆に愛されるだろう。ゲームでもヒロインがそうだったから。

帝国の貴族たちにラララルーシェが受け入れられていないのはわかっている。居心地が良くないと思うこともある。でも、私にはそんなことどうだっていいのだ。たとえ全国民に、それからクリストハルトやルイゼルに嫌われようと疎まれようと、私の意思は揺らがない。

ほかでもないディオンのために〝神の愛し子〟になったというのに、帝国を離れることになってしまえば彼を救うことは難しくなる。

「陛下がお望みなら、私は陛下のためだけにこの力を使います。ほかの誰にも〝神の愛し子〟を奪われたくないとおっしゃるのなら、どこかに閉じ込めていただいてもかまいません。私は、私は……」

「――そういえば、お前は私のことが好きだと言っていたな」

「はい。……は!?　ぁえ、え、え!?」

いつそんなこと言ったっけ!?　狼狽《うろた》える私に、ディオンは自らの頬をトントンと指差した。

「……！」

昔の記憶が甦《よみがえ》る。三歳の頃後宮の奥庭のベンチで、魘《うな》されながら眠っていたディオンに「好き。大好き、ディオン」と囁いて頬に口づけたことがあった。まさか聞かれていたとは。首まで真っ赤に染まった私を見て、彼は僅かに口角を上げた。

パパが大好きな娘。何もおかしいことはない。たとえ私の「好き」がそうではなくとも、傍《はた》から見ればただの親子なのだから。

開き直った私は、未だ頬を火照らせながらも誤魔化すように咳払いした。

「そうです。陛下が好きなので、神聖国には行きたくありません」

「そうか」

淡泊な返事とは裏腹に、ディオンは目を柔らかく細めた。あまり見たことがない表情に思わず見惚れる。造り物めいた美しさで、冷酷さばかりが目立つディオンの、初めて見た人間らしい一面だった。

そのまますぐ胸元に抱き寄せられ眠る体勢になってしまったため、一瞬しか見られなかったけれど、心臓はいつまでもドキドキとうるさくて、その日はなかなか寝つけなかった。


翌日、ディオンは突然神聖国ヘーベンに旅立った。

私が目を覚ました頃にはもう魔法で移動したあとで、案の定アライアス卿がいつも以上にしおしおになっている。いなくなったディオンの代わりに皇太子であるクリストハルトが執務室で仕事をしており、私はその部屋でお茶していた。またハインリヒに出くわしても面倒だし、ここにいればディオンが戻ってきたことをいち早く知れるだろう。

「父上が神聖国ヘーベンに行くのは初めてのことらしいね」

「そうなの?」

書類にサインをしながら話すクリストハルトは、すっかり皇太子が様になっていた。彼が金髪だったなら、ディオンと見間違える人も多かっただろう。皇族特有の金髪はそれはそれは美しいが、クリストハルトには黒髪がよく似合う。

さらりと流れる髪を見つめながら紅茶を飲んでいると、アライアス卿も雑談に乗っかってきた。

「ディオン陛下だけではありません。これまで帝国の皇帝が神聖国に赴いたことは皆無です。仲が悪いですから」

「やっぱり悪魔公ヴィムが神様に嫌われてるから？」

「そうですね。もし訪問の手紙を送ったとしても無視されるでしょうし、直接赴いたなら門前払いされるでしょう。……ああ、陛下が何をやらかしているのか気が気ではない……」

神経質そうにメガネをカチャカチャ鳴らすアライアス卿に苦笑を零す。どうやら側近として大分苦労しているらしい。

「僕もちょっと心配だけど、まあそれでララの安全が確保されるならいいよ」

必要とあらば私の体液から聖水が作れるようになった今、わざわざ神聖国に頭を下げて聖水を購入させてもらう必要がなくなったのは、なかなかの功績ではないだろうか。貴族たちはもう少し私を敬ってもいいと思う。なんで嫌われているのか謎だ。

やっぱりゲームの悪役だから、補正みたいなものが働いているのかしら。

「最近はララルーシェの周りはどう？　エスジェイア卿」

「姫様を唆そうと近づいてくる貴族はおりますが、睨《にら》みつけるとすぐに尻尾を巻いて逃げていきます」

「え？　なにそれ？」

身に覚えがない。

「エスジェイア卿をララの専属護衛騎士に任命した父上の判断は正解だったね。最近ではララを神聖国に渡して、対価に安定した聖水の供給を確保しようとしている貴族たちも一部いるようだし。これからも警戒を怠らないようにしてくれ」

「はっ」

知らないところで随分と大事になっているようだ。

私がいれば神聖国から聖水を購入する必要はないというのに、それでも〝神の愛し子〟を神聖国に引き渡そうとしている人たちがいるだなんて知らなかった。

確かに長い目で見れば、神聖国との仲を改善し、十分な量の聖水を供給してもらえるようになったほうがいいのは間違いない。

けれど皇帝が神聖国には渡さないと宣言しているのにもかかわらず、私を差し出す算段をつける一派がいるというのは問題だ。今はまだ接触を図ろうとしてきている段階だから、それほど身の危険は感じないけれど、いつか強引な手段を取ってくる可能性も捨てきれない。

ルイゼルが守ってくれていようと、自分自身でも気をつけるようにしないと。

そう決意した時、執務室の中央に突然魔法陣が光る。光の柱が立ち上ると、一瞬あとにパッと姿を現したのはディオンだった。

◆◆◆

ラララルーシエの母親を殺したのは私だというのに、あの子は私を恨んでいないようだ。いつも眩《まぶ》しくなるくらいの眼差しで私を見るその瞳には、一切の悪感情は見て取れない。無条件で私を好いているような気がするが、なぜあの子がそれほどに私を好ましく思ってくれているのかは甚だ疑問だ。

貴族たちには畏怖され、子たちには脅えられ、国民からも〝悪逆皇帝〟と呼ばれている私を。

あの子に好意を寄せられるのは悪い気はしない。ララルーシェが帝国にいたいと言うのなら、私は手を尽くそう。

転移魔法で神聖国へーベンまで移動する。ややこしい手続きなど面倒だ。向こうが図々しくも我が帝国に大神官たちを留《とど》まらせて毎日謁見を求めてくるのだから、私もそれに倣うまで。

初めて訪れる神聖国。そのトップの聖王がいる神殿に、代々帝国皇帝の持つ魔杖を手に現れた私を見て、その場にいた者たちが悲鳴を上げた。それを無視し、足早に進む。

「……これはこれは。シグルルド帝国の皇帝陛下でございますな」

「貴様が聖王だな」

神官服をまとった白髪の老爺《ろうや》は、私を見ても狼狽えることはなく、飄々《ひょうひょう》とした様子で長い髭《ひげ》を撫でていた。その様子は私が来ることを予想していたかのようにも感じられて、全てを見透かしているとでも言いたげな悠々たる態度が鼻につく。

しかし聖王の前に跪《ひざまず》き謁見していた男たちは、私を見てあからさまに顔を青くしていた。

「こ、皇帝陛下……！」

見覚えがある。奴らは帝国の貴族だ。ララルーシェを神聖国へ渡す代わりに、聖水の供給安定化を提案しに来たのであろうが、愚かなことだ。皇帝である私が渡さないと言っているのだから、取れる手段は犯罪まがいの強引なものとなる可能性が高い。

あの子の母親が反逆を企てたせいで、未だに貴族たちからは反逆者の娘扱いだ。私の血を継いでいないというのも、余計にあの子が疎まれる要因だろう。

(ララルーシェの身が危ないな)

帝国貴族たちを冷ややかに見下ろす。だが差し当たって優先すべきは聖王だ。

この老爺が、帝国貴族たちが企《たくら》むような悪事に賛成するとは思わない。しかしながら大神官一行をいつまでも帝国に置いておくからには、それほど切実に〝神の愛し子〟を欲する事情があるのだろう。

「聖王。〝神の愛し子〟だからといって、我が帝国の皇女を差し出すわけにはいかない」

「そうは言うが、神聖力を保有する者は全て神聖国にて保護することになっておる。ここは神聖力を持つ者にとってはこの上なく良い環境なのじゃ」

「それは貴様らが勝手に決めたことだ」

「神聖国は神のおわす国。ここでは神聖力はより強まり、力の使い方もきちんと学ぶことができるじゃろう。生活にも不自由はさせないと誓おう」

「ララルーシェは望んでいない」

勝手すぎる言い分だ。そもそも神聖国に神聖力を持つ者が集められるのは、全世界に聖水を平等に行き渡らせるためだったはず。魔法使いには魔印の癒やしになるが、聖水の使い道として主なのは、病や傷を治すことだ。騎士たちよりも、国民のほうが切実に聖水を必要としていた。

にもかかわらず神がヴィムを忌み嫌っているからというだけの理由で、帝国には聖水の供給を極端に絞っている。ララルーシェでなくとも、〝神の愛し子〟をそんな国に渡すわけがなかろう。

「代わりに聖水を十分に供給しよう」

「ララルーシェがいればその必要はない。よって却下だ」

「皇女が死んだあとはどうするのじゃ」

「はっ、笑わせる」

どうあっても帝国には聖水を平等に供給するつもりはないらしい。神のおわす国、神の使いとも言うべきその国の王が、子どもの虐《いじ》めのような真似をすることに笑いを禁じ得ない。

かつてヴィムを名指しで否定し、帝国への施しを良く思わないという内容の神託があったと聞くが、神というのも器が小さく、人と大して変わらないと呆《あき》れたものだ。

ラララーシェが死んだあと、か。

それよりも先に――いつか生まれるであろうクリストハルトの子が十歳を迎える前に、最後の契約者である私が死ねばいい。どうにか足掻いて死んでやる。

そうすればシグルド皇家は悪魔公ヴィムの呪縛から逃れられる。ヴィムとの契約さえなくなったなら、帝国に聖水を渡すのを渋る理由もなくなるため、他国と同じだけ差別なく供給するほかなくなるだろう。

「――――」

「わしは……。……いつかそなたが皇女を殺《あや》めてしまわないか、と心配なのじゃ」

「そのような心配は不要だ」

聖王の言葉に目を見開く。私を見る老爺は、真剣な眼差しだった。

「……大神官たちを帝国から引き上げさせろ。そこの我が国の貴族たちよ。貴様らは二度と帝国に足を踏み入れることは許さん」

貴族たちの顔は大体把握している。愚かなことを企んだ奴らは一族諸共《もろとも》帝国から追い出すまでだ。

魔杖を打ち鳴らす。魔法陣が浮かび上がり、やがて光の柱が私の全身を包んだ。

「……聖王よ、ラララーシェは渡さない。これはあの子の意思だ。これ以上の干渉をするようなら私は戦争も厭《いと》わんぞ」

それだけ言い残して、さっさと神聖国へーベンから移動した。

（私がララルーシェを殺める、だと？）

絶対にないとは言えない。〝神の愛し子〟はヴィムにとっては天敵のようなものだ。いつか私の身体を乗っ取って、ララルーシェを殺してしまう可能性も捨てきれない。

嫌な想像に鳥肌がたつ。あの子を──私の手で。

頭を振り、その考えを追い出した。

◆◆◆

「おかえりなさい、陛下」

神聖国へーベンから帰ってきたディオンに挨拶をするが、彼は室内を見回し状況を把握したのち、出迎えた私をしばらくの間無言でじっと見つめていた。

思考に耽《ふけ》る様子のディオンは、やがてぎゅっと眉を寄せて険しい顔になる。私が執務室にいるのはまずかっただろうか。

そう不安に思っていれば、ソファに座る私のもとへディオンは足早に近づいてきた。おろおろする私にかまわずソファに片膝をつき、まるで囲うように背を屈めてくる。影になって表情が見えづらく、彼がどのような感情を抱いているのかわからなかった。

「へ、陛下……？」

怒られる可能性を考え緊張しながら呼ぶと、ディオンの両手が頬に添えられた。大きな手は私の頭を簡単に包み込めてしまい、体勢も相俟って、逃がさないとでも言われているような状況に内心慌てる。抵抗するわけにもいかず窺《うかが》うように見上げれば、彼の瞳が僅かに揺れた。

いつもとは様子の違うディオンが心配になる。もしや神聖国へーベンで何かあったのだろうか。まるで私以外見えていないかのように振る舞うディオンは、唐突にぐっと距離を縮めてきた。

そして、強引に唇が重なる。

「んっ⁉」

口唇を割り開き、狭い口の中を長い舌が舐め回す。舌をじゅっと吸われ、キスというよりも唾液を摂取する目的のように思われた。

皇帝の突然の奇行に唖然《あぜん》とする面々は、止めるべきかと右往左往するものの、ディオンに目で制されるとその場に固まるしかない。

上顎や舌の裏まで粘膜を舐め回され、キスではないと頭では理解していても、脳味噌《のうみそ》が沸騰しそうなほど全身が熱くなる。夢にまで見た推しとのキスにいっぱいいっぱいになってしまって、目の前がぐるぐるした。

しばらく口内を貪っていたディオンはゆっくりと顔を離し、おそらく真っ赤になっているだろう私を見下ろす。その表情には、ほんのりと罪悪感のようなものが滲んでいた。

「……はぁ、……」

私の唾液に濡《ぬ》れた唇は官能的で、ごくりと喉仏を上下させる様は生々しさを味わわせてくる。

ディオンは何事もなかったかのように身体を起こすと、私の足元に魔杖をついた。え、と思う間もなく魔法陣が浮かび上がり、光の柱が私の身体を包み込む。

(私に魔法をかけようとしているの……？)

何が起きているのか理解できないでいるうちに、ディオンは一つ、二つ、三つ、といくつも呪文を重ねていった。一つ呪文を唱える度に私の身体がぽうっと光り輝く。痛みや違和感などは特になく、

何の魔法をかけられているのかも全くわからない。

クリストハルトやルイゼルが止めないということは、悪い魔法ではないと思うけれど。両手では数えられないほどの魔法が次々と刻み込まれていった。

動揺のあまり忘れていたが、こんなにたくさん魔法を使ったら魔印が彼の身体を蝕《むしば》んでしまう。躊躇を一切せず魔法を使うディオンに、だんだん不安が募っていった。

「陛下、だめです……！」

服では隠れない首筋や手首にまで魔印が広がってきたのが見えて、思わず声を上げる。しかしディオンは私の言葉になど耳を貸さない。

さっき私の唾液を飲んだのは、このためだったのね。一度魔印をゼロの状態にして、何かしらの魔法を私に目一杯かけるために。

「陛下っ、陛下、これ以上は死んでしまいます……!!」

顔にまで魔印が滲んでも詠唱をやめないディオンに必死に訴えた。魔印が広がっていく感触に不快げに顔を歪《ゆが》めているくせに、なぜ魔法を使い続けるのか理解できない。彼の表情からは躍起になっているようにも受け取れた。

このまま死ぬまで魔法を使い続けてしまうのかと思い、怖くて涙が滲む。魔杖を握る指の先まで、そして顎を過ぎ目元まで魔印が侵食したところで、ようやく足元で光っていた魔法陣が消えた。

ひとしきり魔法をかけて気が済んだようで、ディオンは一息ついたあとやっと口を開いた。

「聖王に、〝神の愛し子〟は神聖国には渡さないと宣言した。大神官たちもすぐに帝国を去るだろう」

「へいか、……魔印が」

けれど私にはそんなことはどうでも良かった。魔印がディオンの命を今にも奪ってしまいそうで、不安でたまらない。ヴィムがそう簡単にディオンを死なせるわけがないと知っていても、死を恐れない彼を見ているととても平常心ではいられなかった。

「お前にかけたのは保護魔法だ。〝神の愛し子〟を神聖国に差し出そうと企む帝国貴族たちが、聖王に謁見していた。理由はそれだけではないが……その魔法がお前の身を守るだろう」

貴族たちからなら、ルイゼルが守ってくれる。ディオンがこんなになるまで魔法を使って保護魔法をかける必要はないのに、何が彼を不安にさせているのだろう。

「私のために、こんなに魔印が広がるまで……？」

「見苦しいか？」

そんなわけない。首を横に振ると、滲んだ涙が零れてしまいそうだった。

そんな私を見てディオンはしばらく考え込む仕草を見せていたが、やがて心底忌まわしそうにしながらも、覚悟を決めたような顔をしてアライアス卿に視線を流す。

「フォー・ド・アライアス」

「はい」

「まだ後宮に女はいたか？」

レンズの奥の目を見開いて、信じられないものでも見たかのような反応をする。突拍子のなさもさることながら、ディオンが自ら女性を求めるなどそうそうなかったのだろう。

後宮で暮らしていた頃、素面《しらふ》のディオンがお渡りをしたことなど一度もありはしなかった。ヴィムに乗っ取られ行為に及んだあと、意識を取り戻した時の様子を思い出すに、そういった行為を嫌悪しているようにも思える。

アライアス卿は一瞬思考停止していたものの、生来の生真面目さですぐに表情を取り繕った。

「後宮は数年前に陛下が解体したではありませんか」

「……そうだった」

私も使用人たちが噂しているのを聞いた覚えがある。おそらく〝神の愛し子〟である私の存在により、魔印を強制的に譲渡する必要がなくなったからだろう。たくさんいた側室たちは、本人の希望に沿って祖国に帰らせるなり、望む貴族家に下賜するなりして、今や後宮には誰も残っていない。

突然ディオンがそんな質問をした理由に思い至る。全身に広がった魔印を手っ取り早く癒やすために違いない。突発的に私に目一杯保護魔法をかけたあと、広がった魔印をどうするのかを失念していたようだ。

ディオンの魔力の器は人一倍大きいという設定だから、聖水で癒やすには膨大な数が必要になる。ならば〝神の愛し子〟である私を利用すればいいのに、どうして側室を使うという発想になるのだろうか。ディオンのためならば、血でもなんでもいくらでもあげられる。

後宮を解体したことが頭からすっぽ抜けていたらしいディオンは、方法を探るようにうつむいた。しかしすぐに片手で額を押さえ込む。

「うるさい」

低い恫喝《どうかつ》が飛び出し、その場にいる全員が恐怖に慄いた。しかしディオンは床を見つめたままで、誰のことも見ていない。たぶん、頭の中でヴィムが喚いているのだろう。

近頃ディオンがヴィムに意識を乗っ取られることはなかった。私と一緒にいる時間が長いおかげだろう。だが魔印がほぼ全身に広がったせいで、ヴィムの影響力が増しているのかもしれない。あの悪魔はディオンの意識を乗っ取ろうと、いつでも虎視眈々《こしたんたん》と狙っている。

きっと今ヴィムに変わったら、真っ先に邪魔な私を殺そうとするに違いない。――ああ、もしかしたらディオンはいつかそうなる可能性を懸念して、死ぬ一歩手前まで魔力を使い私に保護魔法をかけたのだろうか。

ディオンは額を押さえたまま頭を振り、悪魔の囁きに抗《あらが》っているように見えた。

「死刑囚でいい……フォー、早く準備しろ」

「しかし……」

「うるさい黙れ！　やれるやれないの話ではない！」

躊躇《ためら》うアライアス卿を前に、ディオンは目をきつく閉じていた。心なしか足元がふらついていて、判断力もおぼつかないのか、ヴィムに対する悪態が止まらない。

自分に言われたと思ったのか、アライアス卿は黙り込んで挙動不審に目を泳がせていた。ディオンの要望どおりにすべきか迷っているのだろう。しまいに彼は私に縋るような眼差しを向けてきた。アライアス卿も、ディオンが〝神の愛し子〟である私を利用しないのが疑問なのだろう。

「……うるさい、貴様に任せるくらいなら、どれだけ忌々《いまいま》しくとも私がやる」

尚《なお》もヴィムと言い合いをしているらしいディオンを見つめる。

(私ならあなたを癒やすことができるのに。どうして私を求めてくれないの？)

額を押さえるディオンの爪の先が皮膚に食い込む。

切ない気持ちを抑え込んで、彼の手にそっと指を重ねた。ハッとしたようにディオンの目が開く。やっと私を見てくれた。

「ララルーシエ……」

「陛下、私に癒やさせてください」

「――――だめだ、血は、……だめだ。傷が」

力なく首を振るディオンにようやく合点がいった。彼は私の身体を傷つけることは望んでいない。それに私といる時に、ヴィムに意識を乗っ取られる可能性を危惧しているのだろう。だから私に頼るのではなく、自分で解決しようとしたのね。

「離れろ」

一瞬こちらを見たものの、目の焦点が合っていない様子のディオンは、かなりヴィムに参っているようだ。悪魔の囁きには人間を惑わす力があるという。冷や汗が滲んだ彼の指先は冷たく、いつヴィムに意識を乗っ取られてもおかしくないように思えた。

ディオンは私の身体を傷つけ血を啜《すす》ることを拒んでいる。効率を優先するなら血が最も適しているとはいえ、魔印を癒やす方法はなにも血だけじゃない。さっき自分でやったことなのに、もう忘れてしまったのかしら？

「陛下」

ディオンの胸倉を掴《つか》み、引き寄せる。私の小さく細い腕では大した力はないはずなのに、彼の身体は抗うことなく簡単に傾いた。

先ほどディオンがしたように、強引に唇を重ねる。

ちゅっと響いた場違いな音に、ディオンは目を見開いた。その瞳には先刻までの揺れはなく、宝石のような輝きを取り戻して、私の姿をはっきり映し込んでいる。そこにはもう、ヴィムの囁きに揺さぶられてしまいそうな危うさはなくなっていた。

私の突然の行動に固まるディオンの手を引いて、執務室を出る。

クリストハルトたちが心配そうに声をかけてくるが、「私に任せて」と胸を張っておいた。ルイゼルだけあとをそっと追ってくる。

私の部屋に到着すると、ルイゼルは扉前に立ち目配せしてきた。何かあれば呼べということだろう。

引っ張られるままついてきたディオンは、ベッドに強制的に押し込まれても抵抗することはなかった。毎晩眠る時のように寝そべったディオンの横に座り、顔をじっと覗《のぞ》き込む。

「ラルーシェ……？」

羞恥に火照っているだろう私の顔を見上げ、気遣うように呼ばれる。人前で何度もキスするのは恥ずかしいから、二人きりになれる部屋に連れてきたけれど、いざ切り出すとなるとやはり照れてしまうのは仕方ない。でも私の覚悟はもう決まっていた。

「さっき陛下がしたみたいに、私が陛下の魔印を癒やします。だから、女の人を殺す必要はありません。……ダメ、ですか？」

「知っていたのか」

小さく頷く。全部知っているわ。ディオンがヴィムに身体を乗っ取られたあと、どんな顔をして死体を見ていたのかも、あの行為を苦痛に思っていることも、帰る気力もなくていつも奥庭のベンチで一晩を明かしていたことも、全部。

彼は少しショックを受けたように表情を強張《こわば》らせた。さすがに娘に側室を犯し殺す場面を盗み見られている、とは気がついていなかったらしい。

予想外のことに気まずげに視線を逸《そ》らしたディオンだったが、私が覆い被《かぶ》さり影がかかると、観念したように目線を合わせてくる。彼は無意識に自らの唇を撫で、自嘲するように歪《いびつ》な笑みを浮かべた。

「お前が犠牲になる必要はない」

「ぎせい？」

話の流れがわからず問い返すと、ディオンは言いあぐねている様子で下唇を噛《か》み締めた。

「嫌じゃないのか？」

（ディオンとキスするのを嫌がってると思われてる？）

さっきは問答無用で自分からキスしたくせに、今更そんなことを気にするだなんておかしくて笑ってしまいそうだった。よっぽど私に保護魔法をかけることに思考が囚《とら》われていたのね。私が嫌だと思うはずがないじゃない。

「嫌じゃないです。だって私、陛下のことが好きなんですよ？」

寝たふりをして私の告白を聞いていたくせに、まだ私の気持ちを疑っているのかしら。はにかみながら首を傾けると、肩から滑り落ちた髪が彼の頬にさらりと流れ落ちる。

呆然と私を見つめていたディオンは、眩いものを見るように目を細めた。その瞳の色は海のように深い青に染まっていて、私と同じ色をしているはずなのについ見惚れてしまう。

「そうか」

噛み締めるように呟《つぶや》いたディオンは、小さく笑みを零した。やっと私の気持ちを思い出してくれたと得意げな顔を見せれば、さらに表情が柔らかくなる。

「そうだったな」

今なら受け入れてくれそうで、おそるおそる顔を近づける。早く魔印を癒やしてあげたい。私が役に立つことを彼に証明したい。緊張した面持ちで迫る私を眺めたあと、ディオンはゆっくり瞼を閉じた。

重なった唇の温もりに気が緩んだのか、ふ、と漏れた吐息がくすぐったい。彼が受け入れてくれたことが嬉しくて、魔印を癒やすための行為だとわかっていても、胸がドキドキとうるさかった。

◇◇◇

魔印を全て癒やすのに三日ほど費やした。〝神の愛し子〟の体液で癒えるといえども、たかがキスで得られる体液はごく僅かなため、思っていた以上に時間がかかってしまったのだ。

これを血で癒やそうとしたならどれほどの量が必要だったのか、考えるとちょっとゾッとする。ディオンの魔力の器は私が想像していたよりもよっぽど大きいようだ。だからディオンは私の血で癒やすことをあれほど躊躇っていたのかと納得がいった。

魔印を癒やす間ずっと私の寝室にこもって、何回も何回もキスをした。今思い出しても夢だったのではと疑ってしまうくらい、幸せな時間だったのは言うまでもない。

若干親子のスキンシップの域を超えてしまったような気がするものの、緊急事態だったからやむを得なかった。そう、しょうがないことだったの。

魔印が全て癒えたかどうか確認するために、服を捲《まく》り上げて下腹部にある契約の証を見せてくれたのは、本当にえっっっっっっちだった。わざわざ下腹部を選んで刻んだことだけは、ヴィムを褒め称《たた》えてあげたいくらいだ。

「そろそろ仕事に戻らねば。フォーが爆発する」

「ふふ。名残《なごり》惜しいですね」

寝室で寛《くつろ》いでいた服装から、メイドたちによって皇帝の姿に変えられていく。着飾ったディオンはそれはそれはかっこいいけれど、寝室にこもっている間は柔らかい雰囲気で少し可愛らしかった。

もっとその姿を見ていたかったし、ずっとずっと寄り添って口づけていたかった。――なんて、娘のくせに何を考えているんだか。

「……私も少し、名残惜しく思う」

「え？」

「また夜に」

それだけ言い残し、ディオンは寝室を出ていった。

今の何⁉　デレた⁉　見間違えでなければ、口元が微《かす》かに緩んでいた。私の献身的な愛がようやく実を結び、さすがのディオンも絆《ほだ》されたのか、その表情には少しの甘さも含まれていたように思う。

唐突な供給に叫びたいのを堪《こら》え、ごろんごろんとベッドを端から端まで転がって悶《もだ》えたのだった。


それからは、どうにかこうにか日常が戻ってきた。

私たちが寝室にこもっている間に、大神官ハインリヒ御一行は神聖国へーベンに帰ったらしい。また、多少強引な手を使ってでも私を神聖国に引き渡そうと画策していた貴族家は、復帰したディオンの皇命により、騎士団長エスジェイア公爵の手で帝国から追放された。

とりあえず一段落、といったところだろうか。

あれから私はディオンの許しを得て、聖女のような真似事をしている。神聖国産の聖水では癒やしきれない病を抱えた国民たちに、無償で治療を行ったのだ。また魔法使いたちの魔印も癒やして回った。

血などを溶かして作った聖水を配ることも考えたけれど、私自身が出向くことに意味がある。

――ある日貴族たちになんとなく嫌われている理由をディオンに尋ねると、「お前の母親が反逆者だからだ」と今まで知らなかった事実を明かされたのだ。

だからディオンに殺されたのだと、転生した初日の出来事が腑《ふ》に落ちた。あの女性が母親だという認識はほとんど無に等しいから、悲しいとも恨めしいとも思わない。ディオンを皇位から引きずり下ろそうとしただなんて愚か者め！　くらいの認識だ。

私にとっては割と衝撃的な話だったのだが、ディオンはといえば「むしろなんで知らないんだ」くらいの反応だった。後宮で乳母などに教えられていると思っていたようだ。

初めのうちは乳母は私に対して塩対応だったし、暮らしやすいよう愛嬌《あいきょう》を振り撒くようにしてからも、後宮で働く人たちには私と会話をする暇なんてほとんどなかった。それに後宮にいたのは三歳までだから、普通の子どもだったら物心もついていない。そんな重い話をしたところで、理解などできないのだから話しすらしないだろう。

想定していた以上にディオンは口数が少なすぎる。これ以外にも私に言い忘れていることがあるかもしれない。

そういったこともあり、周囲の好感度を上げようという試みだ。母親が反逆者だろうが、私が国のために尽くせば、少しは貴族たちも友好的になってくれるのでは――という打算と下心からくる聖女らしからぬ考えだが。

私を害そうとした貴族は大方追放されはしたものの、まだ受け入れられているようには感じられない。悪役補正が酷《ひど》すぎる。私がラルーシェになってからというもの、一度も悪役ムーヴはしていないというのに。

ちなみに病を患った国民や魔法使いに直接血を与えることを提案した時、ディオンはあまりいい顔をしなかった。指先に僅かに針を刺すだけということを約束すると、渋々頷いてくれたけれど。

病気ならば、不治の病と診断されたものでも数滴で治る。魔印のほうが厄介だ。本当は血ではなくとも、涙や汗、唾液でもいい。しかしそう都合よく涙や汗は流せないし、魔印や病が治ると言われたところで、唾液を飲めと言われたら誰だって抵抗感があるだろう。

だから選択肢が血しかないのだが、ディオンは私が血を流すのがどうやら気に入らないらしい。その忌避感は自分だけの〝神の愛し子〟だという独占欲からだろうか。私の身体を心配してくれて、とかだったら心臓がトキメキで破裂する。


「姫様」

今日も患者のもとを訪れ、血を与えて治療した帰り道でのこと。馬車に私と一緒に乗り込んだルイゼルが突然意を決した面持ちで声をかけてきた。いつもはディオン以上に無口なのに。

余談だが〝神の愛し子〟ということが周囲にバレてしまってから、護衛が増えた。ルイゼルのように専属ではなく、日替わりで騎士団長エスジェイア公爵お墨付きの精鋭だという近衛《このえ》騎士たちがついている。今も馬車の周りには、騎乗した近衛騎士たちが複数並走していた。

日替わり騎士がつけられてからも、ルイゼルはなぜか毎日私を四六時中護衛している。実力が突出しているせいで、自分以外の騎士は信用ならないのかもしれない。少しは休めばいいのに。

「どうしたの？」

「これを、どうかお受け取りください」

手のひらに収まるくらいの小さな箱を恭しく差し出される。受け取り中を見ると、ピアスが一つ入っていた。控えめなデザインで、小さなアンバーの魔石がついている。首を傾《かし》げてルイゼルを見ると、彼は魔石と同じアンバーの瞳で私を見ていた。

「皇帝陛下が姫様に保護魔法をかけたのを見て、私も何かお力になれないかと思いました。そのピアスには防御魔法がかけてあります」

箱からピアスを取り出す。無骨なルイゼルらしからぬ華奢で可愛いピアスだ。これを彼が選んだのかと思うと、可愛すぎて眩暈《めまい》がした。

「これまで毎日魔力を込めました。皇帝陛下の魔法には及びませんが、姫様をお守りするのに少しは役立ちましょう。姫様さえよろしければ、身につけて下さると嬉しいです」

「エスジェイア卿……」

異性に贈り物をするのに慣れていないのか、照れて僅かに目元が赤くなっている。さっそく耳につけてみると、ルイゼルは気恥ずかしそうに目を伏せた。

「美しい姫様には……もう少し華やかなもののほうが良かったかもしれません」

「いいえ、とっても気に入ったわ。ありがとう、エスジェイア卿」

唇を引き結び頷くルイゼルは耳まで赤くなってきた。筋肉ムキムキ褐色巨男が照れているのは非常に可愛い。クマさんだ。

実父であるディオンを攻略するのは無理だろうから、ルイゼル狙いでいこうかしら――なんて邪《よこしま》な考えが浮かんでしまうくらいには、彼のことを好ましく思っていた。もともとディオンの次に推しだし。雄っぱい好きだし。いやでもディオンの胸筋もなかなかハリのあるむちむち雄っぱいで――。なんて、いくら悩んでもディオンを超える男なんて現れないんだから、それならいっそのこと一生ディオンの娘でいいとすら思える。恋人が無理なら、目指すは愛娘《まなむすめ》ルートだ。

結婚だって一生しなくてもかまわない。なぜなら、結婚なんてしたら皇宮を出なくてはならなくなるからだ。

皇女に生まれたからには普通は政略結婚不可避だろうけれど、〝神の愛し子〟という立場を理由に、ディオンの傍に居残りたい。

その日の夜。私の耳についているピアスを見て、ディオンは眉間に皺を寄せた。

「なぜ寝る時までつけている？」

指先でピアスをつつかれる。くすぐったい。

「これ、エスジェイア卿にもらったんです。防御魔法が込められているそうですよ」

「防御魔法……。それなら……いいか」

小さい声でぶつぶつ言いながら、ディオンはようやくピアスから手を離した。

それから私の手を取り、親指の先に巻かれた包帯をくるくると解《ほど》く。じっと観察していたかと思えば、再び眉を寄せてしかめっ面になってしまった。

「針を刺し過ぎて青紫になっている。もう少し治療の頻度を控えろ」

「これくらい平気です。それに、最近は貴族からも治療の依頼が増えたんですよ。少しずつ皆が好意的になってきたような気がします」

「……見ていて痛々しいぞ」

あんまりにも傷痕を気にするものだから、手を背中に隠してしまう。

「全然痛くないです。ぜーんぜん痛くないけど……陛下が、頑張ったなってよしよししてくれたら、とってもとってもうれしいなぁ」

空気を変えたくて冗談で言ってみただけなのに、無感情な目で見つめられ、より気まずい空気が流れた。ディオンがのってくれるわけなかった！

あまりのいたたまれなさにうつむく私の頭に、不意に重みがかかった。期待半分で見上げると、ディオンの手が頭の上に乗せられている。

「あ、えっ、あっ」

「これで満足か？」

するりと下りた手は髪を一房掴み、毛先を指先に巻いて離れていった。まさかディオンが私の冗談にのって願いを叶《かな》えてくれるとは思わず、頭の中が一気に真っ白になる。何か言わなくてはと思うのに頭が回らなくて、余計なことを口走ってしまいそうだった。

「ま、満足です！　大満足！　えへへ……自分の傷も舐めて治ったらいいんですけどね。あっ、いくら治療の依頼があっても陛下が誰よりも優先ですから！　怪我《けが》や病気、もちろん魔印を癒やすためでも、いつでもどこでも駆けつけます！」

「そんなことはどうでもいい。お前が、生まれのことを気に病んで身を削る必要はないということだ。ラルーシェの存在に異を唱える者がいれば、私が排除してやる」

お、恐ろしいこと言うじゃない。既に何人か排除されている気がする。悪逆皇帝と呼ばれるだけあって、敵対する者には容赦しないようだ。

私の力になってくれるというのは素直に嬉しい。けれどいつまでもディオンに頼りきりではいないで、私自身が認められなくては彼の傍に堂々と立てない。早く結婚して皇宮から出ていけとは言われたくないもの。

解いた包帯を直す彼は、すっかり無言になってしまった。怒っているというわけではなさそうだ。

ぽん、と私の頭を撫でると抱き寄せられる。よしよししてくれたら嬉しいと言ったから、さっそく実行してくれたのだろうか。いや、これはいつもどおり抱き枕にしようとしてるだけね。それでも心配してくれているような素振りに嬉しくなって、胸板に頬を擦《す》り寄せる。

初めの頃に比べると、ディオンの雰囲気は大分和らいだ。戦争ばかりしていた時は顔から生命力が抜け落ちていたが、最近は顔色もいいいし、たまに笑ってくれる。
ああ、娘という立場が悔しい。

十五歳になった。ゲーム開始時のララルーシェと同じ年齢だ。

もうすぐデビュタントボールが控えている。ヒロインと攻略対象たちが初めて出会う場所は、まさにその〝皇女のデビュタントボール〟だった。

「ララ、少し目を瞑《つぶ》ってくれる？」

私の部屋を訪ねてきたクリストハルトは、にこにこしながら脈絡もなくそう言う。

二十一歳になった彼は、ディオンと瓜二《うりふた》つな色気たっぷりの大人の男に成長していた。相変わらずゲームでの性格と全然違うし、私にもとても優しい。

目を瞑ると背後に立つ気配がする。首元に何かが触れる感触がして、それから腰ほどまで伸びた髪をふわりと持ち上げられ整えられた。

「もういいよ」

瞼《まぶた》を開くと、正面にはいつの間にかロザリンが運んできたらしい姿見があった。そこにはすっかり大人びた私が映っていて、後ろにクリストハルトもいる。鏡越しに目が合うと微笑《ほほえ》まれてしまった。

「デビュタントのプレゼント。どうかな？」

豊満に育った胸元に目を向ける。首にはいつの間にか、見たこともないくらい豪華なネックレスがかけられていた。目を惹《ひ》く赤い魔石の美しさに、思わず感嘆の声を上げる。

「僕も防御魔法を込めたんだ。本当はララの瞳と同じ青色が良かったんだけど、火炎の悪魔の魔力のせいかどうしても赤色に染まっちゃって……。色を変えるとか微細な魔力を扱う魔法は、まだ上手く使えないんだ。でも、ララの綺麗《きれい》な金髪には赤もよく映えるね」

「本当に綺麗！　ありがとうございます、お兄様」

火力特化の火炎の悪魔の魔力のせいで、相変わらず爆破のほうが得意らしい。魔石の色を変えようと試みて首飾りが爆発しても困る。

笑顔でお礼を言うと、「どういたしまして」と髪にキスされた。王子様だわ。これは王子様属性だわ。実際皇太子だけど。

「ドレスは何色にするの？　このネックレスでも合うといいんだけど」

「あ、ドレスは陛下が準備してくれるらしくて私は知らないの」

「父上が？　えっ、父上が⁉」

とてつもなく驚いているクリストハルトに私も同意する。まさかディオンが私のデビュタントボール用のドレスを用意してくれるだなんて、考えもしなかった。今から本番がとても楽しみだ。

「びっくりした。そっか、父上にもそういうとこあったんだね……。えーと、じゃあデビュタントのパートナーはもう決まってる、かな？」

「ううん、まだ決めてないわ。エスジェイア卿《きょう》あたりが無難かしら」

「――わ、私ですか？」

突然話を振られたルイゼルが、見たことがないくらい狼狽《うろた》えた。

彼は今も変わらず私の専属護衛騎士を務めてくれている。彼の父であるエスジェイア公爵は年齢を理由に騎士団長を引退し、副団長だった人が今は団長に昇格したらしい。ここ数年戦争は起きていないから、設定では戦死する運命だったルイゼルの父が穏やかな老後を送れそうで安心した。

さらに公爵位も、ルイゼルが既に継承したようだ。公爵なのに皇女の専属護衛騎士なんてやっていて大丈夫なのだろうか。ゲームでは公爵であり騎士団長だったのに、輝かしい経歴から逸《そ》れてしまっている気がして少し申し訳ない。

二十八歳になったルイゼルは大人の魅力たっぷりで、本当に騎士の制服がよく似合っている。いつも私の後ろをついて歩いているが、こっそり令嬢たちからキャーキャー言われていた。結婚適齢期を若干過ぎた若き公爵は、令嬢たちにとって最も有望株と言えるだろう。

その点クリストハルトも結婚適齢期ではあるのだが、なにせ皇太子という手の届かない立場と隙のなさすぎる微笑のせいか、令嬢たちから絶大な人気はあるものの近づき難《にく》いらしい。

ゲームの設定上仕方がないが、公爵と皇太子が婚約者もおらず、これまで女性関係の噂《うわさ》一つ立たないのもどうなのだろうか。

「あの、……もちろん私は光栄ですが、その件についてはまず皇帝陛下にご確認なさってからのほうが良いと思われます」

「陛下にわざわざ私のパートナーを決めていただくの？　そんな、お忙しい陛下の手を煩わせるようなことでもないわよ。たかがデビュタントボールでしょ」

「いえ、そうではなく……」

「ララ。僕も父上に聞いてみたほうがいいと思うよ」

ルイゼルが言葉に詰まり困窮している様子を見かねて、クリストハルトまで援護射撃を繰り出した。そんなものなのかしら。デビュタントなんて経験したことがないからよくわからない。ここは年長者の意見に従っておくべきね。

「わかったわ。あとで陛下にパートナーについて相談してみる」

うんうんと頷《うなず》く二人は心底安堵《あんど》したようにも見えた。

さて。ディオンに相談するといっても、どう時間を取ってもらおうか。

近頃彼は政務に加えデビュタントボールの準備に忙しくしているようで、執務室にこもりきりのことが多い。わざわざ謁見申請をせずとも訪ねれば会ってくれるのだが、多忙のところに邪魔するのは若干気が引けた。


――なぜこんなにディオンに会うだけのことで悩んでいるのかというと。

私に初潮がきてからというもの、ロザリンの強い主張により、とうとう寝室が分けられてしまったのだ。以前ならば寝室で簡単に言葉を交わせたのに、そうもいかなくなったのである。

ああ、悔しい。私の幸せ同衾《どうきん》タイムが奪われたのが悔しくてならない。

だがロザリンの主張は正しい。女性として熟しつつある皇女と、この国の主である皇帝が夜な夜な一緒のベッドで寝ているというのは、醜聞に繋《つな》がりかねない。ラルーシェの肉体が年齢に不釣り合いなグラマラスボディなせいで、余計いかがわしい空気が漂ってしまう。

同衾を知っていたのはロザリンとルイゼルくらいで、周囲には漏れないように徹底していたのに、ロザリン的には非常によろしくないみたいだ。うう、わかるけど、理解はできるけど悲しい。

相手に良からぬ感情を抱いているのは私だけで、ディオンは〝神の愛《いと》し子〟が傍《そば》にいると睡眠の質が上がるから共に寝ていただけだ。

寝室が離されて――というよりディオンの侵入が禁止となってから、彼はすっかり以前のような生気の薄い顔色になってしまっている。陛下の健康のためにも一緒に寝たほうがいいのでは!?　とロザリンに訴えたが、淑女にあるまじき行いですよと咎《とが》められてしまった。

そんなこんなでここ三年ほど、めっきりディオンとの接触が減ってしまっている。

「はぁ……、改めてとなると少し緊張するわね」

会う時間が減ると、なんとなく距離ができたような気持ちになってしまう。

執務室の前に立ち深呼吸してから、扉横に立っていた近衛騎士《このえ》に目配せした。私の訪問が知らされると、すぐに中から「お入りください」とアライアス卿の声が返ってくる。

執務室に入ると、ディオンと補佐官たちは書類の山に囲まれていた。忙しい時間に来てしまっただろうか。躊躇《ため》らう私にちらりと視線を上げると、ディオンは「来い」と短く命令した。おずおずとデスクの前まで近寄ってみると、仕事の手を止めた彼の目の下には薄《うっす》らとクマができていた。

「なんの用だ？」

「あの、陛下……」

私の言葉を待っていたディオンだが、不意にぎゅっと眉間に皺《しわ》を寄せた。

「その首飾り、初めて見るな」

「あ、クリストハルトお兄様に先ほどいただきました」

私の宝飾品一つ一つを記憶しているのだろうか。そんなに無駄遣いなんてしていないはずだけど、ディオンは私の身につけている物に関して不思議と目敏《めざと》い。

「クリストハルトに？　なぜだ」

「デビュタントのお祝いにと。防御魔法をかけてくださったそうです」

ディオンは目を細め、じっと私を見る。その視線の意味がわからず、とりあえずニコニコしていると、彼はやがて浅く溜息《ためいき》を吐《つ》き憂わしげに瞼を伏せた。とんとんとん、と指先でデスクを叩《たた》く様子は不機嫌そうに感じられて、やっぱり仕事の邪魔だったかと不安になってくる。

「あの、お忙しいようでしたら日を改めます」

「問題ない。用件は？」

「デビュタントボールのパートナーについてなのですが……」

「…………」

なんだか視線が痛い。いつの間にかアライアス卿や補佐官たちも、息を潜めて事の成り行きを見守っているようだった。

「エスジェイア卿に頼もうと思っていて」

「こ、皇女殿下……!!」

私の言葉を遮り、アライアス卿がガタンと椅子を倒しながら慌てた様子で立ち上がった。駆け寄ってくるなり、汗をだらだらと流して眼鏡《めがね》をしきりにかけ直す。

バキ、と何かが壊れるような音がして目を向けると、ディオンが手に持っていた万年筆が真っ二つに折れて、漏れたインクが書類に広がっていた。

「ゴホン。ラフルーシェ皇女殿下。皇女のデビュタントのパートナーは皇帝陛下が務めるという、伝統！　がございます。なので当日のパートナーを探す必要はありませんよ」

「え？　そうなの？」

ディオンのほうを見ると、彼も頷き肯定した。なんだ、誰にパートナーを頼むのか悩む必要はなかったのね。それに伝統とはいえ、まさかディオンがパートナーになってくれるだなんて夢みたいだ。想像はしても叶《かな》うことはないと思っていたのに。

「嬉《うれ》しい」

ぽろっと本音が零《こぼ》れる。デビュタントボールでディオンにエスコートされる姿を思い浮かべるだけで、顔に締まりがなくなってしまう。

「嬉しいのか」

「はい！　とっても嬉しいです。当日が待ち遠しいですわ！」

満面の笑みで答えると、ディオンは目を瞠《みは》ったのち、口元を少しだけ緩めた。不機嫌だった雰囲気が嘘《うそ》みたいに和らいでいる。

やはり彼には〝神の愛し子〟が必要なのでは？　ほんの少しの時間を私と同じ空間にいるだけで、安らぎを得ているような様子を見て確信する。もう一度くらいロザリンに提案してみようか。

「私も楽しみだ」

「え？」

「なんでもない。もう戻れ」

グッと親指を立てているアライアス卿に見送られながら退室する。

部屋の外で待っていたルイゼルにパートナーの件を話すと、ほっと胸を撫《な》で下ろしていた。そんなに私のパートナーは荷が重かったのかしら。

◇◇◇

あれから一カ月。とうとうデビュタントボール当日だ。

朝から入浴、マッサージに、髪や肌の手入れをいつも以上に入念にされ、爪を磨かれ、メイクをされと大忙しだ。皇宮で開かれる舞踏会でデビュタントを迎えるのは私だけではない。とはいえ、皇女なのだから私が主役のようなものだ。

最後の仕上げに――今朝部屋に届いていたディオンからの贈り物。白の生地に、青と金の糸で花の刺繍《ししゅう》が咲き乱れた、それはもう美しいドレスを着せられる。

髪を整えられ姿見の前に立つと、私は無意識に感嘆の溜息を零していた。ボリュームのあるドレスがひるがえる度に、縫いつけられた無数の宝石がキラキラと輝く。ディオンが私のために選んでくれたドレスというだけでも感動なのに、こんなにも素敵だなんて。

「皇女様、本当にお美しいです」

「〝神の愛し子〟とはこういう意味だったのですね……。ああ、これぞ天上の奇跡」

「さあさあ、ティアラを載せますよ」

ドレスと一緒に届いたティアラが頭の上に載せられると、より一層輝きが増した。ああ、今日だけしか着ないだなんてもったいない。ディオンからの贈り物なんて、毎日でも着ていたいくらいだ。

メイドたちに褒めそやされながら鏡に映る姿に夢中になっていると、扉をノックする音が聞こえた。

「姫様、時間です――……」

了承を得てから扉を開けたルイゼルは、私の姿を見るなり呆然《ぼうぜん》として固まってしまった。ふふん。美しいでしょう。私が手を上げるとハッと我に返り、慌てて腕を差し出してくる。

ルイゼルにエスコートされながらホールに向かう道中、口下手《くちべた》な彼は私に何かを言おうと何度も口を開くが、途中で躊躇い口を噤《つぐ》むというのを幾度も繰り返した。その頬は赤くなっていて、堪《こら》え切れず私は噴き出したのだった。

「あははっ、エスジェイア卿、女性を褒めるのに慣れていないのね」

「姫様……からかわないでください」

ホールに入場するための扉の前には、既にディオンがいた。

「陛下、お待たせしました」

声をかけると振り返る。今日の彼の服は、パートナーである私に合わせたかのようなデザインだった。青の生地に、揃《そろ》いの白と金の花の刺繍。長いマントが動きに合わせて揺れた。

いつも無造作に下ろされた前髪が後ろに撫でつけられていて、美しい顔がよく見える。おでこ可愛い。頭の上には皇帝の印である王冠が乗っており、いつも以上に神々しく威厳に溢《あふ》れている。普段気《け》怠《だる》げな雰囲気の多いディオンだが、今日はまさに〝皇帝〟といった風体だった。

揃いの衣装で並ぶと、まるで私が皇后になったかのようだ。なんて、勘違いも甚だしいけれど。妄想するのは自由である。

ディオンはしばし私を見つめて固まっていた。「陛下？」と呼ぶと、手を差し出してくれる。ここまでエスコートしてくれたルイゼルに礼を言って離れ、こちらに向けられた手のひらに指先を乗せた。

「今日は成人の儀だったか？」

「あはは、デビュタントですよ」

「少し前まで幼い子どもだったというのに」

確かに十五歳にしては、ララルーシェは大人っぽく色気のある容姿をしている。赤ちゃんの頃から私を知っている人からしたら、驚くほどに成長しただろう。

「このドレス、とても素敵です。贈ってくださってありがとうございました」

くる、と一回転してみせ「どうですか？」と無邪気に聞いてみた。無口なディオンは、口下手なルイゼルと同じように気の利いた言葉は言えないだろう。頷き一つでもいいから反応が欲しくてしたことだけれど、調子に乗り過ぎたかしら。

しかしディオンは、ふ、と笑みを浮かべ――。

「綺麗だ」

そんなふうに言うものだから。

一気に赤く染め上がる私の頬を見て、彼は目を細めた。

ディオンはふと視線を私の胸元へ向けると、おもむろに手を伸ばす。胸に指先が触れ、ふに、と肉に沈むと、少し躊躇うように指が跳ねた。意図せず、といったところだろう。無駄におっぱいでかくて申し訳ない。

胸元を彩るのは、クリストハルトに貰《もら》った首飾りだ。ディオンはそこについた魔石に用事があるらしい。魔石を手に取り表面を撫でると、途端に小さく魔法陣が浮かび上がる。それから一瞬にして、魔石の色が赤から青に変化した。

「一時的に色を変えた。明日には戻る」

確かに赤い魔石は今日のドレスにミスマッチだった。けれど防御魔法がかけてあるし、せっかくのデビュタントの贈り物だから、身につけたほうがいいだろうとつけてきたのだ。

「わっ、ララ綺麗だね」

「クリストハルトお兄様」

共にホールに入場するためクリストハルトもやってきた。開口一番にドレスを褒めると、その視線はすぐ首飾りへと向かう。私が視線でディオンを示すと、納得したように一つ頷いた。

「やっぱり、青のほうがよく似合うね」

苦笑するクリストハルトも今日は正装だ。私とディオンの揃いの衣装とはデザインは異なるものの、似たような青い服をまとっていた。さすがお兄様、カッコイイわ。

「行くぞ」

もう入場の時間になったようだ。ディオンの腕に手を添える。密着するとドキドキと胸が高鳴って、触れた場所から彼にも伝わってしまいそうだ。

皇帝と皇太子、それから皇女の入場を告げる声がホールに響き渡る。

招待された貴族たちは既に全員揃っていた。大人数がひしめき合い賑《にぎ》やかな声が聞こえていたが、一瞬にして静まり返る。

ディオンにエスコートされながらホールに足を踏み入れると、ゲームで見た背景と同じホール内に感動する余裕もなく、一気に注目が集まる状況に息を呑《の》んだ。皇帝の姿に、集まった貴族たちが一斉に頭を垂れる。ディオンはその光景を慣れた様子で見下ろしていた。

契約の儀の際に高位貴族たちとは顔を合わせたが、公式に姿をお披露目するのは今回が初と言ってもいい。あの時は紹介も何もなく、ただ儀式をしただけで終わったからだ。

私を見上げる貴族たちの目に、負の感情は見て取れない。好感度上げ作戦は上手くいったようだ。

美しいララルーシェの容姿やドレスに見惚《みと》れている者もいるように思えた。

――ゲームのララルーシェは、どうだったろうか。

ヒロイン目線で描かれたストーリーでは、彼女の状況は詳しく語られない。舞踏会に登場した皇帝と皇太子、その後ろにひっそりついて現れる悪女ララルーシェ。彼女が主役のデビュタントだというのに、誰にも相手にされていなかった。

それを思い出すと、自分はこれまで随分頑張ったのではないかと自画自賛したくなる。

公式の場で皇帝にエスコートされてホールに現れた時点で、私は反逆者の娘ではなく、きちんと皇女として認められたようなものだ。もう私を蔑《ないがし》ろにする貴族はいないだろう――大半をディオンとクリストハルトが排除した、というのも影響が大きいけれど――。

玉座のディオンを中心に、私とクリストハルトが左右の椅子に腰掛ける。

舞踏会の始まりが告げられ、緊張していた貴族たちも徐々に談笑を始めた。

大公、そして公爵から順に皇帝に挨拶に来るのを、適当にやり過ごしながらホールを眺める。彼らは私にお祝いの言葉を述べてくれるものの、それ以上は特に会話は広がらない。

エスジェイア元公爵とルイゼルくらいしか面識がなく、彼らの挨拶が終わればただ上品に微笑を浮かべているだけでよく、端的にいえば退屈だった。

上から見ていると、色とりどりの中に白いドレスはよく目立つ。デビュタントを迎える令嬢は白のドレスと決まっていた。あの子たちが私と同い年、ということね。ラルーシェに比べると随分幼さが目立つけれど、その初心《うぶ》な感じが可愛らしい。白いドレスの子たちが集まってワイワイ騒いでいる様子は、女子高生を見ているような気分になった。


「ジョナサン・タイラーが皇帝陛下にご挨拶申し上げます」

「ああ。……今年婚約したのだったか」

「はい、婚約者のアイナでございます」

「アイナ・リルハートが皇帝陛下に拝謁いたします」

不意に耳に届いた聞き覚えのある声に、弾かれるように顔を上げた。

ディオンに挨拶をしていた男性貴族——の隣に立っていた令嬢と目が合う。彼女は私に気がつくと、ドレスの裾をつまみ挨拶をしてきた。

「アイナちゃん……」

「？　アイナ・リルハートが皇女殿下にご挨拶申し上げます。デビュタントおめでとうございます。とても美しいドレスですね」

言葉を失う私に少し首を傾《かし》げたものの、彼女は誰もが見惚れるような愛らしい微笑みを浮かべて声をかけてきた。

「――――」

アイナ・リルハート――彼女はゲームのヒロインだ。

コーラルピンクのサラサラな髪に、グリーンの瞳を持った可愛い女の子。

自己投影派のプレイヤーはヒロインの顔を非表示にしていたが、彼女の容姿が気に入っていたためそのままの状態でプレイしていた私には、馴染《なじ》みのありすぎる顔だった。記憶に違《たが》わず可愛らしい顔立ちと、皇女にも臆さず声をかけてくる天真爛漫《てんしんらんまん》な性格に、思いもよらず圧倒される。

本当に何もかもゲームのままだ。

しかし現在の状況は、ゲームとは全く異なっていた。

――帝国の田舎《いなか》の領地で暮らす、リルハート男爵の一人娘アイナ。幼い頃に一度だけ帝都を訪れた際に〝神の御使《みつか》い〟を助け、〝神の愛し子〟の力を手に入れる。そして類《たぐ》い稀《まれ》なる神聖力を持った令嬢がいるとある時噂になり、皇帝直々の招待を受けて皇宮の舞踏会に参加するのだ。――それが今日この日。

大神官ハインリヒルートだと既に神聖国ヘーベンで暮らしている彼女だが、〝神の愛し子〟という立場を私が奪ってしまった今、そうなることはない。

それにたかが田舎の男爵令嬢が、皇宮の舞踏会になど来るはずがなかったのに。まさか誰のルートにも入らない場合、既に婚約者と結ばれる展開になっているとは予想すらできまい。

私よりも二歳年上の彼女は、今年十七歳。

淡いグリーンのドレスを着たアイナの隣にいる男を凝視する。優しげな面立ちと品性漂う雰囲気は非常に好感が持てるうえに、アイナを見る眼差しは愛情に満ちていた。

「ラルーシェ、なぜそんなにタイラー伯爵を見つめている？」

あまりにも見すぎてしまっていたらしい。困った表情のタイラー伯爵と、訝《いぶか》しげなディオンに気づいて盛大に狼狽えた。

「あっ、え……!? いえ、あの……お似合いのお二人だと……思いまして……」

「まあっ、本当ですか？ 嬉しいです」

少し照れたようにしながらも、にこっと朗らかに笑うアイナの眩《まばゆ》さに目が潰れそうになる。

〝神の愛し子〟の立場を奪ってしまった負い目が多少あった。しかしヒロインはそんな特別な力を得ずとも、幸福そうに笑っている。そのことにひっそりと安堵してしまった。

可愛い。アイナ可愛い。さすがヒロインだわ。

――天使の微笑みに悶《もだ》えていたが、ふとディオンを見る。

〝神の愛し子〟ではなくとも、彼女はゲームのヒロインには違いない。無印のディオンも、アイナには基本的に優しかった。そして追加パックで攻略対象に加わったとなれば、ディオンもアイナを愛したということになる。

愛らしいヒロインを一目見て、恋に落ちてしまったらどうしよう。ディオンルートを知らない私は、彼がどのような過程を経て彼女と結ばれたのかわからない。

娘になってしまった以上私がディオンと結ばれる未来はないというのに、不安で仕方がなかった。

しかしそんな私の懸念をよそに、彼はアイナを一切見てはおらず――。

「疲れたか？」

様子がおかしい私を見てそう解釈したらしいディオンは、早急にタイラー伯爵とアイナを下がらせると侍従を呼びつけた。すぐに戻ってきた侍従が私にグラスの乗ったトレーを差し出す。私の好きな柑橘《かんきつ》のジュースだ。

「それを飲んで待っていろ。じきに挨拶も終わる」

「あ、りがとう、ございます……陛下」

さりげない優しさに胸が熱くなる。

そしてアイナに一切の興味を示していない様子に、心底ほっとした。


「ラフルーシェ」

ぼーっとしていると、貴族たちの挨拶がいつの間にか終わったらしい。ジュースを貰ったあたりから記憶がない。ディオンの尊さに記憶が弾け飛んだ。

こちらに手を差し出す彼に首を傾げる。手を乗せた途端引き寄せられるままに立ち上がり、エスコートされながら大階段を下りた。先ほどまで談笑していた貴族たちが端に寄り、中央にはスペースができている。そして楽団が音楽を奏でているのに気づいて、ようやくダンスタイムだと悟った。

最も高位の貴族から始まるダンス。皇宮舞踏会では、皇族がスタートを切る。

「皇帝陛下がダンスを……？」

「即位してから初めて拝見しますね」

「皇女殿下のパートナーを皇帝陛下自ら務めるとは……」

「揃いの衣装……。皇女殿下を寵愛《ちょうあい》されているという噂は本当だったのね」

ざわざわと騒がしくなる貴族たち。どうやらディオンがダンスを踊るのは極めて珍しいことらしい。

ホールの中央にくると、エスコートの手を離し距離を取った。胸に手を当てお辞儀をする彼に倣い、ドレスをつまみ腰を落として挨拶を交わす。何度も練習した動きだけれど、ディオンとは初めてだ。スマートな仕草が綺麗で、胸の高鳴りが止まらない。

私はちゃんと表情を繕えているだろうか。緊張と興奮で音楽が耳に入らなかった。

「あっ」

固まる私の片手を取って、いきなり腰を抱き寄せられた。ぴったりと密着した身体。身長差があるためちょうど彼の胸元に私の顔がある。ふわりと香るディオンの匂いに包まれ、心地良さに酔いそうになりながらも手を握り合わせて、もう片方の手を彼の肩に添えた。そっと見上げると、ディオンはずっと私を見下ろしていたようで、ぱっちり目が合う。かあ、と頬が熱くなった。

「ぎこちないぞ」

「す、す、すみません……」

ディオンにリードされダンスが始まる。あんなに練習したのに、好きな人が相手だと身体が思うように動いてくれない。けれどディオンのリードは上手で、徐々に私の動きも滑らかになっていった。

添い寝禁止になってから、こんなに近づいたのはとても久しぶりだ。自分が成長したせいか、あの頃よりも距離が近くなった気がする。密着しながら踊っているから、このうるさい心臓の音に気づかれていないかと恥ずかしくなった。

「陛下……ダンスお上手ですね」

「誰に物を言ってる」

だって皆が、ディオンのダンス見たことないって噂してたもの。

デビュタントのパートナーになってくれたものの、私もてっきりダンスはしないものと思っていた。

一応練習はしていたけれど高望みはしないようにしていたのに、あのディオンとダンスを踊っているだなんて信じられない。幸せすぎる。

真っ赤になって黙り込んでいるとディオンが覗《のぞ》き込んできて、思わず我慢できずに顔が緩んだ。照れくさそうに笑う私の顔が、彼の瞳の中に映り込んでいた。

ディオンが目を細める。腰を抱く手に力が入り、ぎゅっとさらに密着した。

「お前のダンスも、悪くない」

「きゃっ」

突然腰を両手で掴《つか》まれ、ふわ、と持ち上げられる。そのまま一回転すると、周囲から「わあ」と声が上がった。ゆっくり床に下ろされ、流れるようにステップに戻る。

な、なに、今の。赤面して言葉を失う私を見て、ディオンは笑っていた。


私たちのダンスが終わると、他の貴族たちもようやく踊りだす。幸福の余韻に浸っているところへ、す、と手のひらが目の前に差し出された。

「レディ、次は僕と踊っていただけますか？」

「クリストハルトお兄様。ふふ、よろしくってよ」

皇太子とのダンスを狙っていた令嬢が、背後に群がっている。しかしそれが見えていないのか、意図的に無視しているのか、クリストハルトはニコニコと微笑んでいた。

ディオンは握っていた私の手を渡すと、ホールから去るのではなく玉座に戻っていく。侍従が持つトレーからワインを取り、ゆったりと飲みながらホールを眺めていた。

何をしていても物憂げで色っぽい。

「さあ、僕に集中してもらおうか」

腰を抱かれ、にこやかなクリストハルトに視界を占領される。ディオンばかり見ていたのを気づかれてしまった。

少しテンポの速い曲に変わったが、ディオンの時のように緊張していないため滑らかに踊れる。

いつの間にかクリストハルトの身長はぐんぐん伸びて、父親にも追いつきそうなくらいに成長した。さら、と流れる黒髪の間から見える碧眼《へきがん》が魅惑的で、やはりメイン攻略対象なだけはある。

「父上がダンスを踊っているのは初めて見たよ。楽しそうだったね」

「ええ、とっても！」

「本当にララは父上のことが好きだね」

私がディオン推しなのがバレている。

「ララ、今日はとても綺麗だ。あんなに小さかったララが、いつの間にかもう大人のレディに近づいているだなんて……感慨深いよ」

「お兄様ったら、なんだか私のお父様みたいよ」

「お父様はやめてよ……。けど、僕はララが心配だよ。今もララのことを下心丸出しの眼《め》で見てる男たちがたくさんいるんだから」

「そう？　ふふ、お兄様は心配性ね。大丈夫よ。お兄様に貰った首飾りや、エスジェイア卿のピアスもあるし。なんといっても陛下の魔法が何重にもかかってるんだもの」

「あのね、君にかけられた魔法はそういうことには発動しないよ。攻撃された場合に守るための魔法なんだから。くれぐれも油断しないように」

ぱちぱちと瞬《まばた》いて、それから小さく頷く。十五歳の未成年、しかも皇女に手を出すようなおバカはいないと思うけれど、彼を安心させるためだ。

ディオンが用意してくれたドレス、少し胸元が開きすぎだったかしら。密着したクリストハルトの胸板で柔らかそうに潰れる胸を見下ろして、なるほどと納得した。ラルーシェの身体は自覚している以上に豊満らしい。

前世――女子高生時代の自分の肉体との相違に、未だ慣れないこともある。胸元を見下ろす私を見て、クリストハルトは苦笑していた。

クリストハルトとのダンスが終わると、次に私を誘ったのはルイゼルだった。彼のほうこそ雄っぱいが立派だわ。

ルイゼルは公爵として舞踏会に参加しているため、帯剣はしていない。今日は近衛騎士たちが、護衛としてホール内に配置されていた。ルイゼルはやはり剣のほうが得意なのか、ダンスは少し固さが残る。それでも一生懸命に私をリードしようとする姿が可愛い。

ルイゼルとのダンスを終え、小腹も空《す》いたし少し休憩を取ろうと、料理が並べられているテーブルに足を向ける。侍従を呼べば席まで持ってきてくれるものの、こうして自分で選ぶのがビュッフェみたいで楽しい。

軽くお腹を満たしてジュースを飲んでいると、不意に男性が一人近寄ってきた。

「皇女殿下、私に殿下とダンスをする栄光をいただけませんか？」

上品な仕草で差し出された手。顔を見上げると、嫌味のない爽やかな笑みを向けられた。先ほどの挨拶の時に見た覚えがある。たぶん公爵家の嫡男だ。

断る理由もないので受け入れたのがいけなかったと後悔しても遅く、彼とのダンスを終えると、次から次へとダンスの申し込みが殺到した。

上手な断り方もわからずとうとう五人目、侯爵家の子息から誘われようという時。ダンスを請う手を渋々取ろうとした私の指先が、別の手にすくわれる。

「こ、皇帝陛下……！」

侯爵子息が慌てて礼をして下がる。

驚く私をそのまま連れて、皇族専用のテラスへと出た。入り口は近衛騎士が守っているため、誰も入ってこられない。

ほっと息を吐く私に、ディオンは侍従の持つトレーからグラスを取り、渡してきた。休憩も挟まず踊って喉が渇いていたため、ありがたく受け取る。侍従が下がり、自然と二人きりになった。

テラスからは皇宮の庭園がよく見える。見慣れた場所ではあるけれど、夜に見る庭園は外灯に照らされ、昼間とはまた趣が異なり幻想的だった。貰ったジュースを飲んでいると、ディオンが隣に並ぶ。

テラスの柵に腕をかけ、同じように庭園を眺めていた。

「嫌なら断れ」

「あっ、さっきの……。いえ、嫌というわけではなかったのですが、それでもありがとうございます。少し疲れてしまったので、助かりました」

「嫌ではないのか。……誰か気に入る者でもいたか」

「…………？」

気に入る者？　子息たちの中で？

「あ、の……それって、婚約者とかそういう意味で？」

無言で私を見たディオンに、息が止まる。

私は帝国の皇女だ。結婚を決めるのは、皇帝であり父親である彼だろう。

それはわかっている。けれどいざ大好きな人からそのことを示唆されると、自分が想像していた以上に心が凍てついた。〝神の愛し子〟である私を手放すはずがないと、自惚《うぬぼ》れていたのだ。確かに帝国内の貴族に嫁がせれば、私は彼の手の中にいるも同然であり、皇宮に留《とど》まらせておく必要はない。

「いません、いませんでした」

ふるふると首を横に振る私を、ディオンは何を考えているのかわからない無表情で見つめていた。

「……そうか」

「あのっ」

「ラウルーシェ」

ずっと皇宮にいたらだめだろうか。ずっと、ディオンの傍にいられないだろうか。そう聞こうとした瞬間名前を呼ばれて、ハッと我に返り口を噤んだ。

「デビュタントのお祝いに、欲しいものがあれば言え」

「え？　このドレスは……」

こんな豪華なドレスを作ってもらったのに？

「ドレスは必要なものだ。祝いの品とは言えまい。なんでも言え」

なんでも？　どうしてそんなに優しくするの。優しくされると、彼の特別になったと勘違いしてしまう。ディオンは私を娘としか思っていないのに。

――ああそうだ。親子という、どうしたって切れない絆《きずな》がある。私がいつかお嫁にいっても、血の繋がりがある限り彼はいつまでも私の父だ。

「なんでも、ですか？」

「ああ」

「じゃあ、お父様って呼んでもいいですか？」

陛下、だなんて他人みたいな呼び方をしてきた。好きな人をお父様と呼ぶのには、やはり抵抗があったから。

ディオンもこれまで呼び方を訂正したことはなく、この年になるまでずっと陛下と呼んできた。けれど、お父様と呼んだほうが、親子としての繋がりが強くなるような気がする。せめて、せめてこの唯一の繋がりだけはいつまでも続いてほしい。

ディオンは呆然と目を見開いて、しばらく微動だにしなかった。

彼は少し躊躇うように口を開き何かを言おうとして、それから僅かに唇を噛《か》み締めた。

「────だめだ」

「そ、……そう、ですか。すみません」

やっぱり、反逆者の娘が「お父様」だなんて烏滸《おこ》がましかっただろうか。

動揺を隠すようにへらへら笑う。ディオンはそんな私をただじっと見つめていた。

だめだ。なんだか、泣きそう。

「じゃあ、ぎゅって抱き締めてください。プレゼントはそれで十分です」

これも断られると思った。言外に、何もいらないと伝えたかったのだ。贈り物なんかじゃなく、あなたといられる時間が欲しい、だなんて言えるはずがなかった。

泣いてしまいそうだから、早くディオンから離れたい。何も言わない彼が怖くなって一歩足を退《ひ》こうとした瞬間、ぎゅっと力強く抱き寄せられていた。

「…………っ」

胸板に顔を埋めるように抱き締められていて、ディオンの表情が見えない。

腕の中はあたたかく、胸が苦しくなる。ダンスの時以上に距離が近くて、彼の香りが私にも移ってしまいそうだった。とくとくと、心臓の音が聞こえる。擦《す》り寄るように彼の背に手を回せば、もっときつく抱き締められた。

彼は私の言った願いを叶えてくれているだけなのに。幸せすぎてもう死んでもいいくらいだ。

私がもういいと言うまで、ずっと抱き締めてくれるつもりなのだろうか。腕の力が緩まないのをいいことに、しばらくは彼の胸に縋《すが》っていた。涙がひっこむまで、もう少しこのままで。

「……私は」

静かな声に息を呑む。

「私は、お前を娘だと思ったことは一度もない」

「――――」

これ以上追い打ちをかけないで。

娘とも思われていないのなら、私はあなたにとって何？

ずっとこの腕の中にいたいと思っていたのに、今はどうしても離れたくて胸板を押し返す。弱々しい力だったのに、彼の身体はいとも簡単に離れていってしまった。

伸ばされた手を避けて、踵《きびす》を返す。こんなに涙でぐしゃぐしゃの顔を見られたくない。

衝動のままにテラスを飛び出して、ホールを突っ切って外に出た。皆がざわざわ騒ぎ立てていたけれど、今はそんなことにかまっていられる余裕なんてない。

「姫様」

一人ホールから出ていく私の異変に気づいたのだろう。追いかけてきたらしいルイゼルが、そっと声をかけてくる。今日くらい、専属護衛騎士の仕事なんて忘れていたっていいのに。

「お部屋までお送りいたします」

何も言わないルイゼルは、泣きながらフラフラ歩く私の手を握って、部屋まで送っていってくれた。

◆◆◆

ラララーシェがデビュタントを迎えた。

私が用意したドレスを身にまとって現れた彼女を見て、あんなに小さかった少女が、いつの間にか大人になってしまったことを実感する。

デビュタントボールのパートナーを引き受けたのには、特段意味などなかった。

強いて言うなら、年頃になったからという理由でラララーシェとの接触を減らされたおかげで、すこぶる体調が悪かった、というくらいだ。

ここ最近の私はといえば、不眠に悩まされていた。

彼女のベッドに潜り込むようになる前は、私は一体どう寝ていたのかすら思い出せない。昔も寝不足気味だったのは変わらないが、一度心地いい眠りに慣れてしまえば、戻るのは難しかった。

それにヴィムもうるさい。本当にうるさい。年々声が大きくなる。私を堕落させようととろけるような甘ったるい声で囁《ささや》いたり、人の魂を得られない不満に声を荒らげたりと、日々私の精神を削っていた。ラララーシェが傍にいる間はほとんど気にならなかった声が、やけに気に障る。

私の身体は大分ヴィムに馴染んでしまった。気を抜けば思考を誘導されそうになる。意識を乗っ取られそうになる。耳を塞いでも、ヴィムの声は消えない。

パートナーになれば、ラララーシェは私の隣に立つことになる。彼女の近くにいるのは心地いい。

――ただ、それだけの理由。けれどほかの誰にも譲りたくなかった。

ドレスを披露するようにくるりと一回転してみせる姿に、思わず「綺麗だ」と無意識に零していた。頬を染める彼女を見て、胸がじわりと熱くなる。なんだ、この感情は。――しかしこの胸に広がる熱は、不快ではなかった。


やがてダンスの時間になり、私は迷わず立ち上がりララルーシェに手を差し出す。ララルーシェは、まさか私がダンスに誘うとは思いもよらなかった、というのがありありと表れた顔をした。

向かい合った彼女は、緊張した面持ちだった。

「ふ……」

音楽も耳に入っていないかのような様子がおかしくて、口元が緩む。ぐいっと腰を抱き寄せれば、胸板に埋まってしまいそうに小さな彼女は、私を見上げると顔を赤くした。

「愛らしいな」

誰にも聞こえないほどの小さな声で、無意識に呟《つぶや》いていた。

何を考えているのだ、私は。掴んだ腰があまりに華奢で。押しつけられた胸が柔らかくて。私を見上げる潤んだ碧眼が目を離せないほど美しくて――。

気がつくとダンスは終わっていた。

私は上手く踊れていただろうか。ちゃんとリードできていただろうか。幼少期にダンスをみっちり仕込まれたものの、皇帝になってからはついぞ踊ることはなかった。

変だ。これまで味わったことのない感情に戸惑う。どんな美しい女にも興味はなかった。官能的な肉体にも、蠱惑的《こわくてき》な甘い声にも、花のような香りにも、一切心が動いたことなどなかった。

少し気分を落ち着けたくて、玉座に戻り酒を呷《あお》る。それでも目はラルーシェを追ってしまっていた。

クリストハルトと、それからルイゼルとも楽しそうに踊っている。

その後は高位貴族の子息らが彼女にダンスを申し込み始めた。断ることもせず、微笑みさえ浮かべて踊る姿をじっと見つめる。

あのドレスはよく似合っているものの、少し胸元が開きすぎだったか。デザイナーが彼女にはああいったデザインが似合う、というから素直に聞き入れてしまったが、失敗だったかもしれない。

男たちが豊満なそこを、チラチラといやらしい目つきで見るのが不快だ。今日デビュタントを迎えたばかりの、成人もしていない皇女に対し些《いささ》か不敬が過ぎる。

「──────」

「父上……、僕が止めてきましょうか？」

令嬢たちから逃げ出してきたクリストハルトも、あの光景を見て笑顔を凍りつかせていた。誰に似たのだろうか、この腹黒は。

「いや、私が行こう」

グラスを侍従に渡しながら立ち上がる。クリストハルトは「過保護ですね」と笑っていた。

ダンスの誘いを受けようとしたラルーシェの手を奪い、皇族専用のテラスまで引っ張っていく。

間抜けな顔でただ私を見送るだけの男たちに、この子はもったいない。

ラルーシェはどこかホッとした様子だったから、私の行動は間違いではなかったのだろう。扉は近衛騎士が守り、私と彼女の二人だけの空間だった。

漏れ聞こえる音楽。ライトアップされた夜の庭園。それを眺める大人びた横顔を見る。

「嫌なら断れ」

「あっ、さっきの……。いえ、嫌というわけではなかったんですが、それでもありがとうございます。少し疲れてしまったので、助かりました」

私のしたことは、やはり過保護だったのか？

「嫌ではないのか。……誰か気に入る者でもいたか」

「………？　あ、の……それって、婚約者とかそういう意味で？」

「――――」

もう十五歳だ。私がその年の頃には、契約の儀のあとに定められた婚約者もおり、そして既に父も兄たちもヴィムの力により死んでいたため、皇帝となっていた。

ラルーシェもそろそろ異性に興味を持つ年頃だろう。

本来ならばヴィムとの契約の儀を乗り越えた時点で、婚約者を決めるのが慣例だった。ラルーシェの場合は少し違うが、そうでなくとも私はその慣例に従う気はない。私自身がその幼い頃より定められた婚約者を厭《いと》っていたため、自分の子らには好きにさせるつもりだ。

――私の婚約者は、リントホーク王国の王妹だった。リントホークの持つ魔石鉱山欲しさに父が政略結婚を調えたのだ。

婚約者になった女が、何かと私にまとわりついてくるのが嫌だった。私と、それから帝国の力を意のままにしたかったのだろう。

皇后の座につくと、早くから女は子を望んだ。女に対し嫌悪感しかわかず、初夜からずっと拒んでいた。夜這《よば》いを仕掛ける女が裸で腰に跨《また》がるのも、指先で私の身体をなぞるのも、胸を晒《さら》し顔に押しつけてくるのもただただ不快でしかない。

しかし十七歳の頃。精神が不安定になりがちだった私は、ヴィムに身体を乗っ取られることが多かった。

そして私の意識がない間にヴィムが行ったことは、他国への宣戦布告。気づくと多くの屍《しかばね》が足元に転がっていた。見渡す限りの大地は闇にのまれ荒涼としており、私は身体中に魔印が広がるほど魔法を使ったらしい。戦争は圧勝で終結し、私は呆然自失のまま帝国に戻った。

しかしそこからが問題で、死ぬ一歩手前まで広がった魔印を癒やすために聖水を飲んだが、魔力の器が大きいせいで、一本や二本でどうにかなるものでもなかったのだ。ここまで魔印が広がるのは初めてのことだった。

私はもうこのまま死んでしまったほうがいいのではないかと、一度魔法を使えば魔印が致死に達するのを理解していながら魔法陣を描く。しかし自分を滅し尽くそうとした魔法陣は展開する前に掻《か》き消え、そして私の意識もそこでぷつりと途切れた。

次に気がついた時にはベッドの上だった。私の下には魔印に全身を侵された女が死んでいて、部屋の端には皇后が裸のまま小さく蹲《うずくま》っている。バケモノでも見るような極度に脅《おび》えた皇后の視線に、状況が呑み込めず混乱した。

『あの女の胎《はら》に子が成った』

クックッと笑う声が脳に響く。

『だからもう一人女が必要でな。その辺にいた侍女を使って魔印を移しておいてやったぞ。……お前の代わりに、その女が死んでくれた』

私の肌に広がっていた魔印はすっかり消えていて、代わりに侍女だという女の全身に、びっしりとおぞましい魔印が広がっていた。自身の肉体に残る情交の痕跡も酷《ひど》く忌まわしくて――。

「う、……おえッ」

反射的にこみ上げたものを吐き出す。ベッドの上は吐瀉物《としゃぶつ》と女の血と死体、それから性交のしるしで悲惨な状態だった。

『あぁ……。いいなア、女の味、悲鳴、恐怖する顔。……たまらない』

人の身体に寄生した悪魔が、こんな方法で魔印を癒やすだなんてことは知らなかった。それなら魔法なんて一切使わなかったのに。頭がぐらぐらする。私が魔法を使わずとも、きっとまたヴィムが身体を乗っ取って好き放題するのだろう。

吐き気と頭痛、身に覚えのない倦怠感の残る身体を引きずって部屋を出た。あれほど私を誘惑するのに必死だった皇后は、最後まで私を呪うように睨《にら》みつけていた。


その時の子がクリストハルトだ。十八歳で私は父になった。

皇后は結局ヴィムによって魔印を移され、次は子を成すこともなく呆気《あっけ》なく死んだ。

自身の経験を経て、クリストハルトには婚約者を宛てがうことはしなかった。無理強いばかりされ縛りつけられた人生だったから、子には自由を与えた――というのは建前で、シグルルド皇族の血など途絶えてしまえばいい、というのが本音だが。

その結果クリストハルトは、二十一歳になった今も女の影一つない。それはそれで大丈夫だろうか。

クリストハルトという男に若干の不安は拭えないが、私は口を出す気は毛頭なかった。今更シグルルド帝国が他国とパイプを繋ぐ必要もない。残る子がクリストハルトだけの今は皇位争いの心配もなく、帝国内の大貴族の後ろ盾も必要としなかった。あとは好きにしろ、といったところだ。

ラルーシェに婚約者を決めなかったのも、彼女に選択の自由を与えただけのことだった。いくら特別な〝神の愛し子〟であろうとも、いつまでも皇宮に閉じ込めておくわけにもいかないだろう。彼女がそう望めば別だが。

だからあの子息たちの中でラルーシェの気に入った者がいたなら、私は――。

そこまで想像して、闇を飲んだような気持ちになった。

「いません、いませんでした」

髪を揺らし首を横に振り否定する彼女に、すう、と闇が引いていく。

物言いたげに唇を噛むラルーシェの言葉を拒むように、名を呼んだ。

デビュタントの祝いの品を用意しなければ、と思っていたところだった。ドレスはただ私が用意したかっただけであり、クリストハルトやルイゼルに貰ったという装身具を、いつも身につけているのが少し気に入らなかったのもある。

この年頃の子は宝石が好きだろう。首飾りでもピアスでも、指輪でも髪飾りでも、はたまた原石の採れる鉱山でもいい。なんだって与えてやろう。

皇太子にデビュタントというものはないが、代わりにクリストハルトが立太子した時は、シグルルド皇家に伝わる宝剣を欲しがったため快く譲った。

さて、ラルーシェは何が欲しい？　何を贈れば喜ぶ？

「……じゃあ、お父様って呼んでもいいですか？」

予想の斜め上の願いに、私は言葉を失った。

――「お父様」、「お父様」か。

ラルーシェ、お前は私を父としか思っていないのか。

その瞬間、胃の腑《ふ》に落ちていたどろどろとしたものが胸に溢れ返った。ああ、私は――。

「――だめだ」

私は、

「そ、……そう、ですか。すみません」

がっかりしたように肩を落とし、ララルーシェは泣き出しそうに目を潤ませているというのに、私は「お父様」と呼ばれるのをどうしても受け入れられなかった。

「じゃあ、ぎゅって抱き締めてください。プレゼントはそれで十分です」

私に望むものはたったのそれだけなのか？

父親としての愛情と包容を求められている気がして拒否しそうになるが、ぐっと堪える。私の前から逃げ出してしまいそうな彼女を、腕の中に閉じ込めた。

「……私は」

小さくも柔らかい身体。甘い声。花のような香り。このままずっとこうしていたい。醜い独占欲のままにきつく抱き締めると、おずおずと背中に腕が回される。そんなに無防備でいいのか？　私はお前の父親じゃない。ただの男なのに。

「私は、お前を娘だと思ったことは一度もない」

ララルーシェを、ただ一人の女として見ている自分に気がついた。赤子の頃から知っている子を、そしてまだ成人もしていない子を女として見るだなんて、あの子息たちのことを笑えない。

ヴィムの所業に疲れ苦しむ私に、聖力を込めた花をくれた時から。眠るふりをする私に「大好き」と囁いた瞬間から、きっと私はこの子に心を奪われていたのだろう。二回りも年が離れているというのに、自分でも信じられない。

自覚した途端に愛しい気持ちが溢れだして、抱き締める腕に力を込めようとした。しかし胸板を押すラルーシェの手に気がつき、ハッとする。うつむく彼女の顔が見えなくて、髪をかき上げようと手を伸ばすと、それを避けるようにしてラルーシェはテラスを出ていってしまった。

追いかけて捕まえることは簡単だ。けれど私の脚は動かなかった。指先に、彼女が零したであろう涙がポタリと落ちて、地面へと滑り落ちていったから。

私に女として見られるのはそれほど気持ち悪いのか。

『クックッ、お父様だってよぉ』

「黙れ」

『お前、あの女が好きなのか。イーイ身体してるが、まだガキだろう？　童貞こじらせると変態になるんだなァ。ディオンお前、パパとしか思われてねーっての。お前の息子のほうがよっぽどあの小娘にお似合いだろうに』

「黙れ」

『ハハッ！　惚れた女に逃げられた負け犬が何を吠えても怖くねぇよ』

ガンガンと頭に響く声が煩わしい。

ホールを飛び出していくラルーシェの姿がテラスから見える。そのあとを追っていくルイゼルも。

拒絶せず彼の手を取るラルーシェと、その手を引くルイゼルの姿を見ているとどうしようもなく苛立《いらだ》ちがこみ上げて、心の内に澱《よど》んだ闇がじわりと広がっていく心地がした。

デビュタントボールを終えてから、ディオンとは気まずくなってしまった。

寂しいけれど、どうすることもできない。好きな人に拒絶されたのは思っていた以上につらくて、平気なふりなんてとてもではないが無理だった。

心身を安定させる役割も持つ〝神の愛し子《いとし ご》〟との接触がさらに減ったせいか、ディオンの顔色はますます悪くなっている。日常的にヴィムの声に悩まされているのか、所かまわず「黙れ」「うるさい」と叫ぶ皇帝に、とうとう気が触れたのかと噂《うわさ》する貴族もいた。魔印が広がっているわけではないから、私の体液で癒やせばどうこうなる問題でもない。

ディオンを幸せにするのが目標だったのに、どうしてこうなってしまったんだろう。ここ二年ほどで、まるでゲームのラルーシェにするように態度は冷たくなり、気軽に話しかけることすら難しくなった。

ヒロインはどうやってディオンを幸せにしたのか、切実に教えてほしい。

——それともやっぱり、私がヒロインの立場を奪ってまで〝神の愛し子〟になったのが間違いだったのだろうか。娘でもいいから彼に愛されたい、と欲をかいた私が悪い。ゲームのとおり〝神の愛し子〟になったヒロインを、ディオンルートに進むように誘導すべきだったのだ。

デビュタントボールで見た実物のアイナは、本当に可愛かった。優しさが笑顔に滲《にじ》み出る彼女のような存在こそが、ディオンを幸せにするには不可欠なのだろう。

このままだとヴィムに完全に乗っ取られてしまう。けれどどうしたらいいのかまるでわからない。

〝神の愛し子〟の力を使おうにも、近くにさえ寄らせてもらえなかった。

後悔を抱えながらも、解決策を見出《みい》だそうと努力はしたのだ。ゲームの設定を細かく思い出そうとしたり、ディオンと仲直りする計画を立てたりした。そしてクリストハルトに仲を取り持ってもらって、無視されてもかまわないから傍《そば》にいさせてほしい、と次の誕生日に懇願するつもりだった。

デビュタントのお祝いで「お父様」とは呼ばせてくれなかったけれど、お願いしたらハグしてくれたんだもの。傍にいることを願うくらい許されるのではないか、一縷《いちる》の望みに縋《すが》りたかった。


しかし十八歳の誕生日を数カ月後に控えた今、ディオンが戦争に出向くことになるとは誰が予想できただろう。

「リントホーク王国が宣戦布告してきた。既に国境に相手の軍が迫っている。私が迎え撃つ」

「父上は皇帝です。僕が行きます」

ディオンの執務室の前を通りかかるとクリストハルトとの口論が聞こえ、少しだけ扉を開いて中を覗《のぞ》けば、アライアス卿《きょう》が招き入れてくれた。彼らの舌戦に辟易《へきえき》していたようだ。

「お前は次期皇帝だ。私が死んでもお前がいる」

「ですが……！　父上は、父上の今の状態では…………」

どうやら、どちらが総大将となって軍を率いるかで揉《も》めているらしい。わざわざ皇族が出ずとも、ただ軍を送り込むだけではだめなのだろうか。帝国軍は精鋭揃《ぞろ》いだし、騎士団長も優秀だ。

「どうやら相手国に手練《てだれ》の魔法使いがいるようです。噂では、悪魔公ヴィムに匹敵する力を持つ悪魔と契約したとか」

「そんな……」

アライアス卿が補足してくれた内容に言葉を失う。

軍にももちろん魔法使いはいる。しかしヴィムに匹敵する力というと、あとはクリストハルトくらいしかいなかった。その情報が真実ならば、被害を最小限に抑えるためにも、二人の内どちらかが出征するのが妥当である。

しかしながらディオンは話し合いすらなく、自分が行くと勝手に決めていたようで、それをクリストハルトが必死に止めているところだという。

最近のディオンは、クリストハルトから見ても危うい状態だということだ。だが譲る気は一切ないようで、既に戦支度を整え、クリストハルトの意見を聞き流しており、すぐにでも国境に向かおうとしている。

「リントホークは皇后の出身国だ。私に殺された妹の無念を晴らそうと、十数年かけて王が命懸けで悪魔と契約を結んだらしい。あの女に罪はなかった。責任を負うべきは私だ」

「母上の？　ですが……。……僕も強くなりました。攻撃力だけならば父上にも負けません！　絶対に死なないとお約束します！　必ずや僕が国境から退かせ、二度と牙を剥《む》かぬように……っ」

「私は死のうとかまわない。もう十分生きた」

「……父上ッ！」

「それに私が死ねば、ヴィムも魔界に帰らざるを得ない。いずれ生まれるお前の子が、この悪魔と契約する必要はなくなるんだ」

まるで死にに行く者の言葉だ。百戦百勝で強大な帝国を作り上げてきた人とは思えない言葉に、誰もが耳を疑った。

（ディオンは死を望んでいるの？）

意思を曲げる気が一切ない頑《かたく》なさに、クリストハルトは握った拳をぶるぶる震わせながら絞り出すように願う。

「……必ず、ご無事で帰ってきてください、父上」

「さてな」

魔杖《まじょう》を取ろうと伸ばした手に、私は侍従から受け取っていたそれをそっと渡した。

「…………。……ラルーシェ」

涙を流す私に、ディオンは目を瞠《みは》った。頬に手が伸びてくる。一度ぴくりと動きを止め、しかし躊躇《ためら》いがちに彼の手は私の涙を拭った。

久しぶりに触れる体温に、余計に涙が溢《あふ》れる。

どうして私ではディオンを救ってあげられないの？

彼を幸せにすることは不可能なの？

ヴィムから解放されて死にたいとでも言いたげな彼が、どうしようもなく悲しくて涙が止まらない。

普段のディオンなら戦争に行くと言われても、きっと圧勝して帰ってくるのだろうと楽観視できた。けれど今の姿からは「勝とう」という気概も、「生きよう」という意欲も伝わってこない。戦場に赴くことに不安しか覚えなかった。

思わず胸に抱き着くと、彼は拒絶することもなく、ただされるがまま受け入れる。

「なぜ泣く」

悲しいからに決まってる。愛しい人が堕《お》ちていくのを、無力な私は見ていることしかできない。

「ラルーシェ」

名を呼ばれても顔を胸板に押しつけるばかりの私の頬を、ディオンは両手でそっと包み込んだ。止《と》め処《ど》なく涙が零《こぼ》れていく眦《まなじり》に、唇が触れる。

「ラララーシェ、……お前の父親になってやれなくて、すまない」

くしゃりと顔が歪《ゆが》む。涙で滲んでディオンのことがよく見えない。けれど声音が苦しそうで、少し掠《かす》れていて、私はふるふると首を横に振った。

「いいんですっ、いいんですそんなの……！　娘じゃなくてもいいから、ずっと傍にいさせてほしいだけだったの……」

「私のことが嫌になったのではないのか？」

「嫌になるわけない！　絶対に、絶対に、何があっても!!」

私があの時逃げたから、自分のことを嫌いになったと勘違いしていたの？　だから私を避けていたの？　どうしてあなたが、私があなたをどう思っているのか気にするの——？

聞きたいことも言いたいこともいろいろあるけれど、喉がきゅっと詰まってしまって、おまけに嗚《お》咽《えつ》混じりで言葉がうまく出てこない。ディオンは涙に吸いつき、泣きじゃくる私を抱き締めた。

「死んでもいいなんて言わないで、ください……っ！　陛下がいないと寂しいです。絶対に無事で帰ってきて」

「——約束しよう」

「絶対ですよ!!」

「父上、万が一相手の魔法使いに負けそうになったら、すぐ戻ってきてください。代わりに僕が叩《たた》きのめしに行きますから」

「生意気な口を利くようになったものだ」

私を離れさせ、トン、と魔杖を床に打ちつける。既に軍は国境へ馬での移動を開始しており、ディオンは転移魔法で飛ぼうとしていた。

「あ、お待ちくださいッ陛下！」

近衛《このえ》騎士らに聖水の入った小瓶を譲り受け、中身をその辺にあったグラスに移す。私が何をしようとしているか察したディオンの制止の声を振り切り、ルイゼルから半ば奪うように借りた剣で手のひらを躊躇《ちゅうちょ》なく撫《な》で切った。溢れ出す血を小瓶に流し入れる。それぞれ一本ずつしか持っておらず全部で五本だけ。血を入れ終えるとすぐさま応急処置を受け、ディオンに駆け寄った。

「……無暗に身体を傷つけるな」

「陛下に無事で帰ってきてほしいのです」

私から小瓶を受け取ると、複雑そうな表情のまま懐に仕舞い込む。布の巻かれた手をじっと見ていたかと思えばそっとすくい上げられ、手のひらに柔らかな唇が押し当てられた。

「待っていろ」

「はい」

こくん、と頷《うなず》くと名残惜《なごり》しそうに手を離される。

ディオンはもう一度床を魔杖で叩き魔法陣を発動させ、あっという間に転移して行ってしまった。

「……どれくらいかかるのかしら」

「おそらく数カ月はかかるかと。長引けば年単位で……」

アライアス卿が掴《つか》んだ情報では、リントホーク王国のみならず、帝国に恨みを持つ者たちが集まり連合軍のようになっているらしい。その数だけは夥《おびただ》しく、帝国軍を凌《しの》ぐとか。

普段はヴィムに乗っ取られている状態か、はたまた自身が魔印に侵され死ぬのを厭《いと》わない大規模魔法を連発していたため、決着は早くついたそうだ。しかし今回のディオンはそんな戦い方は選ばないはず。無事に戻ると約束したのだから、無茶はしないだろう――と思いたい。

「さて、父上がいない間は僕が責任を持って皇帝代理として仕事しなければ。アライアス卿はもちろんだけど、ラララルーシェにも手伝ってもらおうかな」

ディオンが戦場から戻るまでの間、気が気ではない。何かしていたほうが気が紛れるだろう。

それはクリストハルトも同じなのか、一抹の不安を押し殺しているようにも見えた。彼も同じ気持ちだと思うと少しだけ心が軽くなる。皇帝が不在の間、私もクリストハルトを支えてあげないと。

アライアス卿はさっそく今日の分の書類をデスクに積み上げ、目を白黒させるクリストハルトに熱心に仕事を教え出した。ディオンがいない間に国が傾いては呆《あき》れられる、と張り切っているようだ。

「ちょっと待ってよー！」と情けない声を上げるクリストハルトと、容赦のないスパルタなアライアス卿のやりとりにくすくす笑いながら、私も他の補佐官に教えてもらいつつ書類を捌《さば》いていった。

◇◇◇

――あれから四カ月ほど。とっくに私の誕生日は過ぎてしまっている。

戦争中のためパーティーなどは行わず、クリストハルトやルイゼルたちにささやかに祝ってもらい、私は十八歳――帝国でいう成人となった。

成人になったからといって劇的に変わるわけでもなく、今日も私は皇帝の執務室で仲間たちと仕事に追われる日々だ。

帝国領が広すぎるせいか、皇帝の仕事はとてもハードだった。私が見るディオンはいつもゆったりとして余裕があったから、こんなに忙しいとは思ってもみなかったのだ。広大な帝国領では日々さまざまな問題が起こっているようで、わんさかと報告書が届く。

中にはどうでもいい報告もあったりして、仕分け作業からやらなくてはならない補佐官たちが悲鳴を上げていた。

ディオンがいないせいで、各領地から送られてくる報告書がやたらと多いようだ。皇帝に言っても聞いてもらえないからといって、代理である私たちに無理難題を押しつけようとしないでほしい。

また、若い皇太子と皇女が皇帝代理なのが気に入らない大臣たちが、難癖をつけてくるのがとてつもなく面倒だった。会議中も何かと邪魔されて、サクサク進まない。次期皇帝である皇太子を、今のうちに自分たちに都合のいい傀儡《かいらい》にしようと画策する一部の大臣たちと、屈さずにニコニコ微笑《ほほえ》むクリストハルトの冷戦が繰り広げられていた。

人が好《よ》さそうに微笑んでいるけれど、頭の中では自分が皇帝になった時に彼らを切り捨てる算段を立てている気がする。無駄に長引く会議に、何度彼が爆発しそうになったことか。

長い長い会議が終わると、クリストハルトはバタンと執務室の床に倒れた。

「きゃー！　お兄様！」

慌てて抱き起こし、膝の上に頭を乗せて無事を確認する。目の下にはくっきりとクマができていて、食事をする暇もないせいで以前よりやつれてしまった。寝不足と疲労と精神的苦痛、それから皇帝代理の重責で、彼はすっかり参ってしまっている。

「お兄様っ、お兄様！」

「はぁー……やってらんない」

ゆっくりと瞼《まぶた》を開くと、低い声で吐き捨てた。

「父上はよくあんな奴ら相手にしていられるよね」

「陛下はほら、恐怖で従えてるから……」

「ハハッ、僕も立場を弁《わきま》えない奴を粛清《しゅくせい》しちゃおっかな」

第二の悪逆皇帝誕生である。

軽口を叩きながらも顔色は悪く、心配になって髪をサラサラと撫でながらさりげなく接触した。ディオンも私といると心地がいいと言っていたから、少しは癒やしになればと思ったのだ。

執務室の扉の前に寝そべるクリストハルトを、どんよりとした雰囲気のアライアス卿が「失礼しま～す」と書類を抱えて跨《また》いでいく。すっかりこの光景に慣れてしまったというか、皇太子に気を遣っている余裕がないというか。

戦争中ということもあり、平時よりもやることが多いせいだ。戦場から届く訃報、遺族への連絡や手当て、領地の被害、軍へ送る物資の調達などキリがない。戦争が長引けば長引くだけ、私たちの仕事は増えていった。

「ララ、ちょっと充電させて」

ぱちん、とクリストハルトが指を鳴らす。すると私たちは、本城の庭園の奥庭に転移していた。皇族以外は誰も入れないようになっているため、休憩の際によく利用している。皇太子が芝生に寝転んでいても誰にもバレない。私の膝を枕に寝そべりながら、両手を伸ばしてくる。彼曰く、私を抱き締めるだけで疲れが飛んでいくそうだ。仕方ないなぁと背中を丸めると、満足そうに笑う。

「戦争、長引いてるね。帝国軍が有利だとは聞いてるけれど、心配だ」

「うん。……心配」

抱き寄せられたまま、内緒話をするみたいに小さな声で囁《ささや》き合った。

たまに戦場から連絡がくる。戦況などを綴《つづ》った簡単な文だ。ディオンが怪《け》我《が》をしただとかは一度も聞かない。彼が無事なのはわかっていても、早く会いたい。早く帰ってきてほしい。無事な姿をこの目で見ないと気が済まない。

「ララは本当に父上のことが好きだね」

「ええ、大好きよ」


和やかな空気の中、突如背中に強い衝撃を受けた。

バチッ！　と音がして、私の目の前で魔法陣が粉々に砕け散る。

「きゃっ！　な、何――」

「ララにかけられた保護魔法が発動したんだ！　僕の後ろにっ、……ぐあ！」

私を背後に庇《かば》おうと、クリストハルトが手を伸ばす。それよりも先に、襲撃者によって彼の身は遠くに投げ飛ばされた。薔薇《ばら》のアーチに背を打ちつけ苦痛に喘《あえ》ぎながらも、必死の形相で私に向かって叫んでいる。けれど距離があって何も聞こえない。

「へ……陛下……？」

私の目の前に立っていたのは、ディオンだった。彼が私に魔法を放ち、クリストハルトを投げ飛ばし、そしてまた攻撃の魔法陣を展開しようとしている。

ディオンがここにいるということは、戦争はもう終わったの？

一体何が起こっているのか、理解が追いつかない。呆《ほう》ける私に攻撃魔法が何発か飛んでくるが、全て保護魔法が発動し攻撃は私には届かなかった。ディオンがかけた保護魔法が、ディオンの攻撃を弾いているという状況に混乱する。

『ククッ、ハハハ!!　やっとお前を殺せる！　邪魔な小娘!!』

顔を上げたディオンの目は、血のように赤く染まっていた。いつか見たその色に、ハッと我に返る。

(まさか、ヴィムに乗っ取られているの?)

パッと見て指や首は綺麗《きれい》なままで、服の下まではわからないが魔印はそこまで広がっているように見えない。ゲームの終盤のように、完全に乗っ取られてしまったのだろうか。

状況が把握できないうちにも、ヴィムは嬉々《きき》とした様子で私に攻撃を繰り返した。そのどれもがディオンがかつて私にかけた魔法に防がれ、カウンター魔法でヴィム自身が傷を負うこともあった。

何重にもかけられた魔法に焦りが滲みだした彼をよく見ると、もう襟元から魔印が覗いている。ヴィムが精神を乗っ取っていようと、ディオン自身の器には限界があるのだ。

私に保護魔法をかけた時、ディオンは魔印がゼロの状態だった。そして死ぬ一歩手前まで魔法を重ねたのだから、その魔法を全て破ろうとすれば、当然また魔印は全身を侵す。

「待って、だめよ……待ってヴィム! 陛下は!? ディオンはどうなったの?」

『ディオン? ハハッ、もう出てこないかもなァ!』

どうして? 彼の身に何があったというの? 無事に帰ってくるって約束したじゃない。

顔を歪めたヴィムは、もどかしそうに魔杖を投げ捨てた。背中からバサリと翼が広がり、爬虫類《はちゅうるい》のような尻尾が揺れる。赤い目をカッと見開き、歯を剥き出しにして鋭く尖《とが》った爪を振り下ろした。ルイゼルが剣に魔力を込めるように、爪に魔力が宿っている。

破るようにシールド魔法をはがし、ニヤリと笑った。

『もう保護魔法は一枚だけだぞ』

「……っ」

『お前のせいでずーっと我慢させられてたんだ。お前さえいなくなれば、また戦争三昧できる!』

ニタァと笑みを広げるヴィムに嫌悪感が募る。魔印は頬の辺りまで浸食しており、ヴィムのほうもディオンを死なせないためには、魔法は打てて二、三発といったところだろうか。

『ああ、お前を殺したあとどの女を使おうか。早く味わいてぇな……！』

バリン、と音を立てて最後のシールド魔法が崩れ落ちる。これでディオンがかけてくれた保護魔法は全て破られた。目前にヴィムの爪が迫る。黒い闇をまとった鋭い爪の先端が、私の胸を貫こうとしているのがスローモーションで見えた。

離れた場所から、ふらふらした足取りでクリストハルトが走ってきている。彼の火炎魔法は威力が強く、私とヴィムの距離が近すぎるため、放てば私も巻き添えを食うだろう。

「……ララっ!!」

『死ね！』

胸の真ん中に爪先が突き立てられようとした瞬間、パキ、と何かが割れる音が響いた。

『な、に……!?』

クリストハルトに貰《もら》った首飾りの、赤色の魔石が割れている。こめられた防御魔法がヴィムの攻撃を防いでくれたのだ。

ぶわ、と目元まで魔印が広がったヴィムが、驚愕《きょうがく》に目を見開く。しかしあと一撃で邪魔な私を殺せるという、千載一遇の状況がヴィムを突き動かした。ディオンの身体が死なない程度に調節された魔法が炸裂《さくれつ》する。しかしそれも、パキ、と耳元で割れたアンバーの魔石が私の身を守った。

『くそ……ッ！』

ふらついたヴィムが、私に憎悪に塗《まみ》れた眼差しを向ける。もうこれ以上の魔力には器が耐えられないようだ。魔印を移す相手を探すため、ヴィムは飛び立とうと翼を広げる。

そこへクリストハルトが飛びつき、目一杯の力で押さえ込んだ。芝生が剥がれるほどにのたうち回っても逃げ出すことは敵《かな》わず、ヴィムは『クソッ、クソ！』としばらく悪態を吐《つ》き続けていた。

しかし突然ガクッと意識を失う。翼も尻尾も消滅し、唸《うな》り声を上げながら瞼を開こうとする彼を、クリストハルトと共に固唾を呑《の》んで見守った。

「っ、なんだ……？　この、状況は」

瞳の色は見慣れた青。身体の主導権がディオンに戻ってきたようだ。

乗っ取られている間の記憶はないらしく、状況が理解できていない様子で、クリストハルトに押さえつけられていることに眉を顰《ひそ》めた。

「父上、……ああ、本当に父上ですね？」

「な、にを……言ってる？　う……っ」

重いからどけ、とクリストハルトを押しのけ這《ほ》う這《ほ》うの体で起き上がったディオンは、私を見るなり瞠目《どうもく》し固まった。

「……ララ、ルーシェ……何があった？　お前にかけた魔法がっ、はぁ、全て……消えている。それに首飾りや耳飾りも、魔石が、割れて………」

「――――」

「…………私が、やったのか？」

指先にまで広がった魔印とボロボロの自分を目にして、愕然としていた。よく見れば手は震えており、私は思わず駆け寄ってその手を握る。

「陛下、今はまず魔印を癒やしましょう？　私が差し上げた小瓶は？　ああ、やっぱりいいです。お兄様、短剣など持ってませんか？　早く血を……」

「いらない……っ、やめろ、ラララーシェ」

私の手を振《ふ》り解《ほど》き、ディオンの手のひらが頬に伸びてくる。碧眼《へきがん》はゆらゆらと揺れていて、尋常でなく動揺しているのが伝わってきた。私の身体のどこにも怪我がないか、念入りに確認されている。顔は青褪《あおざ》めており、触れる指先も血の気が引いて氷のように冷たかった。

「……聖王の、言ったとおりになった……。ラララーシェを、私が……」

消え入りそうな声で、ディオンは血が滲みそうなほど唇を噛《か》み締めていた。

「陛下……」

「癒やさなくて、いい……。このまま、放っておけ……っ」

ディオンは苦しそうに胸元をぎゅっと握り、震える声で言った。

――「死んでしまいたい」と。

ぐらりと傾く身体。ディオンはそのまま意識を失い倒れてしまった。

本城のほうから、ルイゼルとアライアス卿が駆けてくる。戦争で勝利を収めたこと、それから帝国軍が帰還する報《しら》せを受けて報告しにきてくれたようだが、私たちの様子を見て彼らは言葉を失っていた。

魔印が全身に広がったまま気絶するディオン。ヴィムの魔法の痕跡により荒れた庭園。防御魔法を施されていた割れた魔石。それらが物語る状況には、絶句するよりほかないだろう。

ディオンが最後に呟《つぶや》いた言葉が、耳にこびりついて離れない。

「死んでしまいたい」と、最愛の人が言った。泣き崩れる私をクリストハルトが慰めようとしてくれるが、今はその気持ちを受け取れそうになかった。

気絶したディオンは、再びヴィムに身体を乗っ取られることはなかった。

おそらく契約者の精神が弱った時や、魔印が広がり肉体が魔の力に馴染《なじ》んでいる際などが、最も身体が乗っ取られやすい。しかしどういう条件でヴィムが出てくるのか、はっきりとは判明していなかった。

故に騎士たちに運ばれたディオンは、クリストハルトの指示により、念のため四肢を拘束されたままベッドに寝かされている。

人間の身体を乗っ取るのは負担がかかり、そう短期間に何度もできるものではない——というのはゲームの情報だ。だがそれがどれだけの間隔なのか、私も詳しくは知らない。

ディオンは魔印を癒やすのを拒んだが、このまま放っておいてはまたヴィムに身体を乗っ取られ、魔印を移すために手当たり次第女性を犯そうとするだろう。

彼は死にたいと言ったけれど、そう簡単に死ねないのが現状だ。契約者がディオンしかいないなかで彼が死のうとすれば、ヴィムが全力で死なせないように妨害するに決まっている。

ヴィムがディオンの死を防ごうと女性を手にかける前に、私の力で魔印を癒やすのは簡単だ。眠っている間に強制的に血をがぶがぶ飲ませればいい。飲むのが無理なら点滴のように身体に直接入れることもできる。

だがそれをしたところで、根本的な解決にはならない。死にたいと言ったディオンの絶望を癒やすことはできないからだ。結局、ヴィムとの契約をどうにかするほかない。

「お兄様。私、神聖国へーベンに行くわ」

悪魔のことなら、天敵である神聖国に聞くのが一番だろう。もしかしたら悪魔との契約を断ち切る方法だって知っているかもしれない。無印版には登場しなかっただけで、追加パックで明らかにされた可能性はある。今は僅かな可能性にも縋りたかった。

クリストハルトのように、別の悪魔と契約する方法は無理だ。それほど強い悪魔にもう心当たりがない。火炎の悪魔は魔界に帰ってしまったし、もう一度召喚したとしても、複数の人間と契約を結びたがる悪魔は稀有《けう》だ。それだけ自分も弱体化することになる。そもそもあれだけ魔界に帰りたがっていた悪魔だから、召喚にすら応じない可能性もあった。

神聖国とは敵対している関係だけれど、四の五の言っている場合ではない。悪魔を退ける方法を知っていそうな人に会いに行こう。聖王、もしくは大神官ハインリヒに。

「……ララ」

「お兄様、心配しないで。陛下に殺されかけたから神聖国に逃げ込むわけじゃないわ。悪魔を、ヴィムを魔界に帰す方法を聞きに行くのよ」

「そんな方法があるのかい？」

身体を清められ綺麗な服に着替えさせられたディオンは死人のようで、昏々《こんこん》と眠り続ける彼の胸に触れて鼓動を確かめる。

「わからないわ。でも、少しでも希望があるなら私はなんだってする。死にたいなんて思って欲しくないの。生きてほしい。幸せになってほしい。生きてて良かったって陛下が笑えるようになるまで、私は諦めないわ」

「ハハッ、ララルーシェはかっこいいね。よし！　じゃあ僕が神聖国に連れてってあげる。一緒に父上を助けよう」

腰に差した宝剣を抜き、クリストハルトは床に突き立てた。見慣れた魔法陣が浮かび上がり、私とクリストハルトの身体を赤い光の柱が包む。

「遠距離の転移魔法使えるようになったの？　すごいわ、お兄様」

「たまに失敗するけどね」

失敗するとどうなるのよ。目的地に到着したら足が一本欠けてたなんて笑えない。笑顔で誤魔化すクリストハルトは、皇帝の寝室に控えた近衛騎士たちに向き直った。

「僕たちは神聖国へーベンに向かう。その間、父上を頼んだぞ」

「はっ」

私もルイゼルを呼ぶと、近づいてきた彼は私の手を取り甲に唇を寄せた。

「姫様が留守の間、陛下をお守りいたします」

「よろしくね。エスジェイア卿」

クリストハルトが共に行ってくれるため、ルイゼルにはディオンのことを任せた。近衛騎士たちも優秀だが、彼が守っていてくれると思うと安心感が増す。

アライアス卿は今も執務室で激務に追われているだろう。皇帝が倒れたことは伏せられており、そのうえ私たちが神聖国へ赴くとなると、全てが補佐官たちに圧《の》し掛《か》かる。彼は優秀な側近だ。上手くやってくれるはず。

「行ってくるわ」

「はい、姫様」

クリストハルトが呪文を唱えると、ふわっと一瞬の浮遊感。そして次の瞬間には景色が変わっていた。

「ここは……」

「たぶん、神聖国ヘーベンの城に転移したはずなんだけど……？」

真っ白な建物が連なり、天まで伸びるほどの巨木が生い茂り、花々が咲き乱れる神聖な景観。ゲームの背景で見覚えがあるから、目的地で間違いない。初めての場所に、クリストハルトも物珍しそうにキョロキョロと周囲を見回していた。

「おや、お客様ですか」

穏やかな声が響き、二人して勢いよく振り向く。

そこにいたのは、大神官ハインリヒだった。向こうから姿を現してくれるとは、捜す手間が省けて助かる。白い神官服に身を包んだ彼は、長い髪を風に遊ばせながらゆっくり歩み寄ってくる。紫色の毛先は地面につきそうなほど長く、相変わらず人間味が薄い。

クリストハルトが背に庇おうとしてくれたけれど、私はあえて前に出た。私がいることに気がつくと、ハインリヒは驚いた様子を見せる。

敵対国ではあるものの、神聖国の、しかも神官が武力を行使してくる危険性はほぼない。これが聖騎士ならばまた違ったかもしれないが、少なくともハインリヒにこちらを害そうとする意思は見られなかった。

「ようやく我が神聖国にいらっしゃる気になられたのですか？」

「いいえ」

その件、まだ諦めていなかったのね。目の前に立ったハインリヒは柔和な笑みを浮かべており、何を考えているのかいまいち掴みにくい。アメジストの瞳が私をじっと見つめてくる。

「ではどういった用件で、事前の報せもなく、しかも転移魔法でいらっしゃったのでしょう？」

若干言葉に棘《とげ》がある。確かに私たちに非があるけれど、今は一刻を争うのだから仕方がない。

「大神官ハインリヒ様に、助言をいただきたいのです」

「…………」

ハインリヒは目を細め、値踏みするかのような眼差しを向けてきた。

「〝神の御使《みつか》い〟様が我が主へと、見聞きされたことをお伝えしていた内容に相違はないようですね」

「どういうこと？」

意外なところで〝神の御使い〟の名前が出て驚いた。あの鳥は人々の祈りを聞き集めるのが役目だと思っていたのに、そんな密偵のようなこともしているとは。神がヴィムを敵視しているから、帝国を見張っているのだろうか。

「帝国で起きたことは存じております。……わたくしが皇女殿下のお力になれるのなら、お助けしましょう。しかし、代価は必要です」

「大神官のくせに代価を望むとは。施しの精神はないのか？」

「ふふ、神聖国の民たちには施しておりますよ。悪魔とは、代価を望むものでしょう？　シグルルド帝国の流儀かと思いまして」

「我が帝国を侮辱しているのか？」

今日のハインリヒはなぜか攻撃的だ。このままだと壮絶な言い合いに発展しそうだったので、クリストハルトを宥《なだ》める。シグルルドの国民イコール悪魔、という言い方をしたハインリヒに私も少し腹が立ったものの、努めて冷静を装った。

「どんな代価をお望みでしょう？」

「皇女殿下の御身を。神聖国へハーベンにいらしてください」

「……それはお断りしたはずです」

「おやおや、わたくしの助言を必要とする事態とは、御身よりも重要なことかと思ったのですが……致し方ありません。ではお帰りください」

人の足元を見るような不躾《ぶしつけ》な態度に、思わず口を突いて出そうになった暴言を飲み込む。なぜなら私は知っているのだ。ハインリヒが荒《すさ》んでいる理由も、私を神聖国へーベンに連れてきたい切実な事情も。

踵《きびす》を返し、わざとらしくゆっくりした歩調で立ち去ろうとするハインリヒ。私たちが引き止めるのをわかっているその背中に声をかけるのは癪《しゃく》だったが、彼の思惑通り「ちょっと待って！」と大声で呼ぶ。

立ち止まった彼は、にっこり笑いながら振り向いた。計画どおりとでも言いたげな表情に、クリストハルトが舌打ちしている。

「わたくしを呼び止めたということは、神聖国にいらしてくださる気になった、と解釈してよろしいですね？」

「神聖国へーベンには行けません。ですが――」

まだ無理を通すつもりなのか、というように首を傾《かし》げたハインリヒに、私はニッと笑ってみせる。

「大神官様の病を、治してさしあげます」

「な、なぜそれを……!?」

常に笑みで飾られた神聖な顔に、初めて人間らしい焦りの表情が浮かぶ。ハインリヒは私に掴みかからん勢いで足早に戻ってきた。

「生まれつき心臓が悪いのですよね？　私なら、治せますすよ」

「極秘事項だというのに、なぜ皇女殿下がご存じなのですか！」

「あは、神のお告げです」

嘘《うそ》だけど。神のお告げです。神の名を出すと、ハインリヒは黙り込んだ。――〝神の愛し子〟は神様に愛されているから、お告げを受けてもおかしくない。でもそんな私的なことを神がわざわざ教えるだろうか――といった葛藤が透けて見える。真偽なんて今はどうでもいい。

ゲームのハインリヒルートでは、ヒロインが彼の不治の病を治していた。

神聖国のどの神官も、聖王でさえも治せなかった病だ。神聖力で騙《だま》し騙《だま》し延命しているが、もう余命幾許《いくばく》もないだろう。

次期聖王候補と言われ、神聖国内でもずば抜けた神聖力を持つ彼が、あと数年の命だということは知られるわけにいかない。

現聖王は素晴らしい神聖力を持った人だけれど、ハインリヒ以外の神官たちはあまり神聖力が強くないのだ。現在世界に流通している聖水の半分は、彼が作っていると言っても過言ではない。ハインリヒの死は、神聖国の衰退を意味する。

だから彼は〝神の愛し子〟である私をどうしても手に入れたかった。シグルルドの皇族である私に弱みを見せることに繋《つな》がるから、病を治してほしいと懇願することもできずに。

「神聖国には行けませんが、治してさしあげます。なので、知恵をお貸しください」

「……わかりました」

追及することは諦め、私の提案を受け入れることにしたようだ。

さっそく人差し指の先の皮膚を噛み千切り、有無を言わさずハインリヒの口に突っ込む。

「んむ!?」

「さあさあ吸ってください、お早く」

不治の病だろうと、私にかかれば治すのなんて簡単だ。口に指を突っ込まれるという前代未聞の体験をさせられたハインリヒは、初めは狼狽《うろた》えていたものの、私の言うことに従って黙々と血を啜《すす》った。

こちらには時間がないので、素直で助かる。

「どうですか？　治りました？」

「じ、自分の身体はスキャンできないので……少々お待ちください」

指から唇を離すと、ハインリヒはほかの神官を呼びつけた。神官は私たちの存在にぎょっとしながらも、ハインリヒの身体に両手を当てて神聖力を送り込む。

〝神の愛し子〟と違い、神官たちはああして神聖力を使うのね。体液を必要とする私より楽そうだ。とはいえ有する神聖力の差はあまりに大きい。病や傷を治療する際、先ほどハインリヒが言ったように一度神聖力を全身に流し〝スキャン〟して悪い箇所を探し出すようだ。

しばらくして神聖力の光がやむと、神官は困惑した様子だった。

「だ、大神官様……病が」

「…………どうですか？」

「病が治っております!!　ああ、なんという奇跡……！」

ハインリヒは泣き出しそうななんともいえない表情で、自分以上に歓喜して大泣きする神官に微笑んでいた。「皆に知らせて参ります！」と走っていく神官を見送ると、彼はこちらに向き直る。クリストハルトに指先を応急処置してもらっていた私も、彼のほうへ身体を向けた。

「皇女殿下。ありがとうございます。本当に、いくら感謝してもしきれません。もうあと一年余りで死ぬと言われていたこの身がこれからも神にお仕え、」

「感謝の言葉は結構ですわ。代価ですもの」

「……そうでした。時間があまりないようですね。お聞きしましょう」

喜んでいるところ申し訳ないが、帝国に残してきたディオンが気掛かりだ。早く助言を貰って帰りたい。しかもハインリヒが解決策を知らなければ、このあと聖王に謁見しに行かなければならないため、できるだけ手早く済ませよう。私はディオンの現状を簡単に説明した。

「なるほど。身に巣くった悪魔を魔界に帰したいということですね」

「はい。方法をご存じでしたら教えてください」

ハインリヒはしばし考える素振りを見せ、それから私を真剣な眼差しで貫く。そんな鬼気迫った顔をしているということは、方法は知っていても、やはり難しいのかしら。

ヴィムを魔界に帰すことは、奴を嫌う神を崇拝する彼らにとっても喜ばしいことだろう。どんなに難しかろうと躊躇う必要はない。私の覚悟は決まっている——そう気持ちを込めて、ハインリヒを見つめ返した。

「皇女殿下」

「はい、大神官様」

「皇帝陛下を救うためには、〝神の愛し子〟である貴女《あなた》と契る必要があります」

「ち、ちぎる……？」

いかにも神々しい顔をしているから、冗談言ってる？　だなんて聞ける雰囲気ではない。ハインリヒの言葉の意味は理解していたけれど、改めて確認せずにはいられなかった。

「はい。つまり、セ——」

大神官である彼の口から、およそ顔と役職に似合わない単語が飛び出しそうになった瞬間、私は思わず手のひらを突き出して阻止した。混乱する頭を押さえ、おそるおそる彼の目を見つめる。アメジストの瞳は一片の曇りもなく澄んでいて、嘘や冗談で言っているのではないことを証明していた。

「大神官様。ですが、ですが私は――……っ！」

「わかりますよ。清らかな乙女に、酷なことです。しかし方法はそれだけなのです。性交することで皇帝陛下の身の内の魔の力を貴女の身に吐き出させ、そしてまた彼の器を神聖力で満たし、悪魔を弱らせる必要があります」

いや、いやいやそういうことじゃなくて。

否定する間も与えず、ハインリヒは説明を続けていく。聞き逃すわけにはいかないため、私は内心荒れ狂いながらもきちんと耳を澄ませていた。

「体液を飲ませるだけでは、皇帝陛下の身に悪魔の力が澱《よど》んだままですから。これには性交が最も効率がいいのです。皇帝陛下の身体に刻まれた魔印が、皇女殿下の〝神の愛し子〟の証《あかし》と同じ色に変わるまで、交わる必要があります」

「え……何回……」

精一杯オブラートに包んでいるけれど、つまりは複数回中出しセックスしろってことよね？　なるほど。ディオンルートが入った追加パックが成人指定だった理由が、今ここで判明した。

「魔印が染まった時、悪魔はとても弱っていることでしょう。そして聖剣で魔印を断ち切るように切れば、悪魔との契約も切れるはずです。かつての〝神の愛し子〟が実際に行ったことがあると、かなり古い文献ですが記載がありました」

神官を呼び、何か用事を言いつけ下がらせる。それきり黙り込んでしまったハインリヒに、まさかの方法に圧倒されていたクリストハルトが食ってかかった。

「ララに、危険はないのか」

「………」

ハインリヒは目を伏せ、唇を噛み締めた。

「もちろん、契りの最中に悪魔が皇帝陛下の身を乗っ取る危険性はあり得ます。悪魔も抵抗するでしょう」

「そんなことはわかっている」

「………。……性交で悪魔の力を身に受け入れるということは、並大抵のことではありません。皇帝陛下の魔印が〝神の愛し子〟の色に染まるように、〝神の愛し子〟の証もまた、魔印に染まるでしょう。互いの力を相殺させるため、……皇女殿下は〝神の愛し子〟の力を失います」

「力を失う……か。それ以外に危険は?」

「ありません。〝神の愛し子〟の力の消失は、我々神聖国からしたら大きな損失です。あまりお勧めしたい方法ではないですが、皇女殿下にとっても皇太子殿下にとっても、その力より大事なものがありなのですよね」

「はい。損失を恐れず、教えていただいてありがとうございます、大神官様」

にっこり笑うハインリヒは、病が治ったからか普段の穏やかさを取り戻したように思えた。

用事を言いつけた神官が戻ってくると、大事そうに抱えて持ってきた箱をハインリヒに渡す。彼はそれを開き、私に向けて差し出した。

「神聖国の宝、聖剣です。こちらをお貸しいたしましょう」

「ありがとうございます」

箱に収められていたのは、キラキラと輝く柄も刃も真っ白の短剣だった。宝石などは一切ついていていないのに、溢れでる神聖力で光を放っているのだ。手に取るのを躊躇われる神々しさにどぎまぎしながら箱ごと受け取る。

「尊い力が失われるのは残念ですが、悪魔公ヴィムが現世からいなくなるのは喜ばしい。……貴女に神のご加護があらんことを」

　そう言ってハインリヒは私の額に口づけた。その瞬間、あたたかいものが身体を駆け巡る。彼の神聖力だ。貴重な大神官の祝福だけれど、クリストハルトは私を咄嗟《とっさ》に抱き寄せて額をハンカチでごしごし拭いた。

　一頻《ひとしき》り拭いて満足すると、腰の宝剣を抜く。ハインリヒに切りかかるかとひやひやしたが、足元に突き刺し魔法陣を展開させたためホッと胸を撫で下ろした。

「悪魔公ヴィムを魔界に帰すことができたその時は、我が帝国にも平等に聖水を供給してくださいね」

「承知しました。聖王様にも話を通しておきましょう」

「ではな、大神官ハインリヒ」


　転移魔法が発動し、瞼を閉じた一瞬で景色が変わる。

　帝国に戻ってきた私たちを迎えたのは、変わらず眠り続けるディオンの姿だった。

「姫様、皇太子殿下、お帰りなさいませ」

「エスジェイア卿。変わりはなかった？」

　頷くルイゼルに、ディオンが一度も目覚めていないことを察する。眠り続けるのは彼なりの防衛本能なのだろうか。それともただつらい現実から逃れ、目覚めることを拒絶しているのだろうか。

しょんぼり項垂《うなだ》れる私に気を遣ってか、彼が「いかがでしたか?」と問いかけてきた。

「ヴィムを魔界に帰す方法はわかったわ。でも……、でもね………」

「姫様」

「ララ……」

思いつめる私にルイゼルは眉を寄せる。どれほど無茶な方法なのだと思っていることだろう。じわ、と涙が滲んできて、私は思わずクリストハルトに泣きついた。

「〝神の愛し子〟と契るしかないって……っ、私は、陛下の娘なのに……!」

一般的に禁忌とされる方法でしかディオンを救う手立てがないだなんて、私はどうしたらいいの? ヴィムを魔界に帰すため、そしてディオンの命を助けるためとはいえ、その背徳行為をディオン本人は許すだろうか。

ベッドで眠る姿を見つめるうちに次から次へと涙が浮かび、私をそっと抱き締めるクリストハルトの服を濡《ぬ》らした。背中を撫でて宥めながら、彼は優しい声音で私を呼ぶ。

「ララ」

見上げると、滲んだ視界に映るクリストハルトの表情は若干引《ひ》き攣《つ》っていた。彼のこんな表情はこれまで一度だって見たことがない。

ああやっぱり、この行為は倫理的に許されないと思っているのね。たとえそうだとしても、クリストハルトに反対されようと、ディオン本人に拒絶されようと、私は彼を救いたい。その気持ちは絶対に揺らがない。なぜなら、そのためにこれまで必死で生きてきたのだから。

「ララ」

「お兄様がなんと言おうと、私は……!」

「ラルーシェ。よく聞いて」

人がせっかく決意を固め、反対を覚悟のうえ発言しようとしたというのに、空気を読まず食い気味で割り込むクリストハルトにもどかしく思いながら耳を傾ける。

「君と父上は、実の親子じゃないよ?」

「はい?」

たっぷりと間を置いて、私はムッと顔を顰《しか》めた。

「お兄様、今は冗談など聞きたくありません」

「いや、本当なんだけど……」

尚《なお》も言い募ろうとするクリストハルトに苛立ちが込み上げる。落ち込む私を気遣ってくれているのだとしても、言っていい冗談とそうでないものの区別くらいはつけてもらいたい。

「いい加減にしてください。そういう状況では――」

「まさかとは思うけど、本気で知らなかったのかい?」

「本当なの……?」

「…………」

「…………知らなかったわ」

私のその返答に、クリストハルトは唖然《あぜん》とした。

ルイゼルも、近衛騎士たちも、クリストハルトと似たような反応だ。この場にいる全員が知っているとでもいうのだろうか。

――私とディオンが、実の親子ではないことを。

信じがたいけれど、クリストハルトは私にそんなくだらない嘘は吐かない。ということは紛れもない事実なのだ。

私にとって重要なことのはずなのに、どうして今まで誰も教えてくれなかったのだろう。

私と同じくらい困惑した様子のクリストハルト曰く、私も当然本当の親子ではないことを知っている、と思い込んでいたらしい。それでは全員が全員、誰かが私に説明しただろう、という認識でいたせいで誰からも説明してもらえなかったということになる。

思い出してみれば幼少期に過ごした後宮の侍女やメイドたちは毎日忙しく余裕がなかったし、乳母は必要最低限の世話しかしなかった。ディオンたちは当然後宮で教えられているものと思い、わざわざ口にしなかったのだろう。

この衝撃の事実を知った今、さまざまなことに合点がいく。

『初めまして、お兄様』

『……お兄様？　……そうだね、それでもいいか』

初対面の時、謎の受け答えをする兄。

『陛下、今日は初めてお兄様に会いました』

『…………。……お兄様？　どの皇子だ？』

兄に出会ったことを伝えた時の、ディオンの謎の間。

『……じゃあ、お父様って呼んでもいいですか？』

『――――だめだ』

そうよね。実の娘じゃないんだもの。

『私は、お前を娘だと思ったことは一度もない』

当然ね。実の娘じゃないんだもの。

悩んできたのが馬鹿らしく思えるけれど、差し当たり大事なのはそんなことではない。

「だったら、合法ってことよね」

何の憂いもなく、最推しディオンを私が救える。幸せにしてあげられる。

「……ララ？」

「お兄様、陛下をお助けするわよ。強力な媚薬《びやく》を用意してくれる？」

「ララ!?」

泣きべそをかいていた私が急に乗り気になるものだから、クリストハルトは大いに動揺していた。

「媚薬!?」と騒ぐ彼に、あれもこれもと注文をつける。こうなったら一刻も早くディオンをヴィムから解放してあげないとね。


準備してくれている間に、私は初夜の新婦の如《ごと》く身体を清めた。だってディオンと、ち、契らなきゃいけないのよ。彼の神聖な身体に触れるのだから、少しでも綺麗な自分でいたい。

薄手のネグリジェを着て聖剣を持つ姿は、ミスマッチすぎて違和感があるがしょうがない。

私をここまで飾り立てたメイドやロザリンたちは、まるで戦場に臨む兵士を見送るような顔をして鼓舞してくれる。

扉の前に厳重な警備が配置されたディオンの寝室へと戻ると、ルイゼルとクリストハルトの二人がいた。ディオンの眠るベッドにはカーテンが下りていて、中の様子は見えないようになっている。

「ララ、大丈夫かい？　その、父上と……だなんて」

「私は平気よ。だって陛下のこと、大好きだもの」

悲痛な面持ちだったクリストハルトは、食い気味な私の返事を聞いて、思わずといったように破顔した。「知ってる」と笑う彼は、二つの小瓶を渡してくる。

「ゴホン。これが頼まれてた媚薬。あと抵抗されると危ないかと思って筋弛緩剤《きんしかんざい》も。父上は毒とか薬の耐性をつけてるから強い薬にしたけれど……ヴィムに乗っ取られた場合は、あんまり効果がない可能性があるから気をつけてね」

神妙に頷いてありがたく受け取る。

「姫様、……近衛騎士たちは扉の前で待機させます。そしてお嫌かもしれませんが、安全のために皇太子殿下と私はこの部屋に待機いたします。もしものことがあれば突入いたしますので、あらかじめご了承ください」

「そ、そうなのね。ええ、仕方ないわ。よろしくね？」

部屋の隅でクリストハルトとルイゼルが息を殺して控える状況で致さねばならないなど、羞恥でどうにかなりそうだ。ベッドに申し訳程度にカーテンが引かれているとはいえ、いろいろと筒抜けに決まっている。

しかし文句ばかりも言っていられないわ。ディオンの身体を乗っ取ってヴィムが出てきた場合、私では対処しきれないだろう。恥ずかしいけれど、それ以上に二人が傍にいてくれるのは心強かった。

「……それじゃあ、頑張ってきます」

なんと言ってことに臨めばいいかわからず、そんな言葉を残してそそくさと二人に背を向けた。

灯《あかり》の落とされた薄暗い室内。私が立てる足音や衣擦《きぬず》れの音がやけに響く。ベッドに引かれたカーテンをくぐり、眠るディオンの傍《かたわ》らに腰掛けた。

持ってきた聖剣を枕の下に隠す。ヴィムに気づかれたが最後、この計画は失敗に終わるだろうから、慎重にならなければならない。

ディオンの青白い顔には魔印がびっしり浮かび上がっていて、それが彼を締めつけ苦しめているように見え、労《いたわ》る気持ちでそっと口づける。口唇《くちびる》を割り、無防備な舌をつつい̇た。躊躇いがちに絡めていると、少しずつ少しずつ魔印が引いていく。

意識のない彼を、私が無理矢理襲っているみたいだ。みたい、じゃなくて実際そうなのだけれど。これからディオンの同意も得ずに身体を重ねようとしているのだから。両手両足を拘束された状態なため、余計に背徳感が増す。

ぽかりと開いた唇に媚薬の入った小瓶を傾けた。中身を流し込むと、少しむせながらこくこくと飲み干す。さすがに目を覚ましたらしいディオンは青い目を眩《まぶ》しそうに細めながら、抵抗することもなく筋弛緩剤の小瓶も空にした。

「……ラルーシェ？　何を飲ませた？」

訝《いぶか》しげな様子だが状況が飲み込めていないようだ。意識を失う前のことは覚えているだろうか。

「お身体は大丈夫ですか？」

「…………。ああ、私は……まだ生きてるのか」

「……陛下」

いっそ覚えていないほうが良かった。「死んでしまいたい」と願ったことなど、忘れているほうがいいに決まっている。

「戦場で一体何があったのですか？　どうしてヴィムに……」

まだぼうっとした様子のディオンは、ヴィムに意識を乗っ取られる前のことを思い出すと再び瞼を閉ざしてしまう。苦しげな表情からは話したくないという意思が伝わってきた。彼の精神をここまで追い込むようなことがあったのかと、想像するだけで胸が痛んで涙が出そうになる。

「……っ」

「ラフルーシェ」

嗚咽を堪《こら》えようとしたのに喉がひくっと鳴ってしまって、ディオンが弾かれるように目を開く。

「なぜ泣く」

「陛下が苦しんでいるのが、つらくて……」

「戦争は、戦死者は出たが勝利で終わった。私も怪我は負っていない」

「ならどうして……?」

戦争が理由でないのなら、何が彼の心を苛《さいな》むのか。

「皇宮に転移して戻った時、お前が……誰かと口づけていた……。私を好きだと言った口で、その男にも愛を囁いていた」

「え……?」

「そこからは覚えていない。急に頭が真っ白になって……気づいた時にはもう、私はお前をっ」

もしかして、皇宮の奥庭でクリストハルトと休憩していたところを目撃して誤解している?

確かに話しの流れで「好きよ」と言ったけれど、それはディオンのことだ。しかもキスなんて一切していない。クリストハルトに抱きつかれていたのが、そう見えたのだろうか。

(でもなんで、ディオンがそんなことで……? もしかしたら私は、少しくらい期待してもいいの?)

とりあえず早く誤解を解かないと、ディオンにそんなふうに思われてるだなんて我慢ならない。

「陛下、誤解です！　あれはクリストハルトお兄様で、二人で陛下の話をしていただけです。キスだってしてません！」

「クリストハルトだと？」

目が覚めた時にクリストハルトがいたことを思い出したのか、自分が見たものが見間違いだと納得がいったらしい。しかし誤解が解けてもディオンは己を許せないようで、表情は険しいまま私から距離を取ろうとする。

「……ッ」

苦痛に顔を歪めたディオンは、身じろぎしようとしてやっと己が拘束されていることに気づいた。両腕は頭上でまとめられベッドヘッドに、足はそれぞれベッドの柱に鎖で固定されている。ちょっとやそっとでは壊れない拘束具が、動きに合わせてガシャンと金属音を立てた。

眉を顰める彼はすぐに抵抗をやめ、私を見上げる。布面積の狭いネグリジェ姿に疑問を覚えたのか、視線が身体をなぞる――が、すぐに目を背けられた。少しでも彼が興奮できれば、と露出度が高いものにしたのが見苦しかっただろうか。女性、それから性交に忌避感を覚えているようにみえる彼には、抵抗のある姿かもしれない。

「これはどういう状況だ」

「……魔印を癒やすだけです」

「癒やさなくていいと言っただろう！　私など死ねばいい……！」

「お願いですから、そんなこと言わないで」

「私は、私の手でお前を殺したくない。二度と同じ状況にならないとは限らないんだ」

ディオンの中に潜むヴィムに、契約を絶つための行為だと悟られるわけにはいかない。怪しむ彼の身体を跨いで座り、彼を見下ろした。

「なんの真似だ。どけ」

ガシャ、と鎖が音を立てる。怒られようと、怯《ひる》んでいる場合ではない。

「以前のような口づけだと、時間がかかり過ぎます。だから、もっと直接的な方法で魔印を癒やします。陛下の心身は弱っておいでなので、この方法が最も効率良く陛下の身を癒やすことができるでしょう」

「必要ない。お前が身を捧げる価値など……！　クリストハルトを呼べ。奴の魔力なら、私ごとヴィムも殺……っ」

唸るように言うディオンの口を、キスで塞ぐ。首を曲げ逃れようとするのを追いかけて、顔を両手で固定して唇を割り開いた。

抵抗するためなら口内に捻《ね》じ込んだ私の舌を噛むこともできるはずなのに、私を傷つける選択肢はないようだ。じっと碧眼で睨《ね》めつけながら、探る舌から逃れようとしている。眠っていた時よりも顔色はかなり良くなり、魔印も顔から少しずつ引いていた。

「ん、……ッ、じっとしてください」

「ラルーシェ……！」

まだ薬は効いていないようだ。ガシャガシャと金属音がうるさいのに、私の意識はディオンだけに集中していた。

「陛下、お父様と呼びたいという願いは、撤回します」

「……何を、今更」

「私も、陛下をお父様だと思ったことは、これまで一度もありません」

「…………！」

ディオンが目を見開く。

実の親子ではないと知っていた彼からは、今までの私の行動はどう見えていたのだろうか。実の父ではないディオンに必死に媚《こび》を売って、父親としての愛情を求めているように見えただろうか。

「実の親子じゃないって、知らなかったんです」

「…………は？」

鳩《はと》が豆鉄砲を食ったような顔に、思わずプッと噴き出してしまった。ちょっと可愛い。いや、すごく可愛い。

「……私が陛下に好きと言ったのは、父としてという意味ではありません。異性として、陛下のことが男性として好きです。大好きです、ずっと。だから陛下を助けます」

気持ち悪いと思われるかもしれない。でも、私の想《おも》いは伝えておきたかった。あなたのことをこんなに愛している人間がいるのだから、どうか死にたいだなんて思わないでほしい。そんな願いを言葉の端に込めた。

「愛しています」

「…………っ」

私の言葉が届くと、ディオンの顔が真っ赤に染まった。ディオンのこんな表情は初めて見る。

(なんなの、その反応)

普段とのギャップがありすぎて、可愛さに眩暈《めまい》がしそうだ。彼は見開いていた目を伏せると、「クソ」と小さく悪態を吐く。長い睫毛《まつげ》が瞳に影を作って、見惚《みと》れるほど美しい。

ディオンは生きるのに疲れてしまったかもしれないけれど、私は彼に生きていてほしい。これからはきっと幸せが待っている。ヴィムがいなくなればディオンの瞳が映す世界も明るくなるはずだ。ディオンが笑っていてくれるなら、その隣にいるのはいっそ私じゃなくても良かった。

そんなふうに願っていると、幾分か赤みの引いた顔の彼が私を呼ぶ。はあ、とディオンが熱のこもる悩ましげな息を吐いた。

「……さっき飲ませたのは媚薬か」

彼の腹部に跨がる私のおしりに、何か硬いものを感じる。やっと薬が効いてきたらしい。白い肌は火照って仄《ほの》かに赤く染まり、しっとりと汗が滲んできた。碧眼は熱に浮かされ潤んでおり、壮絶な色気にあてられ無意識に喉を鳴らす。

もぞもぞと下半身を動かし、拘束されているにもかかわらず逃げようとするディオンを腿《もも》で押さえつけた。胸で縛られた服の紐《ひも》を引くと、病衣のようにはらりと開いて、魔印の広がる上半身が簡単に露《あらわ》になる。彼の部屋着はいつも防御力が低いと思っていたが、こういう時ばかりは助かる。

もっと媚薬で朦朧《もうろう》としてもらわないと。これから体内の魔の力が空っぽになるまで、精を吐き出させなければならないのだから。

おしりの位置をずらし、わざと昂《たかぶ》りの上に乗る。そこを擦《こす》りつければ、私の下で彼のものがびくっと跳ねた。

転生前も合わせて男性と性行為をするのは初めてだというのに、自分が主導となって行為を進めなければいけないことに些《いささ》か不安があった。しかし彼のこの反応を見ているだけで私の身体も昂り、自然と身体が動く。

「……陛下は嫌かもしれませんけど、少しの間我慢してください」

「………………。嫌ではない」

それきり黙り込んでしまう。どうやら無駄な抵抗をやめたようだ。媚薬が効いてきたのと同時に、筋弛緩剤も効果が出始めただけかもしれないけれど。

ずり、ずり、と下着を穿《は》いたままの秘部をディオンの熱に押しつける。徐々に硬さを増していくのが、彼がまるで私に興奮してくれているように思えて、媚薬の効果だとわかっていても嬉《うれ》しかった。

ディオンは歯を食い縛り、荒い息を繰り返している。たまに腹筋がひくひく動き、私のそこに自ら当てていた。おそらく無意識に腰が蠢《うごめ》いてしまっているのだろう。強い薬だと言っていたから、だんだん効果が増しているのかもしれない。

「あっ、ぁ……。はあ、……ン」

「……ッ、う」

さて、ここからどうすればいいだろうか。魔の力を私の中に吐き出させ、そして彼の身体を神聖力で満たす。つまり挿入すればいいはずだ。ずっとこうしてくっついているだけでも気持ちいいけれど、目的は気持ち良くなることではなく、ヴィムとの契約を絶ち魔界に帰すこと。

腰を上げ、後ろ手にトラウザーズへ触れる。膨らんだそこはぐっしょりと濡れていて、私の下着との間に糸を引いていた。は、恥ずかしい。この染みは私のせい？　それともディオン？

羞恥に負けていてはいつまでたっても終わらない。トラウザーズを下着ごとずり下げると、飛び出した陰茎がべちんとおしりを叩いた。

「お、おっきい……」

「見るな」

ディオンの美しい顔からはとても想像がつかないような、長く、大きく、血管の浮いたグロテスクな太い肉茎。比較対象を知らないものの、これは――人体に入らないのでは。

ひえ、と情けない声が出る。怖気《おじけ》づいてはいられない。意を決して私も下着を足から抜き取った。いざという時クリストハルトやルイゼル、近衛騎士たちが突入する場合を考え、ネグリジェは脱がないままだ。ネグリジェがふわりと下半身を覆うと、その中がどうなっているのかは傍《はた》から見ただけではわからないだろう。

びくびく震えている陰茎におそるおそる手を伸ばす。太い幹に触れるとそれはとても熱くて、まるで別の生き物のようだった。はあ、はあ、と興奮とは別で緊張により息が上がってしまう。強張った顔をした私を見上げるディオンも、また不安げだ。

彼の胸板に片手をついて、掴んだ肉棒にそっと腰を下ろす。先端が割れ目に触れると、くちゅりと粘着質な水音がした。びく、と手の中のものが一回り大きくなる。私は息を止め、いざ！　と挿入しようとした。

「待て。待て、ラテルーシェ」

「待ちません！　やめません！　止めないでください！」

「止まれと言ってるだろう！」

焦った声に違和感を覚え、きょとんとディオンを見下ろす。指示どおり止まった私に、彼はほっと息を吐いていた。

「陛下。なぜ止めるんです」

「まさか、そのまま挿入しようとしてるのか？」

「だって、生でしないと……」

「生……」

この世界にコンドームはないだろうから、生は通じないか。神妙な顔をして私の言葉を繰り返すディオンは、長い溜息《ためいき》を吐いた。媚薬で無理矢理興奮させられている人とは思えないほど冷静に見える。

「慣らしもせずに入れるのかと聞いている」

「慣らし？　あ、もしかして、陛下のを舐《な》めてからのほうが良かったですか!?」

「…………」

黙り込むディオン。その表情はどういう感情からくるものなんだろう。仕方ないじゃない。初めてでテンパっている私に難しいことを聞かないでほしい。

「閨《ねや》教育は……受けていたな」

「はい。先生は殿方にお任せすればいいとおっしゃってました」

「……はあ、閨教育の内容に見直しが必要だな」

呆れた様子のディオンには申し訳ないけれど、私だって閨教育の時に疑問に思わなかったわけではない。しかし何を聞いても先生はその一点張りで、終《しま》いには「はしたのうございますわ」なんて言われてみなさい。質問する気も失せる。

転生前のふわっとした性知識のみで挑もうとしたが、やはり間違いだったようだ。

「これは、解いてはならんのだろう」

拘束具を鳴らして聞くディオンに頷く。説明されずとも、拘束されている理由くらいは気絶前の状況から察しているらしい。

「――ルイゼル。もしくはクリストハルト、そこにいるな？」

「はっ」

「はい、父上」

ヴィムが私を傷つけようとした以上、二人きりにするはずがないと考えたのか、それとも気配で控えていることは初めからわかっていたのか。

急に呼ばれた二人の声は、少し動揺して裏返っていた。そりゃあ行為の最中に呼ばれるだなんて思いもよらないだろう。二人を呼ぶ意図がわからず混乱している私を置き去りにしたまま、ディオンは彼らに投げる言葉に迷うような素振りを見せた。

いきなりの挿入を諦め、ディオンのおなかの上にぺたりと座り込む。黒い魔印は、未だディオンの身体の大部分を覆っていた。

「お前たち、女性経験は？」

いきなり息子と騎士に何を聞いているのか。

「ございません」

「僕もありません」

いや、ないんかい。二人とも結構いい年な気がするけれど、まさか初体験がまだとは驚きだ。確かにルイゼルは四六時中私と一緒にいるから、そんな暇はなかったのかもしれない。ごめんねルイゼル。もう一人くらい専属護衛騎士を増やしておけば良かったわ。

だがクリストハルトも童貞とは。そろそろ結婚してもいい頃なのに浮いた噂の一つもない。ヒロインが別の男性と婚約してしまったせいだろうか。このままでは帝国の未来が危ういのでは。

いっそ清々《すがすが》しい返事にディオンは黙り込んでしまった。まさか二人が未経験とは思っていなかったようで、どう返答したものか困っているみたいだ。

「もういい」

二人の助力は諦めたらしい。ルイゼルとクリストハルトは再び気配を極力消した。

覚悟を決めたかのような顔つきで私を見上げるディオン。もしかして行為を中止するよう言われるのだろうか。

「ラブルーシェ、私の顔を跨いで座れ」

「……顔を、跨ぐ……？」

幻聴かと思ったが、ディオンは「そうだ」と肯定した。この世の美を全てかき集めても足りないほどの美しいご尊顔を、跨げと――？　真っ赤を通り越して青褪める私に、彼は渋々といったように口を開く。

「……私も初めてのようなものだから、詳しい閨の作法は知らん」

「え？　あの、初めての私を気遣って下さっているんでしょうけれど、そんなバレバレの嘘をついて緊張を解《ほぐ》そうとしていただかなくても……」

「嘘ではない」

「え、だって」

後宮でさんざん側室たちを抱く姿を目撃してきた。それにクリストハルトをはじめ、多くの子どもたちがいたのだ。そんな曇りなき眼《まなこ》で言われても信じるはずがない。

「お兄様がいるじゃないですか」

「あれはヴィムがつくった。ほかの子らも」

「昔は後宮でよくお見かけしましたし……」

「……あれもヴィムだ。全て」

ヴィムがディオンの身体を乗っ取って私を攻撃した間の記憶は、ディオンに残っていなかった。ということは今までの後宮でのことも、子どもをつくった時のことも、性行為を伴う事柄は全てヴィムが身体を乗っ取ってしていたというのなら――彼自身は初めてと言っても過言ではない、かも。ディオンって今何歳だっけ？　いや、いやいやいや待って。年齢なんてどうでもいいじゃない。推しの初めてを私がもらえるの？

「……なんだその顔は」

嬉しさが顔にも滲み出てしまっていたらしい。少し拗《す》ねたような口調で指摘され、慌てて緩んだ顔を引き締める。童貞を馬鹿にしているわけじゃなくて、初体験をもらえる嬉しさに感激しているのだ――と言ったら引かれそうだから黙っていよう。

赤らんだ顔をしたディオンは、急《せ》かすようにもう一度「顔の上に跨がれ」と命令した。そうだ。そそんな恥ずかしくて恐れ多いミッションを下されていたのをすっかり忘れていた。

うっ、と言葉に詰まり狼狽える私を見てどう思ったのか、彼はふーっと長く息を吐く。媚薬に侵された身体がつらそうだ。中途半端に放り出された陰茎は未だにそそり立ち、先端からはとろりと蜜を垂らしている。

「手が使えないなら口を使うしかあるまい。経験がないとはいえ、私でも女のそこを慣らさなくてはならないことくらいは知っている。そのまま挿入したらおそらく裂けるぞ」

「ひぇ」

女性は殿方にお任せ方針の皇室の閨教育だからか、男性皇族はきちんと習っているようだ。わざと拘束具を引っ張り鎖を鳴らすディオンは、頭の上に縛られた腕の不自由さをアピールした。万が一を考えると拘束を解くわけにはいかない。

もう一度ディオンの陰茎を盗み見る。立派すぎるそれを準備もなしに入れれば、絶対に無傷ではいられないだろう。普通に考えればわかることだ。先ほどの己の無謀な勇猛さが途端に恥ずかしくなる。

「嫌なら自分の指で解せ」

「自分で……？」

自分でなんて、触ったことはない。彼の美しい顔を穢《けが》すくらいならば自分でしたほうがマシだと腹を括《くく》り、ひどく緊張しながら手をそこへ伸ばす。

「見ないでください、ね？」

必死だった私は、ディオンのおなかに跨がったままだということを失念していた。大股を開いてそこを触る姿は、まるで見せつけているようだということに遅れて気づく。彼は若干慌てた様子で瞼を閉じ、心なしか赤い顔で横を向いた。

もう一度決意を改めて、秘所へ触れる。

「ぬ、ぬるってしたぁ」

「………」

初めて触れるそこは、ディオンと行為に及ぶことに対し興奮しているのか思った以上に濡れていて、自分で触るのは少し躊躇われた。しかしやるしかないと覚悟を決め、中指を一本滑らせる。

「どこに入れるのかしら……？　あっ、指が滑って……うう、変な感じ……こわ、怖い～～～！」

「…………はぁ」

ディオンから大きな大きな溜息が零れた。

「もういい、跨がれ。……危うく暴発しそうだ」

「？　……わ、わかりました」

震える脚をずりずりと動かしていく。「早く」と急かされて、申し訳なさと羞恥に死んでしまいそうになりながらディオンの顔を跨いだ。

（ぜ、ぜんぶ見られちゃう……）

胸の谷間からディオンを見下ろす。彼はじっと秘所を見つめていたかと思うと、そろりと赤い舌を出した。

「ひゃっ」

つん、と舌先で秘所をつつかれた。びっくりして思わず腰を跳ね上げる。

「もっと腰を落とせ。届かん」

「うう、……っ」

恥ずかしがっている場合じゃない。ディオンも私のために仕方なくしてくれているのだ。我慢しなくてはと自分に言い聞かせ、彼の舌が届くようしっかり腰を落とす。熱い息が当たるくらいの距離にドキドキと心臓が高鳴った。

つう、と舌で割れ目をなぞるように舐め上げられる。跳ねそうになる身体を強い意思で必死に抑えつけ、持ち上げたネグリジェの裾をぎゅっと掴んだ。溢れた愛液を全て舐めとるかのように何度も繰り返す。媚薬のせいか舌が熱く、私のそこもじんじんと熱を帯びていった。

「ッうあ……！」

突然背筋をびりりと快感が走り抜け、悲鳴のような声が漏れてしまう。私の反応を確認して、ディオンはまた同じ場所に吸いついた。

「ん、んん……っ、そこだめ……！」

「……すごいな。溢れてくる」

花芽を舌でちろちろ擽《くすぐ》られ、押し潰され、舐め上げられる。その度に身体の奥から熱いものがわき上がり、滴り落ちていくようだった。お腹の底がきゅんと甘く締めつけられ、私はたまらず身体をくねらせ自分の口を手のひらで覆う。

ディオンの口が届くように、おしりを上げてはならない。けれど絶え間なく襲う快感に、あられもない声を上げてしまいそうだった。

「ン……、はあ。声を押さえなくていい。身を任せろ」

「あっ！　や、ぁ……っ、あ、そんなに吸っちゃ、だめぇ」

溢れる蜜ごと花芽を吸われる。下品な音を立てて舐めしゃぶられると、その音に鼓膜が犯され頭がおかしくなるようだった。首を横に振る私を無視して、舌は容赦なく一番敏感な部分を責め立てる。本当に初めてなのか疑うほど、その舌遣いは巧みだ。

「あ、あ……っ、なんかへん、へんっ！　陛下、止まって、くださ……っ」

「は……、大丈夫だ。このまま……」

「だめ、だめだめだめ……ぇ！　あ……ッ！」

「ん、……」

一瞬頭の中が真っ白になって、ぶわりとこみ上げた快感が弾けた。太腿が震えて、気づけばディオンの顔の上に座り込むようなかたちになってしまっており、慌てて足に力を入れ直す。

息を荒くしたディオンが、とろ、と溢れた蜜を舐め取った。

「達したか」

「うう、た、ぶん……ッあ、待って、まだ」

「待てない」

薄い唇が愛液で汚れるのもかまわず、ディオンは舌で割れ目をなぞり、イったばかりで収縮するそこを抉《こ》じ開けるように舌先が入り込む。私の胎内以上に熱い粘膜が、探るようにして蠢いていた。

侵入者を拒んでいるのか、それとも歓迎しているのか、膣《ちつ》がディオンの舌を締めつける。入り口を拡《ひろ》げるようにぐるりと舐め回され、やがてもう少し深くまで入り込んできた。

舌だけなのに、慣れない異物感がある。しかし感じるのはそれだけではなく、確かに快感も拾っていた。付け根まで入れるようにして中をざらりと舐められると、高い鼻の先が花芽に当たる。快感を覚えてしまったそこはもう従順で、気を抜くとディオンに押しつけるように腰が動いてしまう。

「舌、あ……中、ひろげ、ないで……ぇ」

「拡げないと挿入《はい》らない……は、っ、また達しそうか？」

中を舌で犯され、花芽を鼻で擽られるともうたまらなかった。ディオンの顔を挟むように太腿にぎゅっと力が入ってしまう。膣が収縮しているのが自分でもわかった。涙混じりの声で喘ぎ「イク、いく」と焦燥にまみれて言うと、ディオンは舌を引き抜き花芽を強く吸った。

「〜〜〜ッ!!」

びしゃっ、と水が零れるような音が聞こえた。――それと同時に、まるで排尿した時のような感覚がありおそるおそる下を見てみると、ディオンの顔がびしょ濡れになっている。

「や、や、やだっ！　わたし、私……！」

達した時、お腹に力が入って漏らしてしまったのだろうか。泣きそうになりながら焦る私とは違い、ディオンは熱に浮かされた表情のまま濡れた唇を舐める。なんで無駄にえっちなの。

上から退《ど》いて、シーツでゴシゴシ顔を拭いた。推しの国宝級の顔面に粗相するなんて申し訳なさすぎて泣けてくるのに、本人に嫌そうな素振りは見えない。

「尿ではない」

「え？」

髪まで濡れてしまっていたが、ディオンは私が拭うのを避けるような仕草をした。

「おそらく潮だろう。拭かなくていい、私は気にしない」

「わ、わ、私が気にしますー！」

愛液でぬるぬるになった唇も拭う。潮だかなんだか知らないけれど、自分の分泌した体液がこの顔を汚したと思うと、果てしない罪悪感に襲われた。ディオンは半べそをかく私から顔を背け、それ以上拭くのを拒んだ。

「やめろ。……いいかげん我慢の限界だ」

「へ？　あ、そうだ、媚薬……」

媚薬を盛られたディオンよりも先に二回も達してしまった。彼のそこを見るとバキバキに膨らんでいて、垂れた先走りが腹筋に、つう、と糸を引いている。こんな状態なのに、私のあそこを解すのを優先してくれただなんて。感動すると同時、媚薬の効き目が強すぎるのでは、と不安になった。

「舌で解すのも限界がある。多少は柔らかくなったと思うが」

「大丈夫です……。頑張ります」

初めては痛いって皆言ってたもの。多少の痛みくらい覚悟している。こちらを気遣わしげに見ながらも、彼の瞳は熱にとろりと溶けていた。

再びディオンを跨ぎ膝立ちして、後ろ手に陰茎を握る。

「ッ……く」

触れただけでびくりと震えた。さっきよりずっと熱い。

ディオンは耐えるように唇を引き結んでおり、先端を秘所にあてがうと思わずといったふうに息を震わせる。額に汗を滲ませ、ぎゅっと目を瞑《つぶ》る彼を見ているだけで下腹が疼《うず》いた。添えた陰茎の先端を秘裂に擦りつける。少し腰を落とせば、くぷ、と先っぽが沈んだ。

「は、……はあ、……ッ」

「はい、っちゃう、あ、……ん」

根元をしっかり支えながら、ゆっくり腰を落としていった。媚肉を掻《か》き分《わ》けながら入り込んでくる陰茎は震えるほど熱く、圧倒的な質量と太さで膣がみちみちに拡げられていく。少し、いや、かなり痛い。やはり舌だけでは解し足りなかったらしい。けれど十分に濡れているため、頑張ればなんとか挿入できそうだ。

先端の括《くび》れたところが埋まる。先ほどディオンが舌でなぞった気持ちいいところを圧迫され、ぎゅ、と締めつけてしまった。

「ぐ……っ！」

「あっ、何、……あつ、い」

びくびくとディオンの陰茎が震えている。中に、出されてる？

「へ、陛下……」

「…………。見るな」

恥ずかしがるディオンが可愛くて、きゅんと胸がときめくのと同時に奥が疼き、隘路《あいろ》がうねって彼のものを食い締める。一度達しても陰茎は少しも萎えず、大きな存在感を伝えてくる。やはり媚薬が効き過ぎているようだ。一体どれほど強い薬を用意したのだろうか。

はー、はー、と荒い息を繰り返すディオンは、私の視線から逃れ顔を背けている。ぞくぞくとこみ上げる欲望に逆らわず、精液を馴染ませるように揺すりながらまた少しずつ挿入を深くしていった。

「ぁ、……待、てまだ……！　はぁ……、ッ」

ぐちゅ、といやらしい音が繋がった場所から生まれる。私が動く度にディオンの身体が跳ねるのが楽しくて仕方ない。

「んっ、ん……、はぁ、これ以上入らない」

「……っ、……無理をするな」

ディオンの陰茎はまだ半分も埋まっていない。よく見えないけれど、先っぽしか入ってない気もする。彼は拘束されており身体が自由に動かせないのだから、自分でどうにかしないと、これ以上先に進むことはできない。

心配そうに私を見上げる彼の胸に手をついて、先端が抜けない程度におしりを持ち上げる。少し勢いをつけないと貫けそうにないと思ったからだ。

情けない悲鳴を上げないよう歯を食い縛り、思い切って腰を下ろす。すると衝撃のあと、引っ掛かっていた部分を通り抜け、もっと深いところまで陰茎が入り込んだ。痛い。けど、ディオンと身体の奥で繋がっているという実感に胸が熱くなる。

「ラルーシェ、……痛いだろう」

「………ちょっと、です」

「来い」

ディオンに呼ばれ顔を寄せると、ちゅ、と唇を啄《ついば》まれる。何度か優しく唇が重なったあと、舌がそっと口内に忍び込み私の舌に絡みついてきた。彼とのキスは気持ちいい。キスに夢中になるうちに下半身の痛みはだんだん落ち着いて、私はまたゆっくり、少しずつ慎重に挿入を深くしていった。

長大な陰茎が、とうとう全て胎内に沈んでしまう。唇を離しぺたりと座り込むと、ディオンの陰茎の存在をより強く感じられた。身体を貫く熱に、媚《こ》びるように勝手に中がうねるのがわかる。きゅんきゅんと締まる度、ディオンの吐く息に熱が灯《とも》った。

「全部、入りました」

「ああ……そうだな」

ゆさ、と前後に腰を揺する。こうすると彼の下腹部に花芽が擦れて私も気持ち良かった。まだ中では感じられなくて、花芽での快感を追い求めるようにずりずりと擦りつける。

私の動きは緩慢でひどく拙いものだ。しかし手をついたディオンの腹筋がひくんと引き攣れて、堪え切れないというように甘い声を零してくれるから、ひたすら懸命に頑張れる。彼の反応を逐一見ながら下半身をくねらせた。

「ラフルーシェっ、はあ、お前の中は、なぜこんな……ぅ、あ」

「きもち、いいですか……？」

「……っ、少し止まれ」

「だめですよ。だって陛下には、いっぱい出してもらわないといけないんですから。さっき射精した時一気に魔印が引きました。この調子で頑張りましょう？　たくさん私の中で出してください」

「……チッ」

舌打ちした。切羽詰まった様子のディオンに、笑ってしまいそうになるのを必死にこらえる。

男のプライド的に、媚薬のせいとはいえ早い射精にとても屈辱を覚えているらしい。彼が恥じれば恥じるだけ私の興奮が増していく。おなかの底が甘く疼いて中が蠢動《しゅんどう》し、ディオンに甘えるように絡みついた。

前後に腰を蠢かす姿を見られている。赤く染まった目元で、ねっとりと絡むような視線で。そして下から腰がぐっと押しつけられていた。私の愛液とディオンの精液が混じり合ったものが結合部から垂れ、彼のおなかを汚す。下腹部にぬるぬると花芽を擦り続けていると、だんだん追い詰められていった。

「は、ぁ……っ、あ、ん……ッ」

逃げたい。怖い。この先に快感が得られるとわかっているのに、自分で昇るのとディオンに強制的に昇らされるのとでは全然違う。

ひっきりなしに零れてしまう甘えた猫のような声に、ディオンが視線を上へ向けた。熱のこもった瞳に囚《とら》われる。逃げてしまいそうだった腰をぐっと下ろし、その瞳をもっと蕩《とろ》けさせたいという一心で揺さぶった。

「あっ、あっ、くる、……ッ！　ぁ……！」

「……っ！　は、……出る……く、う」

おなかがぎゅーっと締めつけられるような感覚。高いところまで昇り詰めた瞬間、ベッドヘッドに繋がれた鎖がガシャンと派手な音を立てた。奥に熱い飛沫《しぶき》が注がれる。彼の腰がぐっぐっと何度か持ち上がって、最後の一滴まで飲ませたがっているようだった。

大きく胸を上下させて息を弾ませながら、恨みがましそうに私を見る。陰茎はまだ硬いままだ。

「……どんな薬を飲ませたんだ」

「さ、さあ？」

魔印は順調に癒やされていっている。もう一、二回中で射精したら、きっと契約の証のみになるだろう。ディオンはそこがゴールだと思っているだろうな、と考えると少し申し訳ない気がした。

「う、く……ッ！　はぁ、はー……もう、もういいっ、やめろ……ラルーシェ！」

「まだ、です……。ん、ん……っ、はあ」

「なぜだ！　もう魔印は、ッあ……、は、もう出ないっ、――ッ！」

あれから何度達しただろう。おなかが彼の吐き出したもので膨れているような気さえする。私も体力が尽きそうだ。脚ががくがくする。

結合部から零れた液体にまみれたディオンの下腹部。そこに刻まれた契約の証は、半分以上〝神の愛し子〟の証の色に染まっている。魔印を癒やすところまでは順調だったが、これの色が変わるまでが長かった。

強い媚薬を用意してくれたのは、結果的にいい仕事をしたと言える。私の体力がここまで持っているのも、本格的に薬が全身に回ったらしいディオンがすぐ達してくれるおかげだ。

強制的に勃起させられ精を搾り取られているディオンは、今や息も絶え絶えといった様子だった。意識も朦朧としており、前髪が額にはりつくほどびっしょりと汗をかいている。邪魔そうな髪を払うだけの刺激にさえ、はあ、と濡れた息を零した。身体が発熱しているように熱いため、それこそ高熱の時のように頭がぼーっとしているのかもしれない。

譫言《うわごと》のように「もういい」「やめろ」と繰り返しながらも、身体が勝手に昂らされる。強すぎる快感と射精の疲労にディオンの目は焦点が合っておらず、熱のせいで潤み涙が滲んでいるように見えた。

ちょっとかわいそうだけれど、もう少しの辛抱だから。

痙攣《けいれん》するように震え、また達したらしい。契約の証がじわ、と黒から薄桃色に染まる。

「つはぁ、は……は、らら、るーしぇ……」

「陛下、ごめんなさい。つらいですよね？　苦しいですよね？　……もう少しだから。もう少しだけ、頑張ってください」

「ぁ、あ……っ、ぅ、……！」

「好きです。大好きです。陛下、……っ陛下」

ゆっくり腰を上下させる。ぐちゅ、ぬぷっ、と水音が響き、中で出されたものがとろとろと陰茎を伝って流れ落ちていった。

少しでも早く終わらせようと、キスで唾液を流し込む。性行為のほうが効率がいいけれど、キスでもそれなりに魔印が染まっていった。あと少し。また中に出された感覚がする。あの媚薬には精液を増やす効果もあるのか、何度射精しても量が変わらない。たぶん。正常な量を知らないからなんともいえないけれど。

契約の証がじわーっと侵食するように薄桃色になるのを見て、そろそろだろうか、と枕の下に隠した聖剣にいつでも手が伸ばせるよう意識を向けた。ディオンにも、彼の中に潜むヴィムにもその存在はバレていないと思う。

黒々としていた契約の証は、ほとんどが〝神の愛し子〟の証の色に変わっていた。底に沈む澱《おり》のように残った黒も、もうじき薄桃色に染まるだろう。

それに比例するように私の下腹部の証もまた、魔印の色に染まりつつある。

「――っ、ぐ、出る……！」

どくどくと奥に注がれた精液を私の子宮が飲み干していく。ぐっと腰を押しつけていたディオンが力尽きたように身体を投げ出すと、その下腹部に刻まれた魔印が薄桃色に光った。

「……！」

ディオンの器が、聖の力で満たされたようだ。

それと同時に碧眼が瞼に覆われ、ふ、と彼の意識が飛ぶ。あとは聖剣で魔印を切るだけ。

『――やめろ!!』

「あっ！」

聖剣を握ろうとした瞬間、ディオンがカッと目を見開いた。ガチャンッと音を立てて拘束具と鎖が弾け飛び、自由を取り戻した身体を起こしたディオンに、逆にベッドに押さえつけられる。

彼の両手は私の首に伸び、ぎりり、と強い力で締め上げてきた。その瞳は血のように赤い。みるみるうちに頭の横から角が生え、鋭い牙を剥いて私を見下ろす姿はまさに悪魔公ヴィムだった。

「う、ぅ……っ！」

ディオンの意識が薄れた隙をつき、身体の主導権を乗っ取ったようだ。

悪魔には薬の類いは効きにくいのか、筋弛緩剤を飲まされた身体であってもその力は凄《すさ》まじい。気道が狭まる感覚がして、気を失ってしまいそうになりながら必死で抵抗する。

『俺とこいつの契約を絶つつもりだな！　このまま貴様の魂を喰《く》らってやる……!!』

声を荒らげたヴィムは、身体が聖の力に満たされているせいか苦しそうに見える。最後の力を振り絞って出てきた、といったところだろう。怒りか恐れか、彼の腕はぶるぶると震えていた。

「姫様！」

「ララ！」

事態に気づいたルイゼルとクリストハルトが飛び込んでくる。ディオンの身体を傷つけるわけにはいかず、二人がかりで素手で私から引き剥がし、ヴィムを取り押さえた。

咄嗟に枕の下に手を入れ聖剣を抜いた私を見て、ヴィムは赤い瞳を目一杯見開き、首を必死に横に振り懇願する。その姿は、暴虐の限りを尽くし人間の魂を幾万と喰らい、そして永劫《えいごう》続く契約でシグルルド皇家を苦しめた悪魔ではなく――ただただ矮小《わいしょう》な存在に見えた。

『いやだ、やめてくれ……！　魔界になんて帰りたくないっ、離せ……!!』

自分の荒い呼吸音が遠くに聞こえる。締められた首は痛むけれど、私は冷静に聖剣を構えた。クリストハルトとルイゼルから逃れようともがくヴィムの角を掴み、顔を至近距離まで近づける。

恐怖にゆらゆら揺れる赤い瞳の中に、無表情で睨《にら》む私が映っていた。

「陛下を解放して」

彼の下腹部に刻まれた、今や薄桃色に光る魔印に聖剣を突き立てる。魔を切るためだけに造られた聖剣はディオンの身体を傷つけることはなく、そのまま横一文字に両断した。

『――――っぁぁ!!』

小さな叫びを残して、その瞳の色が青色に戻っていく。聖剣によって両断された魔印はやがて、すーっと薄れ、跡形もなく消えていった。

（――ああ、成功したのね）

安心した途端身体から力が抜けていく。そして私の身を満たしていた特別な力もまた、身体から一つ残らず抜け落ちていくような心地がした。

◇◇◇

――柔らかな声が呼ぶ。優しく導かれるようにして、ゆっくり意識を浮上させた。

「ラフルーシエ」

「…………へい、か？」

金色の睫毛が影を作る碧眼が、穏やかに私を見下ろしている。窓から射し込む陽に照らされて、美しい彼の姿はキラキラ輝いて見えた。

「おはよう、ララルーシェ」

「陛下!!」

もう一度名前を呼ばれ、やっと意識がはっきりする。がばっと身体を起こすと、ディオンはベッドに座り私の背中を支えた。ズキ、と腰とあらぬ場所が痛む。

「陛下っ、ま、魔印は!?　契約の証っ」

気を失ったあと、どれくらい経ったのだろうか。そして本当に契約を絶つことはできたのだろうか。ヴィムは魔界に帰った？　ディオンの身体に悪い影響はない？　もしかして夢とかじゃない？

不安になって彼の服を掴むと、ディオンはトラウザーズを軽く下げシャツの裾をまくり上げた。露になった下腹部に契約の証は見当たらない。まっさらな白い肌に指先で触れる。

「……ない」

「契約は切れた。私が唯一の契約者だったから、ヴィムも魔界へ帰っただろう。ヴィムの召喚魔法陣が記された悪魔の書はクリストハルトが燃やした」

「…………よかったぁ」

「ありがとう、ララルーシェ」

ぶわりと涙が溢れ、零れ落ちそうになった瞬間。ディオンに引き寄せられて抱き締められた。強い力で、包み込むように。彼のシャツに涙が吸い込まれていく。ヴィムに苦しめられていたディオンはもうそこにはいない。胸板に頬をつけたまま涙目で見上げると、彼は柔らかく目を細め首を傾げた。

「もう、死にたいとか言わない……？」

「言わない」

そう答えて、ディオンは微笑んだ。

ずっと見たいと望んでいたその表情に胸が熱くなって、また涙が込み上げる。漏れそうになる嗚咽を堪えようと胸に顔を押しつけると、大きな手のひらが頭に乗せられ――優しい手は私が落ち着くまでいつまでも撫でていてくれた。

しばらくしてどうにか涙が止まり、ずびずびと鼻を啜りながら離れる。赤く腫れた目尻にそっと唇が触れた。ちゅ、と可愛らしい音が鳴り、私はディオンの顔を凝視する。

「お前は丸一日寝ていた。その間にクリストハルトや大神官らにいろいろと話を聞いた。もちろん、ララルーシェが〝神の愛し子〟の力を失ったことも」

服に隠れて見えないけれど、私の下腹部に刻まれていた〝神の愛し子〟の証もまた、跡形もなく消えているのだろう。

無茶をして怒られるかと思ったけれど、ディオンの顔は相変わらず無表情でわかりづらい。少し柔らかい雰囲気だから、怒っているようには見えなかった。自分のために、私が危険を冒したことを十分に理解しているのだろう。

ディオンの両手が私の顔を挟み込む。ほっぺがぷにゅっと寄って変な顔になっている気がするけれど、手のひらの感触が心地良くてそのまま受け入れた。

私を見つめる碧眼が、ふわ、と甘くとろける。

「――愛している、ララルーシェ」

とびっきり甘い声が囁く。驚く間もなく今度は唇を重ねられて、展開に置いてけぼりにされながらも、引っ込んだはずの涙がまた眦から零れていった。

「私は退位しようと思う」

執務室に集められたのは、私とクリストハルト、それから側近と皇帝補佐官たち。彼らの前でディオンは何食わぬ顔をしてそう宣言した。

「へ、陛下!?　突然何をおっしゃるのです」

「そうですよ父上！　これからという時に退位するだなんて」

反対の声多数の中、ディオンの落ち着いた声が響く。

「ヴィムの強大な力を持っていた――という点だけで皇帝になった私に、今やその座に居座る意味も資格もない。私は自分のことに手一杯で、国や民を思い何かを為そうとはしなかった。……帝国など滅べばいいと、常々思っていた。私がしたことといえば、侵略戦争で領土を広げたことくらいだろう」

契約を絶ち切って一週間ほど。シグルルド帝国の皇帝が悪魔の強大な力を失ったということは、瞬く間に全世界に知れ渡った。意図的に広めたものだが、その衝撃たるや凄《すさ》まじいものだった。

帝国に恨みを持つ人は多いだろう。とりわけディオン個人に、その憎悪は集中していた。

「私が皇帝で居続ければ、帝国は攻め滅ぼされるかもしれん。私にはもうそれを阻む力はない。だからクリストハルト、お前が皇帝になれ」

「父上……」

「私が表舞台から姿を消せば、少しは私を恨む者たちも静まるだろう。それにお前の悪魔の力は強い。

いざとなれば、力でわからせてやればいい」

クリストハルトが皇帝になるには時期尚早だ。皇帝代理を務めた時なんか大変だったのに。まずは帝国の中枢である大臣たちに認めさせなければならないのを、いきなり皇帝になれだなんて。

けれどディオンが言うことも理解できる。私が彼に恨みを持っている人間なら、彼が力を失い弱っているとわかれば、ここぞとばかりに攻め込むだろう。ディオンがいなくとも帝国軍は屈強だが、その名が霞《かす》むほど悪逆皇帝の存在は畏怖の象徴だったのだ。

そのディオンにも勝る火炎の悪魔の力を持つクリストハルトならば、まず負けることはない。いざ戦争になれば、新たな畏怖の象徴となるだろう。

「お前は中身に関しては私に似ていないから、きっと名君になれるはずだ」

「そんな、ことは……」

「いいから聞け。よく騎士たちに交ざって訓練しているようだが、彼らとの関係も良好だと耳にする。皇帝になったその時は、すぐに忠誠を誓ってくれるだろう。それに私が戦で不在の間、政務をしっかりこなし、老獪《ろうかい》な大臣たちもなんとかうまくいなしていたとフォーが言っていた。お前は意外と腹黒いところがあるから、そのうち生意気な貴族どもも犬のように躾《しつ》けられるだろうな。補佐官たちからの評判も悪くなかった。一人で立派な皇帝になる必要はない。周りの者が、お前を助けてくれる」

「……父上は、思っていたより僕のことも気にしてくれていたのですね」

クリストハルトの言葉に、ディオンはただ目を伏せた。自分がいい父親ではなかったと自覚しているからこそ、肯定することも否定することもしなかったのだろう。それでもクリストハルトは少し照れ臭そうにはにかんで、「お前ならできる」と言われていることに喜んでいるように見えた。

「それに私は余生をゆっくり過ごしたい」

「父上、それが本音ですね」

「さあな」


――退位を決めたディオンは、クリストハルトの皇帝即位まではそれはそれは意欲的に動いた。

ヴィムが仕掛けた侵略戦争で奪った土地を返還し、属国を独立させた。大国である帝国の庇護《ひご》を求め属国でいたがる国には、従属ではなく同盟国というかたちをとらせている。

敗戦したリントホーク王国は、王が戦死し国内が混乱しているのを考慮し、帝国へ少額の賠償金を支払うよう命じるだけで終わった。元はといえばディオン――ヴィムがリントホーク王の妹であった皇后を殺したことが原因のため、ディオンとしてもあまり重い対価を課す気にはなれなかったようだ。

それからクリストハルトに命じ、関係改善した神聖国へーベンと力を合わせ、悪魔の書掃討作戦を行った。

それは帝国のみならず、全世界の現存する悪魔の書全てを灰にするというもの。既に悪魔と契約をしている人はどうすることもできないが、これから先契約を結ぶ者が出ないようにしたのだ。

これで魔印に侵され身を滅ぼす者も出なくなる。そもそもシグルルド皇家のヴィムの力を恐れ、人々は悪魔の力に頼らざるを得なくなったのだ。悪魔の力は代償が大きく、徐々に悪魔と契約を結びたがる人間も減るだろう。

世界の中立国、神聖国へーベンが他国と協力し何かを為すのは初のことだ。それがこれまで対立してきたシグルルド帝国ならば、注目が集まるのも必然だった。その大役を任されたクリストハルトの名は瞬く間に広まり、皇帝となるための足場を少しずつ固めている最中だ。

大神官ハインリヒはちゃんと約束を守り、帝国にも平等に聖水が供給されるようになった。ちなみに借りた聖剣はきちんと返してある。

ゲームのエンディングで、皇帝の身体を完全に乗っ取ったヴィムをヒロインと攻略対象が倒した時のように、これから帝国にも世界にも平和が広がっていくのだろう。

その平和な光景の中にディオンもいるのだと思うと、感慨深いものがある。


――そしてディオンと私の関係だが、あれから一歩も前進していない。

退位を宣言してから早三カ月。常に悩まされていたヴィムの声もなくなりすこぶる体調がいいディオンは、これまで以上に精力的に仕事をこなしていた。

ディオン自身は「帝国など滅べばいい」「早く死んでしまいたい」との思いから、帝国のためには何も為さなかったとは言うものの、彼は元々何をさせても天才だ。特に仕事を捌《さば》くスピードは速く、あの社畜アライアス卿《きょう》が最近よく眠れているらしくツヤツヤしている。

「皇帝陛下退位しないでくださいぃ～」と補佐官たちが泣き縋る姿が度々見られるほど、皇帝としての手腕は優れていた。それを存分に発揮し、クリストハルトが皇帝に即位しても困らないよう手を尽くす彼には、どうやら私と過ごす時間はないようだ。

――考えたくないが、意図的に避けられている可能性もある。「愛している」と言ったくせに。

頬を膨らませて拗《す》ねながら、寝室のベッドで膝を抱え込む。相変わらず私の部屋は皇后の部屋のままだが、夫婦の寝室と繋《つな》がる扉が開くことはなかった。ディオンが毎晩勝手にあの扉を開けて入ってきては、ベッドに潜り込んできた頃が懐かしい。

じーっと扉を睨《にら》みつける。ヴィムがいなくなり不眠症も解消され、私などいらなくなったのかな。

「…………」

そろそろと扉に近づき、開けてみる。夫婦の寝室は暗いが、皇帝の寝室に繋がる扉の隙間からは灯《あかり》が漏れていた。ディオンも寝室にいるようだ。足音を殺しながら扉に忍び寄る。私からこの扉を開けたことは一度もない。私がいきなり入ってきたら、どんな顔をして驚くだろうか。

ディオンのほかには誰もいないことを確認したくて、扉に耳をつけて神経を研ぎ澄ます。気配を気取る能力なんてないけれど、たぶん一人だ。微《かす》かな物音が聞こえるだけで、ほかの誰かと話している様子などはなかった。

「ン、っ……、ラララルーシエ」

「――!!」

突然名前を呼ばれて、びくっと身体が跳ねる。もしかして盗み聞きしてるのがバレた!?

バレてしまったならば、逃げるよりも堂々と謝罪したほうがマシかもしれない。動揺のあまり頭が正常な判断を下せなくなった私は、鍵がかかっている可能性など微塵《みじん》も考えず、勢いよく扉を開け放った。

「…………」

「…………」

ベッドに腰掛けたディオンとばっちり目が合う。

彼はガウンを寛《くつろ》げ、股の間にそびえ立つモノを握っていた。

「…………。……み、見ててもいいですか?」

「…………なぜそうなる」

陰茎から手を離し、ディオンはガウンを閉じてしまう。早く立ち去らないかという目で見てくるが、逆に扉を後ろ手に閉めて近づいた。

「私の名前、呼んでましたよね」

口を噤《つぐ》み、目を背ける彼の顔は少し赤い。ノックしなかった私が悪いのは百も承知だが、正直眼福だ。閉じられたガウンにテントを張るそこを、じーっと見つめる。もしかして私のことを想像しながら、おシコリあそばしていらしたのだろうか。

「……悪いか」

「悪いです」

だって！　部屋を一つ挟んですぐ傍《そば》に私がいるのに、どうして手を出さず自家発電するのか不思議でならない。互いに想《おも》いが通じ合ったと思っているのは私だけなのだろうか。

あんなに「好き」と言ったのに、ディオンはまだ私の「好き」を誤解しているのかもしれない。悪逆皇帝と呼ばれたくせに繊細なところがある人だから、すれ違いが生じている可能性は大いにあった。

それとも媚薬《びやく》が効き過ぎてあの日の記憶がおぼろげとか？　初めのうちはまだ理性があったものの、後半からは意識朦朧《もうろう》としていた。

あとからクリストハルトに聞いたところ、はるか昔貴族たちの間でドラゴンの飼育が流行《はや》っていた時代、一生に一度しか卵を産まないという生態に頭を悩ませ、もっと卵を産ませるために使われた、ドラゴン用の媚薬だったと暴露された。

いくらディオンが薬の類いが効きづらい身体とはいえ、それは些《いささ》かやりすぎだったと思う。父親に容赦のないクリストハルトに笑ってしまいそうだった。

「普通こういう場面を目撃してしまったなら、出ていくところではないか？」

「私は観賞したい派です！」

「…………」

未確認生物を見るかのような眼差しで見られているが、推しの自慰は見たいでしょ。見たいよね？　見たいとも！　――でも今はそんなことよりも聞きたいことがある。

「どうして私の部屋に来てくれないんですか？」

「…………」

「愛しているって言ったのは、そういう意味じゃなかったたん、です、か」

ディオンの顔を覗《のぞ》き込む。最後のほうは自信がなくなり尻すぼみになってしまったが、私の言いたいことは伝わっただろうか。

「私は陛下が大好きです。男の人として、好きです」

世界で一番愛しているの。ディオンのためなら命だって懸けられるくらい。彼が幸せになれるのなら、その隣にいるのがほかの人でも我慢できた。けれど私がディオンのことを幸せにできるのなら、これ以上の幸福はない。

ディオンの目は、私をじっと見つめてくる。下から見上げているせいで、陰になった瞳は深い色を帯びていて、いつも以上に何を考えているのか読み取れなかった。

「――私は、ラララルーシェより二回りも年上だ」

そんなこと最初からわかってる。私にとって年齢なんか些細《ささい》なことよ。

「おじさんだろう」

おじ――おじさん⁉　その年齢不詳の魔性の美貌に〝おじさん〟というワードが不釣り合いすぎて、頭の中に一瞬宇宙が広がった。

クリストハルトと双子と言われても違和感のない若々しさ。強面《こわもて》のルイゼルのほうが年上に見えるくらいの美しさ。髪はさらさら、瑞々《みずみず》しい肌は皺《しわ》一つなく、ハリがあって艶もあって、胸筋むちむちの腹筋バキバキセクシーボディーのくせに。

私が推しフィルターをかけすぎているのだろうか。

それともディオンが自身の容姿を客観的に見られていないだけか。とにかく。

「全然！　おじさんじゃないです!!」

これだけは否定しておかないと。

「陛下は世界一かっこよくて、美しくて、色っぽくて、可愛いんです！　大好きな陛下とハグだっていっぱいしたいし、ちゅーも、え……えっちなことも、いっぱいしたいです」

「………………」

今私の顔は真っ赤っかだろう。鏡で見なくても明白だ。ディオンはそんな私を真顔で見つめてくるから、余計に顔が火照った。ふと彼の左手が私の髪に伸びる。腰まで伸びた長い金糸が、彼の手の中からするりと滑り落ちた。熱を持った頬に指先がそっと触れる。

「ラルーシェの愛はまっすぐで、眩《まぶ》しいな」

瞼《まぶた》を伏せて微かに微笑《ほほえ》むディオンに、私は胸を撃ち抜かれた気分だった。

「お前が私を好いてくれていることはよくわかっているのに、いざとなると怖気《おじけ》づいてしまう。情けない私を許してくれ」

「キスしてくれたら、許します……」

言い終わるかどうかのところで唇が重なる。顔を離すと互いの吐息が溶け合って、どちらからともなくもう一度キスをした。

「……はあ。あんな姿を見せた手前、気恥ずかしかったというのもある」

「あんな姿……？」

媚薬で訳がわからなくなり、私にされるがままに組み敷かれて喘《あえ》いで射精しまくったこと——？

「とっても可愛かったです」

「……そんなことを言うのは、お前くらいだ」

照れ臭そうにしているディオンの腿《もも》に向かい合うように座る。彼の首に両腕を回して引き寄せれば、ディオンも受け入れて瞼を閉じた。

◆◆◆

ヴィムとの契約が切れてから、私は初めて自由を手にしたような気分だった。頭の中で常に響いていた声もなく、いつ意識が乗っ取られるかという不安もない。皇帝の座も息子に譲ることにした今、煩わしいことは何もなかった。

けれど今、私を悩ませていることが一つある。ラルーシェだ。

彼女は私を男として好きだと言っていた。ちゃんと覚えている。私も彼女に愛していると伝えた。これは両想い——ということに違いない。恋愛初心者の私でもわかる。しかし恋愛初心者だからこそわからないことも多かった。

私たちの関係は、どんな名前をつければいいのだろうか。恋仲になった、と思うが彼女も特に何も言ってこない。まだ恋人とは呼べないのだろうか。「恋人になってほしい」と告げる必要があるのか？

今まで皇帝と皇女として過ごしていたからか、突然距離感がわからず戸惑う。

そうだ——皇帝と皇女。彼女が私の戸籍に娘として入っていることは、由々しき問題だった。ヴィムとの契約があるからと適当にシグルルド皇家に迎え入れたかつての私よ、自棄《やけ》になっていたからといってなんでも適当に済ませると碌《ろく》なことにならない。

それに私は今年で何歳だったか。今まで自分の年齢に頓着したことがなかったが、年の離れた男が十八歳の女性に心を寄せるなど、許されるのだろうか？　彼女は私の年齢をちゃんとわかっていないのかもしれない。ラルーシェが赤子の頃から私の容姿はほとんど変わっていないものの、彼女から見れば私は父親と変わりない年齢だ。

私のことを愛しているという気持ちは本当だろう。それでもラルーシェはまだ若く、恋心が一時の気の迷いだとしたら、私の愛で縛りつけてしまってはいけない。

彼女が知らないだけで私は二回りも年上で、子持ちで、側室を何人も囲うようなふしだらで穢《けが》れた男だ。数えきれないほどの人間の命を踏《ふ》み躙《にじ》り、数多《あまた》の国を滅ぼした、帝国民も恐れる悪逆皇帝。私の意思ではなかったと言い訳することも許されない罪を重ねてきた。彼女がこれまで見てきた私は、ほんの一部に過ぎない。

途端に背徳感が押し寄せる。しかし私は、彼女に欲を抱いてしまう愚かな男だった。

悪魔との契約を絶ち切るために必要な行為だった、ということは聞かされた。儀式とも言えるだろう。決して互いの愛を深め合うような行為ではない。

だがあれから私は、ラルーシェへの欲を抑えられなくなっていた。夜な夜な熱が昂《たかぶ》り、一人で慰めることもしばしばある。身体がこんなふうに言うことを聞かなくなるなどこれまで一度もなかったせいか、私は身に燻《くす》ぶる熱を持て余していた。

皇帝夫婦の寝室のそのまた向こうに、彼女が眠っている。扉はいつでも鍵が開いていた。けれど私は、その扉を開けて彼女のもとに行くことができずにいる。ラルーシェが私を拒むことはないだろうと知っているというのに。
そんな私の情けない葛藤を拭ったのは、ほかでもないラルーシェだった。
彼女の言葉の一つ一つが、私の心に沁《し》みていく。
不思議だった。ラルーシェはまるで、私のことを全て理解しているように感じることがある。
私の悪い部分も含めて、丸ごと愛しているのだと伝わってくる。一時の気の迷い、だなんて思った
私が彼女に対して失礼だった。こんなに真剣に、まっすぐ、私を愛していると全身で伝えてくるのに。
私を見つめる眼差しは、初めて目が合った赤ん坊の頃から変わらない。ラルーシェはずっと、私
を想ってくれていた。
顔を真っ赤にしながらも、どう言葉にすれば私に気持ちが伝わるか、と頭を悩ませる彼女を見つめ
る。今彼女の頭の中は私のことでいっぱいなのだろうと想像すると、愛しさで胸が破裂してしまいそ
うだった。
皇族の中では見慣れた金髪碧眼《へきがん》も、彼女を彩る色だと思うと特別に輝いて見える。大きな青い瞳が
私を見つめて熱っぽく潤むのが好きだ。火照った白い頬はまろく、柔らかそうに私を誘う。ウェーブ
がかった長い金髪が揺れると、甘い香りがした。
愛しい者が目の前にいれば、触れずにはいられない。
「ん、……はぁ」
私の膝の上に向かい合って座り、首に両腕を回して引き寄せられた。
重なった唇に触れた吐息に誘われて、綻んだ合間に舌を入れる。相変わらず小さな口だ。必死に舌
を絡めてくるのが可愛らしい。ちゅう、と舌先を吸うと彼女の腰が跳ねて、腕に力がこもる。胸板が
密着し、柔らかな胸が押し当てられていた。女に胸を押し当てられるのなんて飽きるほど経験したが、

嫌悪したことはあってもこんなに興奮したことは未だかつてない。

ネグリジェに身を包んでいるが、なんとも頼りない布だ。こんな薄っぺらくては体温も感触も生々しく伝わってきてしまい、私の体も次第に熱くなる。

胸板に押しつけられた豊かな胸が零《こぼ》れてしまいそうで、思わず下から包み込むように手のひらに収めた。ああ、私の手からも溢《あふ》れてしまいそうだ。柔らかな感触を楽しむように揉《も》むと、ラルーシェはくすぐったそうに身じろぐ。

「……柔らかいな」

「んっ、陛下の手、おっきい……」

しばらく手の中で弄んでいると、先をねだる眼差しを感じた。柔らかな膨らみの中心が硬くなっている。すり、とそこを指の腹で撫《な》でると愛らしい声が零れた。この間は触れなかったから、今日は存分に堪能《たんのう》させてもらおう。

首元が詰まった服は苦しいのか、それともデザイナーの趣味か、いつも胸元の開いた服を着ているラルーシェ。舞踏会などで男たちの視線がそこに向けられるのが気に入らなかった。

これからは彼女の全ては私のものだ。

胸元に顔を寄せ谷間に口づける。きつく吸って痕を残した。いくつも赤い花を咲かせながら胸のリボンを解《ほど》くと、すぐにはらりと開《はだ》けて白い胸が剝《む》き出しになる。

「綺麗《きれい》だ」

肩紐《かたひも》を落とすと、ネグリジェは腰まで脱げてしまう。華奢な身体だ。くびれたウエストは細く、両手で掴《つか》んだら一周できてしまいそうだった。――これでよく、私のものが挿入《はい》ったな。

向かい合って座っているせいで、ガウン越しに私の昂りが彼女のへそに当たる。長さも、太さも、彼女の身体には負担が大きかったのではないだろうか。

腰を掴みながらそこをじっと見つめていたせいか、「陛下？」と不安そうな声が呼ぶ。彼女は怖気づいた様子もなく、私の頬に手を滑らせた。

「いや、なんでもない。もっと触れていいか？」

「はい……。もっといっぱい、触ってください」

私の頭を抱くようにしてラルーシェが胸を押しつけてくる。豊満な胸に顔が埋まり、彼女のにおいがいっぱいに広がった。私が息を吐く度に彼女の身体が震える。腰を掴んでいた手を上に這《は》わせ、淡く色づいた胸の先をつまんだ。

彼女の反応を見ながら捏《こ》ね、さすり、舐《な》め上げる。硬くなった先を舌でちろちろといじめてやれば、ラルーシェは腰を揺らし、私の腿にぬかるんだそこを擦《こす》りつけた。

もっといろんな顔が見たい。声が聞きたい。気持ち良くしてやりたい。

そんな思いから夢中で愛撫《あいぶ》していれば、髪にラルーシェの細い指が絡みついてくる。痛いくらいに縋ってくる手に目線を上げると、彼女はとろんとした瞳で私を見つめていた。

「ラルーシェ、気持ちいいか？」

「ん、ぅ……きもち、いいです」

「可愛いな」

曲げた指の背で乳首を可愛がりながら、頬を火照らせたラルーシェに顔を寄せる。何度口づけても足りない。目が合う度にキスしたくなる。

奉仕するように私の舌を吸いながら、彼女の手が身体を這うのを感じた。首筋をたどり肩の筋肉に添うようにして下っていった小さな手がやがて辿《たど》り着いたのは、彼女の痴態に興奮を隠せない私の中心。

　ガウン越しに陰茎を撫で、合わせを開きぬるついた鈴口を指が悪戯《いたずら》につつく。

「ッ、……やめろラルーシェ」

「私も触りたいです。陛下を、気持ちよくしたい」

　それは以前に存分にしてもらった。今回は私の番、と主張したいところだが、上目遣いで懇願されてはそれ以上何も言えない。

　自分の手より随分と柔らかい手が私のものを握る。両手で包み込んで、あまりにも優しい力加減で擦られた。私は焦らされているのだろうか。ラルーシェは好奇心も露《あらわ》に陰茎をぺたぺたと触り、亀頭の丸みに手のひらを滑らせた。先走りでくちゅりと濡《ぬ》れた音が鳴る。素直に跳ねた陰茎に、「ぁっ」と可愛らしい声を上げられてはたまらない。

「舐めてもいいですか？」

「………好きにしろ」

　こんなものを舐めたがるだなんてどうかしている。拒まない私も、どうかしている。

　ラルーシェを膝枕するような体勢で、ベッドに横向きに寝かせた。目の前にそびえ立つ陰茎に躊躇《ためら》いもなく顔を寄せ、すん、とにおいを嗅ぎだす。やめろ嗅ぐな。かと思えば亀頭を食《は》むように唇を押し当てリップ音を鳴らした。なぜそこにキスをする。

　私の目をじっと見つめたまま、性感帯を探るように愛撫しだした。手で支えた棹《さお》を根元からねっとり舐め上げ、括《くび》れた部分をくるりと舌でなぞる。息を詰める私を見ては、嬉《うれ》しそうに目を細めていた。

「あっ」

　やられてばかりではいられない。横向きに寝転ぶラルーシェの尻に手を伸ばし、既に蜜が太腿まで濡らしているそこに指を潜り込ませた。

「……は、もうこんなに濡らして。私のものを舐めるのはそんなに楽しいか？」

「んっ、……ン、ぁ、だめ」

中は熱く潤んでいて、私の指を甘く締めつける。まだ大した愛撫もしていないのにこんなに濡らすとは。私がララルーシェを欲するように、彼女もまた私を欲してくれているということに違いない。

顔が緩んでしまいそうで下唇を噛《か》み締める。しかし身体は実に素直で、彼女の手の中で陰茎がぐっと大きくなった。早く挿入りたい。だが彼女をどろどろに甘やかし感じさせたい。

膣内《ちつない》へ指を増やし、花芯を親指で擦りながらざらついたお腹側を圧迫した。ぐ、ぐ、と指の腹を押し上げるようにすると彼女は膝を擦り合わせ、思わず私の陰茎から口を離す。

「や、ぁあっ、あっ……！」

「可愛い声だな」

私の腿に額を擦りつけ、イヤイヤと頭を振る様も嗜虐心《しぎゃくしん》を煽《あお》る。逃げようとする腰を追いかけた。

上擦った声が鼓膜に甘く響く。

「いく、いっちゃう……ッ！　陛下、まって、まっ……、っ!!」

「また溢れてきた」

絶頂にうねる中から指を引き抜くと、とぷりと膣液が零れる。それはララルーシェの臀部《でんぶ》を伝いシーツを汚していった。

絶頂の余韻で痙攣《けいれん》するララルーシェを抱き上げて額に口づける。ベッドに仰向けに寝かしてやり、首筋、胸、へそと順番に愛《め》でながら膝裏をすくいあげた。

ひくひくと未だ震える膣口に思わず唇を舐め、吸ってほしそうにしている花芯を食んだ。これでは亀頭にキスしたラルーシェのことを言っていられない。けれど彼女の身体はどこも愛おしく、口づけずにはいられなかった。

「陛下……、まだ私が舐めてたのに……ッあ、ぁ」

「また今度にしてくれ。今日は私が、ラルーシェを愛したい」

「や、ぁ……！　そこ、……っあぁ、あ、やっ……！」

愛したいなどと言ったが、そんな綺麗な感情じゃない。貪り尽くしてしまいたい。裡《うち》に沈む獣のような欲を宥《なだ》めながら蜜を啜《すす》る。愛しい女のものは〝神の愛し子〟でなくなっても甘く感じた。

舐めても舐めても溢れてくる膣液に蓋をするように指を二本入れる。初めての時も本当はこうして丹念にじっくりゆっくり解《ほぐ》してあげたかった。あの時できなかった罪悪感を払拭せんばかりに、指と舌でたっぷりと可愛がる。

花芯を吸って、舐めしゃぶって、蕩《とろ》けた膣内を時間をかけて拡《ひろ》げていき、三本の指が余裕で入る頃になると、ラルーシェは息も絶え絶えに身体を投げ出し涙声で喘いでいた。

唇を濡らす膣液を腕で拭う。顔に何度も吹きかけられた潮もついでに拭い去り、濡れた前髪を後ろに撫でつけた。

「はー……、はぁ、ぁ……ぁ」

深い絶頂に落とされた身体は未だに戻れずにいるようだ。涙に濡れた瞳も、上気した頬も、だらしなく開いた唇も、全てが私を誘う。

「ラルーシェ……」

痛いくらいに張り詰めた陰茎を握り、彼女の濡れた膣口へ先端をなすりつける。亀頭や棹へ膣液を塗り込むようにしながら何度か往復した。

「……愛してる、ララルーシェ」

「んっ……！」

耳に吹き込むように囁《ささや》くと、それだけで達したのか震えるララルーシェの脚が私の腰に絡んだ。興奮に呼吸が荒くなり、理性が砕かれていく音がした。

腰が浮くほど両足を抱え覆い被《かぶ》さると、彼女の腕が私の背中を抱き寄せる。

「陛下、好き、すきぃ……きて、くださ、い……」

急《せ》かすように亀頭に膣口が押し当てられる。くぷ、と先端が沈む感触に唇を噛み締めた。ララルーシェは私を煽ることに関しては天才としか言いようがない。

痛がるようならすぐに止められるよう注意深く観察しながら、ゆっくりと挿入していく。彼女は喉を仰《の》け反《ぞ》らせ、熱い息を吐きながら甘やかな声を上げた。

私を歓迎するように絡みつく肉筒にすぐに気をやりそうになる。ぽた、と垂れた汗がララルーシェの胸に落ちていった。

何度も想像した。もう一度この中に入ることを。蹂躙《じゅうりん》し、征服し、私の形を覚えさせることを。一度触れてしまえば欲望というものは際限なく膨れ上がるということも、あの行為の日から痛いほど思い知った。

「はぁ……っ、ララルーシェ、痛くはないか？」

「きもち、いいです……」

痛くはないかと聞いたのに、気持ちいいと返ってくるとは。

未だ快楽にのまれたままのララルーシェの様子を見る限り、痛みは感じていないようだ。それでも負担をかけないよう細心の注意を払い、少しずつ挿入を深くしていく。細く薄い腹なのに、私のものを難なく受け入れるのは女体の神秘だな。

腹を指で押すと、私のものが中でずりずりと動いているのがわかる。こうするとより膣内が狭くなった。先端に吸いついてくる子宮口を押し上げながら奥へ奥へと進んでいく。ほとんどが埋まると、ララルーシェは震えながら涙を零していた。

「つらいか？」

汗で顔に張りつく髪をどけてやりながら尋ねると、彼女は首を横に振り否定した。涙で濡れた眼差しで見上げられ、腰がずんと重くなる。

「きもちい、の……と、しあわせで、いっぱいで……っあ！　ぁあっ」

「…………っ」

そんな可愛らしいことを言って、一体私をどうしたいんだ。そんなふうに言われて止まれる男などいないだろう。私もララルーシェの前ではただの男だ。

歯を食い縛りながらぬるーっと陰茎を抜き出し、細い腰を鷲掴《わしづか》みにして最奥まで穿《うが》つ。私を感じ私を悦《よろこ》ばせるために胎《はら》は潤み、舐め回すように陰茎をしゃぶった。一突きする毎《ごと》にぎゅっと締めつけてきては、彼女はその度に達しているのか、それとも絶頂からおりてこられないのか、目を見開いて言葉にならない悲鳴を上げている。

過ぎた快感につらそうにも見えるのに、肉筒は私をさらに奥へと誘った。孕《はら》ませてくれとねだるように子宮口が先端に媚《こ》びて離れない。とろけきった声だけが耳を犯し、自分の呼吸音も性交の音もほとんど聞こえなかった。

夢中になって腰を振りたくる。汗が煩わしい。彼女の腰を片手で抱きながらガウンを脱ぎ捨てた。脚を肩の上に担いで挿入をより深くすると、彼女はたまらないとばかりにシーツをきつく握り締める。そんなものに縋ることにすら嫉妬して、両手を私の首へと回させた。

顔が近づくと彼女のほうから唇を啄《ついば》まれる。揺さぶられて呼吸もままならないのに、小さな舌を出してぺろぺろと舐めてきた。

「あっ、陛下……口、あけてくださ……ッん、んっ」

どうしてそんなに可愛いんだ。

ラフルーシェの舌を絡め取り、食らいつくようにキスをする。狭い口内を蹂躙してから顔を離すと、飲み込みきれなかった唾液を口の端から零しながら「もっと」と濡れた唇が囁く。

いちいち私を惑わせる。頭が沸騰しそうだ。

もう一度口づけながら、柔らかくも狭い肉筒を荒く激しく擦り上げる。背中を抱き締めるラフルーシェの指先に力が入って、爪が食い込んだ。

「あぁっ、また、イく……っ！　いく、いく……だめぇ……ッ、あぁっ！」

「は……ッ、よさそうだな」

搾り取るように収縮する膣内に私も欲を吐き出してしまいたかったが、もう少しだけ先延ばしにしたくてどうにか耐えた。蠱惑的《こわくてき》に蠢動《しゅんどう》する中から抜き去ると、ラフルーシェは「なんでぇ？」と名残《なごり》惜しそうに涙声で訴える。

ふーと息を吐きながら彼女の身体をうつ伏せにした。傷一つない背中を指で辿り、白く丸い臀部を掴む。指に吸いつくような滑らかな肌は美味《うま》そうで、唇に舌を這わせながら膣口をぐいっと広げた。

私というものを求めてひくひく蠢《うごめ》くそこは赤く熟れていて、絶え間なく涎《よだれ》を垂らしている。

上にのしかかりながら挿入すると、子宮がベッドと私のものに押し潰されてラフルーシェは今日一番の甘えた声を出した。

「後ろからされるのが好きか？」

「やっ、あ……、ぁあっ！　これ、すご……っあ、はぁ、奥っ、奥、きもちい……ッ」

太い陰茎は中を余すところなく愛撫していく。枕を抱き締めて髪を振り乱しながら喘ぐ彼女は、無意識だろうけれど自らも求めるように尻を私に押しつけていた。うねる中は十分に解れて柔らかく、私に尽くしてくる。

汗ばんだ背中に唇を寄せ、いくつも赤い痕をつけた。白い肌にはよく映える。一つつける度に、奥底に隠した独占欲が満たされていく気がした。

「ララルーシェ……ッ」

この小さな身体で私を受け入れてくれていることを思うだけで、胸がいっぱいになる。耳元で名を呼ぶと身体が跳ね、悦ぶように中が締まった。その可愛らしい反応に理性が壊されていく。

最奥を穿って子宮口に先端をぐりぐりと押しつけながら、たまらず欲望を解《ほど》いた。

「……ッ、ぐ」

「あ、あ……っ、なか、出て……」

どくどくと脈打ちながら中へ注ぐ。全て吐き出して胎を穢してやりたくて、しつこく奥へ押し入った。私が射精したのと同時に彼女も達したようで、肉筒は絶えず私をしゃぶりつくす。

「陛下の、いっぱい……熱い……っぁ、奥に、押し込まないでぇ」

「はぁ、……っララルーシェが押しつけてるんだ」

私が奥へ捻《ね》じ込んでいるのは事実だが、彼女の尻もまた私の腰骨にぶつけられふりふりと愛らしく揺れている。

長い射精が終わってもまだ熱が引いていかない。媚薬でそういうふうにされていたわけではなく、私はもともと萎えにくい体質のようだった。硬いままの陰茎を抜くと、紅色の媚肉から白濁がとろりと溢れてくる。流れ落ちようとするそれを指ですくってまた中へ塗り込んだ。

栓をしなければとふと思って、片足を持ち上げてまた陰茎を挿入する。終わりだと思い込み呼吸を整えていたラフルーシェは、不意を突かれて高い悲鳴を上げた。

「陛下、まだ……っ」

「だめか？」

ラフルーシェは私に甘い。悔しげに唇を噛み締め「だめじゃない」と言う。本当に可愛いやつだ。

後ろからするのは、くびれと腰のなだらかな曲線の美しさが際立って興奮した。火照ったうなじや汗が滲《にじ》んだ背中も劣情を煽る。そして特に、柔らかな尻肉が私が腰を打ちつける度に波打つのがいやらしくて良かった。

けれど、やはり顔が見えたほうがいい。ぐちゃぐちゃになった顔を見られたくないのか必死に枕に顔を埋めようとするため、枕を奪い取って投げ捨てる。突き上げる度に揺れる胸も実に官能的だ。

先ほど中に出した精液を塗り込むように小刻みに突き上げると、好きなところに当たるのか「やめて」と言わんばかりに彼女の手が私の下腹に伸びる。その手を取って結合部に触れさせると、ラフルーシェは目を瞠《みは》って顔を赤くした。

「わかるか？　一生懸命私を飲み込んで、愛らしく奉仕しているのが」

「ひぁ、あっ……！　へいかの、熱い」

「ラフルーシェのほうがもっと熱い」

私の形を確かめるように中が締まる。膣液がどっと溢れ卑猥《ひわい》な水音が激しくなった。怖がるように手を離し、彼女の腕が私を求めて彷徨《さまよ》う。くっつきやすいように身を寄せてやれば、すぐに私を抱き寄せた。

苦しかろうと正常位に戻してやると、「陛下、陛下」と何度も私を呼びながら喘ぐ合間に「好き」と鼓膜に注がれる。

「ラルーシェ……名前で呼んでくれ」

愛を囁くなら、〝私〟という男に。彼女は目を見開いたあと、ふにゃりと笑った。

「ディオン様、だいすき」

その顔を見た瞬間、名前を呼ばれた途端、胸が痛いくらいに締めつけられる。目頭が熱くなって、鼻の奥がツンとした。

「は、……っ、……ッ！」

我慢できずに欲を放つ。受け入れるように子宮口が先端を甘く食んだ。

射精しながらがつがつと奥を穿ち、荒々しく責め立てる。ぬかるんだ肉筒を抉《えぐ》って、擦って、私に縋るラルーシェの腕に抱き寄せられながら、何度も何度も胎を蹂躙した。

私のような存在を彼女が欲して、受け入れて、愛してくれる。それがどうしようもなく私には嬉しくて仕方がなかった。欲望が止められない。ラルーシェを誰にも奪われたくない。それならいっそ一つに溶け合ってしまいたい。

奥を突く度に彼女は軽く達しているようで、私の耳元ではひっきりなしに甘い声が響いた。「ディオン」と呼ばれるほどに私の興奮は高まっていく。

無言で律動を繰り返す私の顔を、不意に彼女の両手が包み込んだ。

「泣いてるの……？」

細い指が目尻を撫でる。泣いているのかと聞かれたが、私にはよくわからなかった。けれど目の端から零れていくものが止まらない。

「ディオン様、ぁ……っ」

私が泣いているとしたらそれは、きっと幸せだからだ。溢れてしまった幸せが、涙になって流れていく。見ればつられたようにラルーシェも泣いていて、私はたまらず唇を重ねた。

「ン、ふ……しょっぱい……」

くすくすと笑うラルーシェの笑顔が愛しくて、ゆっくりと味わうように抽挿する。いつまでもこうして繋がっていたい。

「ディオン様、いま、しあわせですか……？」

「ああ、幸せだ」

そう答えると、ラルーシェは涙でくしゃくしゃの顔に満面の笑みを浮かべる。それは今まで見た彼女の笑顔の中でも、とびきりの美しさだった。

私の幸せで、彼女はこんなにも喜んでくれるのか。

もう胸がいっぱいだ。人はこういう時、幸せだと笑うのだろう。

「心から愛している、ラルーシェ」

一年ほどの期間をおいて、無事にクリストハルトは皇帝に即位した。

戴冠式はそれはそれは盛大に行われ、王冠をディオンの手から頭に載せられるシーンは感動的で、思わず涙を流したものだ。クリストハルトの戴冠式といえば、ゲームではディオンを殺し皇位を簒奪《さんだつ》したあとに行われていたため、感慨も一入《ひとしお》だった。

一生に一度の記念だからと、私の一存により三人おそろいの衣装を作ったのだが、それがまたいい思い出作りになったと思う。

大帝国の皇帝らしく威厳が出るように、赤と黒をメインにしてみたけれど、クリストハルトとディオンの服は反転したデザインで作ってもらったため双子みたいだった。

軍服に寄せた詰襟のかっちりした式典服は、皇室お抱えの職人たちによる精緻な刺繍《ししゅう》がびっしりと手縫いされており、エポレットやサッシュ、飾緒などでごてごてに飾りつけたいかにもな様相だ。その上に白貂《しろてん》の毛皮とベルベットでできた長いマントを羽織った姿は気品に満ち溢《みあふ》れ、初めて着用したところを見た時には、触れるのも躊躇《ためら》うほどの美しさだった。

二人ともそっくりに違いはないのだが、でも私にはやっぱりディオンのほうが輝いて見える。

主役はクリストハルトだというのに、ディオンのほうが目立ちすぎじゃないか、と心配してアライアス卿《きょう》に確認したら、「そんなことないです」と即答されたから惚《ほ》れた欲目だったみたい。

たまにしか見られない正装姿は、ラフな服装を好む普段とのギャップがあるせいで、もう本当に素敵なのだ。整えられた髪型もかっこよくて、見惚《みと》れる私をからかうディオンには辟易《へきえき》した。

私は皇女らしく華やかに見えるようたっぷりと布を重ね、二人に見劣りしないことを意識したボリュームのある真っ赤なドレスだ。デコルテの開いた胸元には大振りの宝石があしらわれたネックレスをつけ、ドレスにも刺繍や宝石が無数に縫いつけられたとても豪華な装いなのだが、二人と並ぶと霞《かす》んでいる気しかしない。

何はともあれ新皇帝の即位、併せてディオンの退位と、つつがなく終えられて本当に良かった。まだまだ現役なディオンの退位に、最後まで反対していた人たちも多かったけれど（特に皇帝補佐官たち）、これからも補助的な役割で国政に関わることを約束したらしく、彼らもホッとした様子である。

皇帝の証《あかし》である王冠をかぶったクリストハルトは、皇帝代理として仕事していた時に一緒にひーひー言っていたとは思えないほど、堂々としており勇ましかった。

もう「お兄様」だなんて気軽に呼べなくなるだろうな、と寂しく思っていたが、いつでも彼は私に会うと「ララ」と呼んで優しく笑いかけてくれる。若い新皇帝を下に見ていた大臣らも手懐けたらしく、順調そうだ。

あとは優しくてしっかりもののお嫁さんが見つかるといいのだが、即位まで怒涛《どとう》の日程をこなしてきた彼は、皇位を得たばかりではそういった方面に時間を割く余裕は生まれないらしく、まだまだ皇后を迎える気にはなれないようだ。

ルイゼルは私の専属護衛騎士を辞し、現在は騎士団長の地位についている。エリート出世街道に戻れて良かったね。それでもたまに私たちの宮の護衛をしている物好きな人だ。

――そう。私たちの宮とは、ディオンがこっそり建てていた新しい離宮だ。

後宮を取り壊して建てた宮は、皇宮の奥にひっそりと存在する私たち二人の住処《すみか》だ。新皇帝のものとなった本城に、クリストハルトはいつまでもいてくれてかまわないと言ったが、ディオンが強行するかたちでここに住まうことになった。

私とディオンは実の親子ではないものの、あまり公にできる関係でもない。公にする必要性もないし。そして本城の喧噪《けんそう》から離れゆったりと過ごしたい、というディオンの希望でもある。

二人で過ごす時間は以前と比べるとゆるりと流れ、退位したディオンは私といる時間やクリストハルトの補助をする以外の時間を持て余していた。そして最強を誇った魔力を手放し身を守る術《すべ》を失ったというのもあり、今度は剣に目覚め毎日鍛錬に励んでいる。

そのせいか現役時代よりもいい身体だ。今や胸筋なんてルイゼルといい勝負である。

生き生きとして、毎日が充実している様子だった。

私たちの現在の関係は〝夫婦〟と呼んでも差し支えない。二人きりの小さな結婚式を挙げた。見届ける人も祝福する人もいない、ふらっと立ち寄った教会で、愛を誓い合うのは意外と楽しかった。

ディオンは笑うことも増え、それだけで私は幸せでいっぱいだ。

――ラブルーシェとしてこの世界に生まれ変わり、最初はディオンとの親子関係や悪役であることに絶望していたけれど、歯を食い縛って頑張った甲斐《かい》があった。ディオンの笑顔一つで全ての努力が報われる。

ヴィムの契約者にならなかったクリストハルトは、火炎の悪魔の魔力の扱いに苦戦しながらも、はつらつとした日々を送っていた。いつも明るく朗らかで、私にも優しくしてくれる。ぎこちなかった父親との関係も、今では軽口を交えられるほどに改善した。

クリストハルトとディオンが仲良くしているのを見ると胸が熱くなる。

ディオンを救う道のりで、つまずくことや想《おも》いがすれ違うこともたくさんあった。しかしふとした日常の中でディオンへの愛おしさを感じる度に、諦めなくて良かったと強く思う。

私が選んだ道が正解だったかどうかは最後までわからない。

ヴィムの脅威も退け、帝国やそれに連なる国々も平和になりつつある。

ただ私の一存でディオン一人を救うために〝神の愛《いと》し子〟の力を失ったのは、少し罪悪感が残っていた。その気持ちも、悪魔の書掃討作戦により、魔の力に苦しむ人たちが今後いなくなると思うと少しは軽くなる。

また心臓の病が治った大神官ハインリヒが聖王になる時、神より力を賜りどんな病をも治す凄《すさ》まじい神聖力を手に入れるはずだから、いずれ〝神の愛し子〟が担っていた責を彼が継いでくれるだろう。

ヒロインのアイナは婚約者と幸せそうにしていた。

脇役の悪役皇女なのに誰も不幸にさせず、周囲の人々からも愛してもらえて、私の人生がゲームだったなら、上手にめでたしめでたしと締めくくれるんじゃないだろうか。

追加パックで攻略対象に加わったディオンを、ヒロインがどう攻略したのかなんてもうどうでもいい。プレイできなかった後悔もない。だって今私が手にしているものが、最高のハッピーエンドだから。

「……ラルーシェ？」

「ふふ、まだ寝てていいですよ」

〝神の愛し子〟だった時、彼は私の近くにいるとよく眠れるのだと言っていたっけ。その力を失った今でも、ディオンは私の隣で心地よさそうにまどろんでいる。それがなんとも嬉《うれ》しくて、また眠りに落ちそうになっている彼の額にキスをした。

少し長くなった髪をさらりとよけると、金色の睫毛《まつげ》が震え美しい碧眼《へきがん》が露《あらわ》になる。瞳に私を映すと眩《まぶ》しそうに細まって、伸びてきた手に引き寄せられ唇が重なった。

「今日も美しいな」

その言葉、そっくりそのままお返ししたい。

ディオンの親指が私の唇をなぞる。

「……ラルーシェは、いつから私のことを好いてたんだ？」

唐突すぎる問いに目を丸くする。未だに幸せに浸かることに慣れていないようで、こうして確認するような行為も多々あった。

言葉にすると安心するらしい。あんなに言葉足らずだった彼が、一日に何度も「愛してる」だの「綺麗《きれい》だ」だの言うのだから、私の心臓がいつかときめきで破裂するかもしれない日々を送っている。

寝起きの掠《かす》れた声も愛おしい。こんな彼の姿を独り占めできるだなんて夢みたいだ。

「生まれる前から」

そう答えると、ディオンはきょとんとしたあとに幸せそうに微笑《ほほえ》んだ。

クリストハルトの戴冠式が終わると、ディオンは私の手を引いて懐かしい場所へ連れてきた。本城から後宮へと続く、皇帝しか知らない道。

長く狭いそこを抜けると見覚えのある、しかし以前よりも整備されたように思える庭園が現れた。最低限しか手入れされていなかった庭園が、こぢんまりとしながらも本城周辺の庭園にも負けないくらい色とりどりの花を咲かせ、私たちを出迎える。

薔薇《ばら》のアーチを通り過ぎた先にあったのは、あの懐かしい後宮ではなかった。前の建物の面影は一切ない、美しくもあたたかみのある白い宮殿。「わあ」と感嘆の声と共に見上げる。

「二人で暮らす宮殿だ」

「え!?」

戴冠式が終わった直後にいきなり連れ出され、しかも寝耳に水な話に声が裏返る。

退位と戴冠式の準備の合間に、こんなサプライズを用意しているとは思うまい。てっきり部屋は移るものの本城でそのまま暮らすと思っていたのだが、ディオンが私たち二人だけで暮らすために宮殿を建造する計画をこっそり立てていたのか、と考えると胸がきゅんとなる。

後宮のあった場所ならば誰も許可なく入ってはこられないし、皇宮内でも奥まった場所にあるので、それこそ他人の目など気にせず穏やかに暮らせるだろう。

「さあ、入ろう」

そう言うなり、ディオンは突然私をお姫様抱っこした。式典用のドレスは重たいだろうに、涼やかな顔をしたまま宮殿の扉をくぐる。建物の中に入ったところでそっと下ろされた。

なに、なんなの今の。新居に入る時はそういうしきたりがあるのかしら？

火照る顔を手で扇《あお》ぎながら、建物の中を見回した。全体的に落ち着いた雰囲気で、華美過ぎずも洗練された印象の内装だ。二人で暮らす宮殿だと言っていたとおりそんなに広くはないが、そのかわり自《おの》ずとディオンとの距離も近くなる。

私たちのこれからのために彼が時間をかけ、細部までこだわり尽くしたのだろうか。宮殿の図面を眺め、庭師に要望を出し、家具のカタログを睨《にら》むディオンを想像する。私の喜ぶ顔を見るために、私にはずっと秘密にしていたのね。

ここはどんな豪華な城よりも、私にとっては素敵でかけがえのない場所になりそうだ。

「気に入ったか？」

「とっても」

ディオンが嬉《うれ》しそうだと、私はもっと嬉しくなる。

彼の手を引いて部屋を全て見て回った。宮殿内のあちこちに、かつて私が聖力を込めた花たちが飾られている。聖力のこもった植物は枯れにくいものの、さすがにこんなに長持ちはしないはずだ。魔法をかけて半永久的に枯れないようにしたのかもしれない。彼が私との思い出を大事にしてくれていることに、胸があたたかくなった。

今日は使用人たちを配備していないようで、外に護衛の騎士はいるが宮殿の中には誰もいない。

ディオンは私を浴室へ連れていくと、手ずからドレスを脱がしていった。召使いのようなことをさせている状況にどきどきしているとあっという間に裸にされていて、彼は自分で服を脱ぎ捨てる。ああ、式典用の豪華なマントや服が雑な扱いをされているわ。

なぜか裸体にガウンを羽織ったディオンは、私を抱き上げると浴槽に浸からせた。彼は浴槽の外で何やらせっせと準備している。

「ディオン様？」

「じっとしていろ」

髪を濡《ぬ》らされ、慣れない手つきで洗われる。ぽかぽかの湯に浸かりながら優しく頭皮を揉《も》まれ、ほっと息を吐《つ》いた。髪だけに飽き足らず身体も隅々まで洗われる。湿度の高い浴室の暑さにじんわりと汗をかきつつも、ディオンはなんだか楽しそうに見えた。

彼自身は自分でざっと洗って、ゆっくり浴槽に入ってくる。日本のお風呂と違ってシグルルド帝国の——というよりは皇宮仕様の浴槽は大浴場のように広いため、ぴったり密着というわけにはいかない。そう思いきや、だだっ広い浴槽をフル無視して、ディオンは背中にくっついてきた。

「たまには完全に二人きり、というのも悪くないだろう？」

「ふふ、どうしたんですかディオン様。退位して、使用人に職を変えたんです？」

「いいや、お前の恋人だ」

メイドたちがするようなことを皇帝だった彼がするものだから、からかうように言っただけなのに。背後から囁《ささや》かれた言葉に顔が熱くなる。のぼせてしまいそうだ。おそるおそる後ろを振り向くと、ちゅ、と口づけられる。

「ディオン様……私を殺す気ですか……」

想《おも》いが通じ合ってからというもの、甘々な態度を隠そうともしないディオンに未だ慣れない。いちいち照れてしまう私を面白がっている節もある。

「可愛いな」

うなじに吸いつかれて、肩がびくっと跳ねる。口唇《くちびる》が触れる距離で熱の灯った息を吐いて、後ろから私をぎゅっと抱きしめてきた。背中に硬いものが当たっている。

なんだか、雰囲気が、あやしいぞ――。

「ラフルーシェ」

寝室へ行こう、と鼓膜を震わす甘い誘惑に逆らえるはずもない。

雑にガウンを羽織り移動する間、少しの時間も惜しいとでも言わんばかりに、ずっとお姫様抱っこのままキスをされていた。舌を絡め合わせながらベッドになだれ込む。濡れたままの彼の髪からぽたぽたと雫が落ちてくるのも気にならないくらい、彼との口づけに夢中になっていた。

覆い被《かぶ》さる背中を抱き寄せる。キスする間見つめてくるから、私も目を逸《そ》らすことができなくて視線も絡め合わせていた。ディオンの瞳がこれ以上なく私を求めており、じわりと身体が熱くなっていく。

揺れた膝が彼の腰を挟み込めば、ディオンは唇を合わせたまま片手を股の間に潜り込ませた。指が割れ目を撫《な》で上げると、くちゅりと湿った音が鳴る。

「すごいな」

ぬるぬると滑るそこをなぞられる。指を離すと糸を引くくらい濡れていて、すっかり淫らな身体になってしまったことが恥ずかしかった。

「……まだみんな、パーティーしてるのに。私たちだけこんなこと」

「主役はクリストハルトだ。私などいないほうが気楽だろう」

上司のいない飲み会のほうが楽しいってやつかしら。

「それに、早く二人きりになりたかった」

本音を囁くディオンに胸が高鳴る。そういえば戴冠式の前日からちょっとそわそわしていたような気もする。無表情だから変化は些細《ささい》なものだけれど。

愛液をまとった指先で花芽を擽《くすぐ》られる。ディオンの唇が首筋を食み、谷間をたどり、胸の先に吸いついた。少しばかり性急な愛撫《あいぶ》に彼がこの時を待ち焦がれていたのが感じ取れて、私の身体はより一層敏感に解ける。

身体を重ねる度にディオンの性技は巧みになっていっており、翻弄されるばかりでついていくので精一杯だ。

「あっ、……は、んん」

花芽を弄っていた指が二本とも中にゆっくり入ってくる。今や中でも簡単に達するようになってしまったそこは、彼の指を歓迎するように収縮した。

初めての時のことをまだ気にかけているのか、それとも趣味なのか——ディオンの愛撫は毎回丁寧すぎて、本番までに私はいつもとろとろにされて訳がわからなくなってしまう。

胸の先を舐《な》め舌先でつつきながら、下は花芽を親指で圧迫したまま中を拡《ひろ》げようとゆっくり掻《か》き回《まわ》される。そうするともう私は喘《あえ》ぐしかできなくて、髪を振り乱して快感に悶《もだ》える様を、ディオンは熱のこもった眼差しで見つめていた。

硬くなったものがずっと太腿《ふともも》に擦《こす》りつけられている。先端から滲《にじ》んだ先走りが腿との摩擦でぬちりと音を立てた。

「ぁあッ……！　全部、いっしょに、しちゃだめ」

「どこが一番好きなのか、教えてくれ」

そんなこと聞かれても、どこも気持ち良くて一つに決められない。「ここか？」と言いながら胸を吸われ、「それともここ?」と花芽を指先で弾かれ中をぐっと押し上げられる。その瞬間おなかがぎゅーっと締まって、頭の中が真っ白になった。びくびく痙攣《けいれん》する腰を逃がさずディオンの指が追い打ちをかけてくる。達したばかりなのに、おなかの奥が疼《うず》いている。

蜜壺《みつつぼ》から指を引き抜くと、手首まで滴った愛液を舐めながら、ディオンが猛《たけ》った陰茎を下腹の上に乗せた。ずっしりと重たいそれは、先端の切れ込みから先走りを滴らせている。絶頂の疲労に呼吸を弾ませていても、休む間を与えないディオンに亀頭で花芽をこねられ、期待に染まる吐息が漏れた。

おしりの谷間まで濡らすぬかるんだ秘所に、陰茎が擦りつけられる。その際に敏感になった花芽も一緒に刺激されて、ディオンのものを待ち望むそこがまたとぷりと蜜を溢れさせた。

「んっ、……はぁ、あっ……ぁ」

「もう欲しそうだな」

「ディオン様、こそ……限界なんじゃないですか?」

「ああ、もう挿《い》入れたい」

意地悪するかのような言い方だったのに、そんなふうに素直に返されると困る。ディオンは陰茎を握って先端で花芽をぐりぐりと執拗《しつよう》に押し潰した。

「やっ、あぁっ、いっちゃう……! だめ、ぁっ、あ!」

「……っは、ぁ」

絶頂に跳ねる腰を掴《つか》んで、ディオンは容赦なく挿入してくる。うねる蜜壺を掻き分けながら奥まで一息に突き入れて、動かずにじっとりとした眼差しで私を観察していた。

挿入された衝撃でまた達してしまったせいか、なかなかおりてこられない。視界がチカチカして、身体が勝手に痙攣しシーツを乱した。

「あ、あ、あ……、まだだめ、だめ、むり、ぜったいだめ、ぇ……ぁあッ！」

「淫らでか可愛いな、ララルーシエ……っ、ン」

勝手に腰が蠢《うごめ》いて、陰茎を自ら味わっている。ふる、と震えたディオンに艶めいた声を出されると、余計に肉壁が彼のものに絡みついた。中で陰茎がビクンと動き、その度に甘い声が漏れる。腰を掴んだディオンの手は汗ばんでいて、今にも乱暴に突き上げたいのを我慢するかのように少し痛いくらいの力がこもっていた。

まだだめだと何度も訴えても、彼がそれを聞き入れてくれるはずがない。閨《ねや》でのその言葉は反対の意味に取られてしまうのはもうわかっている。

快感から逃れようとする腰を掴み直して、ディオンは陰茎をずるーっと故意にゆっくり抜き出した。長大な陰茎が抜ける時、張り出した部分が中を余すことなく嬲《なぶ》っていく。長い分だけその時間は永遠のようにも思えた。

胎内を占めていた質量がなくなっていく寂しさから涙混じりに甘えた声を上げると、また中へ、陰《いん》嚢《のう》がおしりにぶつかるくらい突き上げられる。

「あぁっ！　奥、きもち……っあ、ぁ、はあ……ディオン様、もっと……！」

「駄目と言ったりもっとしてと言ったり、お前は難しいな」

奥をとちゅとちゅと小刻みに突かれるのが気持ち良くてたまらない。

本当は全部気持ちいいの。だめなところなんか一つもない。けれど気持ち良すぎるとそれこそおかしくなってしまいそうで怖かった。

快感に滲んだ涙に唇を寄せながら、ディオンが抽挿を速くする。中を激しく貫かれ同時に花芽を弄られるともう何も考えられなくなって、ただ縋《すが》るように彼の背中に腕を回し、脚を腰に絡みつかせた。

動きづらいだろうに何だか嬉しそうな顔をしているのが、滲んだ視界にぼんやり映る。

「気を遣《や》りそうか？　……っはぁ、締めつけすぎだ」

「わか、わからないっ、や、やぁ、……ぁ、いく、いくッ！」

ディオンも限界が近いらしい。眉間に皺《しわ》を寄せて、ぐっと歯を食い縛り快感を貪るような腰使いに変わった。凄《すさ》まじい快楽が波のように押し寄せる。溺れそうになる私を抱き締めながら、きつく収縮する肉壁を穿《うが》ち、最奥を先端で抉《えぐ》られた。

絶頂にうねる胎《はら》に引き絞られるように、ディオンの熱が奥に解かれる。耳元で低く唸《うな》る声に子宮が疼いた。

「……ふ、……ッ、まだ、出てる」

「んんっ、なか、かきまぜ、ちゃ……っい、やぁ」

精液を塗り込むように熱が何度も奥に押しつけられる。長い射精に震える私を愛おしそうに見て、ディオンはまだ硬いままの陰茎で再び中を蹂躙し始めた。

自分をおじさんだとかなんとか言っていた人とは別人か、と疑うくらいの絶倫ぶりだ。いつも私は気絶するまで抱かれているから、いつ、どうやったらこの暴れん棒が落ち着きを取り戻すのか謎だ。

しかし今日は名残惜《なごり》しそうに陰茎を抜き去って、唇を重ねながら私の潤んだそこを清め始める。まだ反り立ったままの陰茎も軽く拭うと、ディオンはぽすんと横に寝転んだ。

「ディオン様……？」

「明日は出掛けようと思っているから、今日はここまでだ」

確かにいつも抱かれた翌日は、半日はベッドでの生活を強いられる。少し物足りなさもあったが、「早く寝ろ」と頭を撫でられてしまっては諦めるしかない。今日から始まる二人きりの生活。時間はいくらでもある。

ちゅ、とほっぺにキスをするとディオンは目を見開き、それから愛おしげに目尻を下げた。

◇◇◇

ディオンとデートするのは初めてだ。

よく考えてみると、私が外出すること自体が久しぶりだった。そもそも皇宮を出たのもレッドマウンテンに行った時と、聖女の真似事をして治療して回っていた時、それから神聖国ヘーベンに乗り込んだ時だけかもしれない。どれも遊興目的ではない。

特に外出を禁止されていたわけではなく、あくまでも自主的に引きこもっていただけのこと。反逆者の娘という立場上パーティーやお茶会の招待状を貰《もら》うことも少なかったけれど、結局どの招待も断っていた。

今考えてみれば皇女として社交性に欠けすぎである。〝神の愛《いと》し子〟だから身に危険がないようあまり出歩かないようにしていた、というのも多少あった。ほとんどを皇宮という狭い場所で過ごしてきたが、愛するディオンがいるおかげで退屈に思ったこともない。

「馬車に乗るの久しぶりです」

「私もあまり経験はないな」

「いつも魔杖《まじょう》でコンコンってやってパァーッと魔法で移動してましたもんね。そういえば、あの魔杖って今はどうしたんですか？」

「皇帝に受け継がれるものだからクリストハルトにやった。だが時代遅れだとあいつは使わん。剣のほうがカッコイイと思っているようだ」

「あははっ、お兄様ってまだ少年なのかしら」

宣言通り外出する準備をしたディオンに馬車に乗せられ、揺られること一日。中間の宿に一泊して翌日辿《たど》り着いたのは、海辺の街だった。

遠距離転移魔法を自在に扱っていたディオンにも新鮮な旅らしく、馬車に乗っている間ずっと二人で景色を見ながら楽しんだ。一瞬で転移できるのも楽だけれど、こうしてゆっくりと時間をかけて移動するのも悪くない、という評価だった。

目的地に到着すると、ディオンは特に変装することもなく馬車から降りる。普通こういうお忍びデートって、庶民っぽい恰好《かっこう》をしてみたりするものでは？　と思いながら周りを見回すと、道行く人々からばっちり注目を集めていた。

そもそも皇家の紋章が入った六頭立ての豪華な馬車だ。目立つに決まっている。視線を物ともしないディオンはエスコートするために手を差し出しており、恥ずかしい気持ちを抑え込んで私も馬車を降りた。

いつも皇宮で過ごしていたようなゆったりとした服の先帝と、お出かけ用に少し動きやすいデザインなものの貴族のお姫様丸出しの、仕立てのいいドレスを着た皇女。そもそも皇族特有の金髪碧眼《へきがん》が非常に目立っていた。ざわ、と俄《にわか》に騒がしくなる。

「ディオン様」

「気にするな。私たちの邪魔をしようとする者などいないだろう」

皇帝という冠がなくなった今、ディオンは自由を満喫したいようだ。彼に周囲へ配慮するという感覚は備わっていないのか、日常を非日常にされた住民たちのことは視界にすら入っていないらしい。

一応近衛《このえ》騎士たちがこっそり護衛していると聞いたが、〝二人きり〟を味わいたいディオンにできるだけ気配を消せと命令されており、私には彼らがどこにいるのかもわからなかった。

皇宮にいる時よりも穏やかな顔をしたディオンに導かれながら、私たちは初めて訪れる街を散策する。住民たちは遠巻きに眺めてはいるものの、不用意に近づいてくる人は一人もいなかった。

彼らに私たちの関係はどう見えているのだろうか。私が知らなかっただけで帝国民全員が私の出生を知っているらしいけれど、やっぱり先帝と皇女なだけあり、親子として見られているのではないかとほんの少し複雑な気持ちになった。

しかしディオンは周りに人がいたとしても、父親のようには振る舞わない。今も恋人のように手を繋《つな》いで、街並みではなく私を見つめているのだから。

「ディオン様、どうしてこの街に来ようと思われたのですか？」

潮の香りがする、活気に満ちた場所だ。皇宮のある帝都とはまた違った賑《にぎ》やかさに包まれていて、歩いているだけで楽しくなる。

「ラルーシェと海を見ようと思ったんだ」

ふらりと立ち寄った宝石店で、海の色をした首飾りを手に取り眺めていたディオンがぽつりと言った。店員に小切手を渡すと、それを私の首につけてくれる。まるで彼の瞳のような色の宝石だ。

「ラルーシェと共にさまざまな場所へ行ってみたい。海も、山も、なんでもない街も、お前がいると景色が変わる。潮風にあおられる長い髪も、強い陽射しに照らされて目を細める表情も、どれも愛しい」

首飾りのチェーンがかかるうなじに口づけられる。

まっすぐな言葉とその仕草に顔を赤くしていたら、真正面にいる店員のおじさんも赤面していた。

ディオンはおじさんまで魅了してしまうらしい。

「お前と一日中ベッドにいるのも好きだがな」

「…………っ!!」

おじさん！　いるから！


その後も街をあてもなく歩いて、動きやすい真っ白なワンピースも買ってもらった。陽射しが強いからと麦わら帽子も被せられ、カフェでお茶なんかしたりして。本当に普通のデートみたいだ。

砂浜を裸足《はだし》で歩いてみたり、少しだけ波打ち際で遊んだり。ディオンははしゃぐ私を眺めてばかりだったけれど、手を引けば一緒になって楽しんでくれる。やれやれって顔をしていたが、私を見る瞳は甘くとろけていて彼の感情を如実に表していた。

脱いだ靴を片手に持ちながら砂浜を隣り合って歩く。すっかり日が落ちてきて、海とサンセットのグラデーションに見惚《みと》れた。「どこまで行くんだ？」と聞くディオンにただ笑顔を向ける。もう少しこうしていたい。

海風が強くなってきて、帽子が飛ばされそうだ。ひょいと麦わら帽子を取られ、途端に髪が風になびく。

「あそこにあるの、教会ですかね？」

「……おそらくそうだな」

長く伸びる白い砂浜を歩き進むと、丘の上に教会らしき建物が見えた。

かつて神様を信仰していた名残だ。神聖国へーベンとの関係が改善してからは教会や神殿が本来の使い方をされているらしい。あの建物も古びているようには見えないから、また教会として利用されているのだろうか。海の見える教会だなんて、なんだか素敵だ。

「ちょっと行ってみませんか？」

「ああ」

砂浜から階段で上がれるようになっている。軽やかに上る私を追いかけてディオンも丘の上に辿り着くと、二人してその建物を見上げた。

小さな教会だ。おそるおそる中に入ってみる。白亜な空間と大きなステンドグラスがまず目に飛び込んできた。夕日が教会内に差し込み、幻想的な雰囲気を演出している。美しい教会だけれど、中には誰もいないようだった。

「綺麗《きれい》ですね……」

祭壇まで歩いていく。埃《ほこり》一つなく、誰かしら手入れはしているのだろう。

「遥か昔に、結婚式用に建てられたものだな。礼拝目的ではないだろう」

隣に並んだディオンが説明してくれる。神聖国へーベンとの関係が断絶している間、帝国での結婚式といえば各々の邸《やしき》で行うものだった。

近年はまた教会で結婚式を挙げるのが、庶民の若者たちの間で流行《はや》っているらしい。貴族たちは未だに自邸で結婚式を挙げる場合が多いが、彼らの間にもその流行は取り入れられようとしているところだそうだ。

「こんな教会で結婚式をしたら、素敵でしょうね」

天井を眺めていたディオンが私の呟《つぶや》きに反応する。

「するか？　二人きりで、結婚式」

ベールを上げるような手つきで髪を撫でられる。背を屈《かが》めて覗《のぞ》き込んでくる彼を見て、私は「する！」と飛びついた。抱き着く私を受け止めながら、ディオンは誓いの言葉はなんだったろうかと頭を捻《ひね》っている。

一度皇后と結婚式をしただろうに、その時の記憶はほとんど残っていないようだ。実に義務的に式をこなすディオンが目に浮かぶ。

「ふふ、新郎ディオン様。あなたは私を妻とし、病める時も健やかなる時も、悲しみの時も喜びの時も、貧しい時も富める時も、私を助け、慰め、敬い、その命のある限り心を尽くすことを誓いますか？」

「なんだその誓いの言葉は？」

不思議そうな顔を見て、これは前の世界で使われている誓いの言葉だということに気づく。帝国ではまた違う宣誓が存在するのだろう。急に恥ずかしくなってきて、むくれながらジト目で見上げた。

「……誓ってくれないんですか？」

「誓う」

拗《す》ねる私をくすくすと笑いながら、ディオンは頬を両手で包み込んできた。

ほんの僅かに眉を下げて私を見下ろす彼は、静かに口を開く。

「私はラルーシェよりもずっと年上で、魔印が何度も全身に広がったせいでいつ身体が衰え死ぬかもわからない身だ。それは明日かもしれないし、十年、二十年後かもしれない」

「…………」

悲しいことを言うのはやめて、と言おうとした唇に人差し指があてがわれる。何も言えなくされた私に微笑《ほほえ》み、彼は言葉を続けた。

「それでも、最後のその瞬間までラルーシェを愛したい。命尽きるその時まで、お前に隣で笑っていてほしい。私は愛想もなく、口下手《くちべた》で、皆に恐れられるような男だが、そんなどうしようもない私を生涯愛してくれるか？」

「……はい」

「お前流に言うなら、病める時も健やかなる時も、だったか？」

「誓う、誓います。……神様なんかに誓わなくても、ずっとあなたを愛してる」

静かに唇が重ねられる。鼻の奥がツンとして、喉がぎゅっと絞られて間の抜けた嗚咽《おえつ》が零《こぼ》れた。

ディオンは私の涙を拭うと、唐突にその場に跪《ひざまず》く。

「えっ、……ディオン、様？」

彼は懐から取り出した小さな箱を開く。

「私と結婚してくれ」

キラキラと眩《まばゆ》いダイヤモンドの指輪が、そこにあった。

私は驚きのあまり声もなくゆっくりと目を見開いて、それから思い切りディオンに抱き着いた。

いつからそんなもの用意していたのだとか、定番の台詞で跪くディオンがかっこよすぎるとか、いろいろ言いたいのに言葉にならない。

「する」「絶対するぅ」と涙ながらに訴える私をあやすディオンは、それはもう幸せそうに笑っていた。

左手の薬指に指輪をはめてもらい、ステンドグラスからの光を反射して美しく光り輝くダイヤモンドに見惚れる。幸せすぎてこのまま天に召されてしまいそうだ。

嬉しさにまたポロポロと涙を零す私に口づけをして、ディオンは「愛おしいな」と蜂蜜のように甘い声で囁いた。

皇家所有の別荘に着いた頃にはすっかり日が暮れていた。

潮の香りがする髪を洗いっこして、軽い夕食を済ませたあとベッドに寝転ぶ。久々にたくさん歩いて足が棒のようだ。ディオンの胸に乗り上げながらあれやこれやと話をする。こんななんでもない時間がどうしようもなく幸せで、それから指輪を眺めては何度もニヤニヤしてしまった。

帝国内の各地にこのような別荘がいくつもあるらしく、次はどこの領地に行こうかと二人で話し合う。外国に行くのも楽しそうだ。魔法が使えなくなったため移動がとても大変だろうけれど、狭い馬車に二人で長時間揺られる時間も幸せに満ちている。

「そういえば、ここには何日滞在するんですか?」

出掛ける、と言われて帝都をちょっとデートするだけだと思っていたのに、蓋を開けてみればとんだ小旅行だ。クリストハルトや皇帝補佐官たちの仕事を手伝うだなんだと約束しておいて、戴冠式の翌日から逃亡しているかたちである。果たしてクリストハルトは事前に知らされていたのだろうか。

「二週間だ」

「二週間!?」

言葉足らずなところはまだ治っていないのかもしれない。

番外編　ルイゼル・エスジェイアの慕情

姫様と先帝陛下が離宮に移った。

皇帝陛下は寂しがっておられたが先帝陛下はまるで聞く耳を持たず、可愛がっておられた妹になかなか会えなくなってしまったことを毎日嘆いている。

私は先帝陛下が退位すると同時に姫様の専属護衛騎士の任を解かれ、本来我が公爵家の当主が継ぐべき騎士団長の位を授けられた。もう少し姫様の専属護衛を務めていたかったが、先帝陛下が必要ないと仰《おっしゃ》ったため、私には何も意見などできない。

悪魔の力を失われた先帝陛下だが近頃は剣の鍛錬に励んでいるようで、たまに声をかけられて手合わせをすることもあった。

皇帝陛下の父君なだけあり、先帝陛下の剣の腕は素晴らしい。幼少の頃に嗜《たしな》み程度には剣を習っていたと耳にしたが、皇帝即位後は魔杖《まじょう》しか手にしていなかったとは思えないほどの身のこなしと剣のセンスをお持ちだ。姫様の専属護衛騎士を必要ないと言った理由も理解できる。

しかし先帝陛下は皇帝時代に多くの恨みを買っておられたため、万が一に備え離宮にはしっかりと手練《てだれ》の近衛《このえ》騎士たちを配置するよう命じられた。それでも離宮には最小限の他人しか入れたくないようで、門番に二名、寝室の不寝番に一名だけだ。

騎士に限った話ではなく、離宮には使用人も少ない。先帝陛下がお選びになった執事と、最低限の侍女とメイドしか立ち入りを許されていなかった。

ちなみに離宮の警護にあたる騎士を選別するのは私の仕事だ。

騎士団長になったものの、有事の際以外は必要とされる事柄は少ない。公爵領は帝都からは遠く、しかし騎士団長は帝都から離れられないため、領地の仕事は代理人や父に任せっぱなしになってしまっている。

ずっと姫様の専属護衛騎士をしていたせいか、一日中護衛の任務についていたときと比べ、時間を持て余して仕方がなかった。故に寝室の不寝番は手練の魔法使いの騎士が務めることになっているため、時折私も不寝番につくことにしている。

「あら、今日はエスジェイア卿《きょう》が不寝番なのね」

「先帝陛下と皇女殿下にご挨拶申し上げます」

寝室の扉前に立っていると、支度を整えた姫様と先帝陛下がいらっしゃる。姫様は私を見てパッと笑みを咲かせた。いつ見ても美しい人だ。

幼い頃からあどけなさの中にも艶《あで》やかな雰囲気のあるお子だったが、大きくなるにつれて目を瞠《みは》るような美人になられた。ずっと姫様のお傍《そば》にいた私はほかの令嬢との接点も少なく、困ったことに女性の基準が姫様になってしまっている。

「一カ月ぶりくらいかしら。元気だった？」

「はい」

「騎士団長になったのだから、こんなことしなくていいのよ？」

「いえ。これも大事な仕事ですので」

ただ姫様のお顔を一目見たいだけ、と言ったら先帝陛下から離宮の立ち入りを禁止されそうだ。

今も無表情で私を見ておられるが、何を考えているのかわからないところが恐ろしく感じる。以前からそのような視線は感じていたものの、近頃もっと警戒されているような気がした。私に限らずだが、姫様に近づく男に対して威圧が尋常じゃない。

「ふふ、おやすみ。エスジェイア卿」

「はい。姫様も、おやすみなさいませ」

寝室の扉を開くと、仲睦《なかむつ》まじい様子で腕を組みながら入っていく。横を通り過ぎた姫様の髪からはふわりと花の香油の香りがして、扉を閉めたあともいつまでも廊下に残り香が漂っていた。

姫様と先帝陛下はそれはそれは親密な関係を築かれていて、不寝番をしている時にもたまに声が漏れ聞こえてくる。そういう日は決まって明け方まで耽《ふけ》っておられるのだ。

ああ、甘い声が今日も聞こえてくる。地獄のようだが、天国のようでもあった。自然と身体は扉に寄り、聴覚は全て姫様の声に集中する。

「ゃ……ッ、ぁぁ、……ぁっ」

悪魔公ヴィムとの契約を絶ち切る際、私は危険に備え同室に控えていたのだが——カーテンが下りたベッドの中からは姫様と先帝陛下のお声、それから卑猥《ひわい》な水音や肌を打ちつける音が響いて、そんな場合ではないのにどうしようもなく淫らな想像を掻《か》き立てられた。

あの時は、いつ危険な状況になるかわからないことだけが理性を繋《つな》ぎ止めていて、なんとか身体を律することができたのだ。今は、あの時と状況が違う。姫様の妖艶な声を耳にするうちに、身体はだんだんと熱くなっていった。

姫様は美しい人だ。それは顔に限らず、その身体も類《たぐ》い稀《まれ》なる美しさで男を魅了する。豊かな双丘も、掴《つか》めば折れてしまいそうな細い腰も、丸みを帯びたヒップラインも、私の欲を刺激した。

「……っ、ぁ、……んんっ」

扉の向こうでは、先帝陛下と姫様はどうまぐわっているのだろうか。

姫様の声は糖蜜よりも甘く、淫らで、私を惑わせる。つい聞き耳を立ててしまううちに、下半身が熱を持ってしまった。ズボンを押し上げるそこは姫様の声が聞こえる度にひくひくと跳ねて、耐えることもできずに質量を増していく。

「ふー……、ふー……」

呼吸が荒くなっている。私ははしたなくもこの状況に興奮してしまっていた。

不寝番の時はいつもこうだ。誰も寝室には近づかないのをいいことに、姫様と先帝陛下の情事を盗み聞きしては男根を滾《たぎ》らせていた。

「ぁあっ！　ディオン様……！」

「……っはあ、姫様」

膨らんだそこへ手を伸ばす。屹立《きつりつ》の先を撫《な》でればみっともなく硬くなっていて、背徳感に背筋をぞくぞくさせながらも、今度は下から撫で上げた。

「ぁ、だめ、いく……！　イっちゃ……ぁあっ！」

情欲をそそる悲鳴に腰が重くなる。膨らみを撫でるスピードは次第に速まっていき、漏れそうになる呻《うめ》きに歯を食いしばる。布と擦《こす》れるのが気持ちいい。目を瞑《つぶ》ったまま優しい手つきでなぞれば、まるで姫様に撫でられているようだと錯覚しそうになる。

「んっ……、く」

男根をかたどるように手を這《は》わせ、ズボンに浮き出た亀頭の段差に指先を伝わせた。むくむくと大きくなり、傍《はた》から見れば勃起しているのがバレバレだろう。布を突き破ろうとするかのように勃《た》ち上がったそこを、何度も手のひらで撫でる。

そうしているうちに、布に擦れた先端からくちゅりと湿った音がして息を詰める。

このままではズボンに染みができてしまいそうで、震える指でボタンを外し紐《ひも》を解《ほど》く。下着ごと引き下ろすと、勃起した男根が窮屈さから解放されることを悦《よろこ》ぶように飛び出した。腹につくほどそそり立った男根の先にはカウパーが滲《にじ》んでいて、床に垂れそうになったのを指ですくいとる。

耳を澄ませばベッドの軋《きし》む音、肌を打ちつける生々しい音が聞こえ、ひっきりなしに上がる姫様の喘《あえ》ぎ声は私の理性を揺さぶった。

「は、……ッ」

根元から先端までをゆっくりと扱《しご》き上げる。姫様の声から妄想する痴態を思い浮かべるだけで、達してしまいそうだった。

姫様のあの大きな胸は、触れるとどれだけ柔らかいのだろうか。あの細い腹に、私のこの男根は入るのだろうか。姫様の女陰に包み込まれたなら、どれほど心地いいのだろうか。

遠い昔口にした姫様の血は、舌に絡みつき胃の腑《ふ》を焼くような芳醇《ほうじゅん》な甘さだった。今でも舌に味が残っている気がするくらいには、私を虜《とりこ》にしていた。血でさえこうなのだ。姫様の女陰から滴る蜜を舐《な》めたなら、どれほど美味だろう。

無意識に唇を舌でなぞる。はあ、と熱のこもった息が漏れた。

『エスジェイア卿！　ぁあっ、ルイゼルのおっきいっ、おく、奥、きもちいい、あッ』

「つ、ぅ……、ふ、ぅ」

上下に扱きながら、姫様を抱くのを想像して腰が勝手に動く。妄想の中の姫様は私のことを名で呼んで、熱で潤んだ眼差しで私だけを見つめて、私の与える快感に愛らしい声を上げていた。

手で作った筒の中を突き上げるようにヘコヘコと腰を振る。間抜けだろうけれど止められない。溢《あふ》れたカウパーを男根に塗りつけてから、先端を手のひらで包み込み、もう片手で作った筒の中に男根を押し込む。経験したことがないから想像でしかないが、そうするとまるで女陰の中に挿入しているような感覚になり、姫様の声が快感を訴える度に連動させて握る力を強くした。

こんな男の無骨な手とは違って、姫様の中はきっと熱く、柔らかで、ぬかるんでいて、それでいて精を搾り取るように蠢《うごめ》いて、男根をにゅるにゅる頬張るような――。

「ぁ……！　ぁ、あ、いく、いくっ、ぁ……っ！」

「ふ、ぐ……っ、ぅ、……ッ、はあ、はっ」

ポケットから抜き取ったハンカチで先端を覆う。姫様の絶頂に煽《あお》られての射精はあまりにも気持ち良すぎて、漏れそうになる声を手のひらで押さえつけた。

「ぁんっ、や、だめっ……！　まだ、イってるのに……っ、はげしくしないで」

「～～～っ」

達してても容赦のない先帝陛下の責めに、姫様の声がますます大きくなる。射精したというのにそのせいで昂《たかぶ》りが収まらず、私はまた男根をひたすら扱いた。

ポタポタと廊下に汗が落ちる。尿道に残っていた精液が扱く度に垂れて、あとで拭いておかなければと思いながらも手が止まらなかった。

亀頭の段差を擦るとぐちゅぐちゅと粘着質な音が鳴り、私に姫様たちの情事が聞こえているように、私のこの行為もまた筒抜けなのではないかと想像してしまう。

「く、……っ！　はぁ、……は、ぁ」

姫様は自慰をする私を見て、どんな顔をするだろうか。

『んっ、あぁ！　ルイゼル、……出して、中にほしいの……！』

「……ッ、う」

先帝陛下の名を呼ぶ声を、私の名に置き換えて妄想する。

ハンカチなんかじゃなく姫様の子宮にこの熱を解いたなら、どれほど気持ちいいだろう。――〝女性の〟ではなく〝姫様の〟と想像してしまう私は本当に愚かだ。

「はぁ……っ、姫様、……!」

ハンカチに再び射精する。空《むな》しさを感じながらも、まだまだ終わらない姫様たちの情事に私の背徳的な行為も続くのだった。


「――団長、交代の時間です」

「ああ」

朝になると警護のための騎士がやってきた。不寝番は役目を終え、門番にも挨拶をして離宮を離れる。

姫様たちはおそらく昼過ぎまで寝室から出てこない。

馬を駆け帝都にある公爵邸に急ぐ騎士団長のポケットに、精液でどろどろのハンカチが詰め込まれているとは、誰も想像すらしないだろう。

「……それじゃあ、頑張ってきます」

そう言って僕の可愛い妹は、悪魔との契約を絶ち切る儀式のためとはいえ、僕の父親とのセックスに臨んだ。

〝可愛い妹〟とは言ったけれど、本当は妹だなんて思っていない。小さな頃は可愛らしい少女が懐いてくるのが嬉《うれ》しかったけれど、思春期を迎えそしてお互い成人になった今、ララルーシェは僕にとって〝好きな女の子〟だった。

ララルーシェは可愛い。それはもう可愛い。そして美人でもある。ふわふわの金髪はいつもいい匂いがするし、大きな青い瞳は吸い込まれそうなほど澄んで、海のようにも空のようにも輝いている。

女性を褒めるのには慣れていないから平凡な形容しか浮かばないけれど、とにかく綺麗《きれい》なんだ。

しかもおっぱいも大きい。いつもドレスから零《こぼ》れそうなのが気になる。デビュタントボールでダンスを踊った時なんか、僕の胸板にその豊満な胸がずーっと当たっていた。むにゅりとした得も言われぬ柔らかさに、場所を選ばず勃起してしまいそうで、とても大変な思いをしたものだ。

そんな天使のような美貌と娼婦のような肢体の彼女は、人格も優れている。

契約の儀が迫った前日、人生を憂う僕に彼女がした提案は驚きのものだった。ララルーシェがいなければ今の僕はいないと言っても過言ではない。

彼女は小さな頃から僕の女神様で、それから愛《いと》しい女の子だった。

父上と血が繋《つな》がっていないことを伝えた時、「僕とも本当の兄妹じゃないんだよ」ってどれだけ言いたかったことか。でもそれを口にしたところでなんの意味もないことは明らかで、勇気が出なかった。

ララが僕のことを〝お兄様〟としか見ていないのは知っていたし、それは血が繫がっていようといなかろうと関係ないのだということも、悔しいけれど理解してる。彼女が誰を好きなのか、ずっと見ていれば自《おの》ずと気づいてしまったから。

父上に想《おも》いを寄せることを最初は不毛だと思ったが、いつからだろうか、父上も僕と同じような目でララを見ていた。

父上がララを溺愛しているのは昔から薄《うっす》ら勘づいていたが、娘として、もしくは〝神の愛し子〟としてしか大切にしていないのなら、僕にもまだ望みがある。そんなのは現実を見たくない僕の妄想だと、すぐにはっきりしたけれど。

いつまでも父上と僕とラララルーシェの三人で家族でいられると思っていた。歳の差もあるし、実の親子ではないが皇帝と皇女という立場もある。二人はずっとすれ違っていて、発展しないものと決めつけていたのだ。

悪魔との契約を絶つには父と契る必要がある、と言われた時、ララが気にしていたのは血の繫がりだけだった。嫌がる素振りも全くなく、覚悟を決めた様子のララに、僕はただいい兄の顔をすることしかできなかった。本当は止めたかったけれど、父上にはヴィムから解放されてほしいし、ララは父上を幸せにしたいと言ったんだ。邪魔はしたくない。

僕はとうとう自分の気持ちを伝える機会さえ失《な》くしてしまった。

そんな傷心の僕に、信じられない言葉が聞こえてくる。

「姫様、……安全のために皇太子殿下と私はこの部屋に待機いたします」

——え!?　ララと父上がセックスする部屋で!?　待機!?

そんなこと聞いてないんだけど、とエスジェイア卿《きょう》のほうをちらっと見てみるが、彼は僕のことなんか気にしていない。専属護衛騎士である彼にとって、一番大事なのはララの身の安全だ。皇太子の傷ついた心なんて知ったこっちゃないだろう。

確かにララの安全を考えるならば、ヴィムよりも強い力を持った僕が警護に適任だろう。エスジェイア卿だけでは心許《こころもと》ないというのは理解できる。

でも、でもさ、あんなカーテン一枚隔てただけじゃ全部筒抜けなんだよ?　音も声も匂いも、なんならほんのり影も見える。好きな子が父上とセックスするのを見届けろってか、この筋肉野郎。

ぎりぎりと歯軋《はぎし》りする僕に気づかず、ララはベッドに入ってしまった。ていうかなんだそのネグリジェ。今までガウンを羽織ってたのに、カーテンをめくる前に脱いだ途端現れたセクシーな姿に、目も口もかっぴらく。

割とシリアスな状況なのに、僕の頭の中はピンク一色だった。

薄暗い部屋の隅で、息を殺しながらエスジェイア卿と並んで立つ。

今、父上は四肢が不自由な状態だ。だから必然的にララが行為を主動しなければならない。あのララが、上に乗って腰を振る——。

「——ルイゼル。もしくはクリストハルト、そこにいるな?」

もわんもわんと妄想を繰り広げていると、突然呼ばれて狼狽《うろた》えた。答える声が裏返ってしまうのも仕方がないだろう。さしものエスジェイア卿も、無表情な中に多少の動揺が見えた。

「お前たち、女性経験はあるか?」

い、いきなり実の息子に何聞いてるんだよ父上～!　なんて嘆くこともできず、冷静を装って「ありません」と答える。本当に童貞だけど、あると答えたら何をさせられたんだろうか。嘘でも「ある」と言っておけば良かったかもしれない。

再び壁と一体化した僕たちは、漏れ聞こえる情事にただただ無になるしかなかった。カーテンの内側で何が繰り広げられているのか、声や音でなんとなく察してしまう。とんでもなくいやらしいことをしているっていうのも、童貞だけどわかる。

ララの喘《あえ》ぎ声が一番筒抜けで、扇情的な悲鳴に僕の股間はいつの間にかバッキバキに勃起してしまっていた。仕方ないじゃないか、童貞だもの。

前屈《まえかが》みになりながら隣のエスジェイア卿を見る。彼も童貞だと言っていたくせに、股間はスンとしていた。顔もスンとしてる。ずるい。危険に備えている立場としては彼こそ正しいのに、この状況でも動じていない男を見て僕は惨めな気分になった。

ぐちゅぐちゅ、ぬぷぬぷ、パンパン、という湿った音。二人の荒くなった息遣いと喘ぎ声。揺れるベッド。精液のにおい。普段無愛想な父上が、媚薬《びやく》とララに翻弄されて色っぽい声を上げている。一体その行為は、どれだけ気持ちいいのだろうか。

はぁはぁ、と荒くなる息を押さえるために口元に手を当てる。隠しようもないズボンのテントはもうどうすることもできないけれど、エスジェイア卿はベッドのほうにだけ注目しているので気がついていないらしく、それだけが救いだ。

ララの達する声を聞く度に、下着の中が湿ってくる。跳ねる先っぽが布地と擦れて、ヌチャ、と嫌な音がした。

だめだ。だめだだめだ。ちゃんとしないと。いつヴィムが父上の身体を乗っ取るかわからないのに、こんな調子ではララを守れない。そう思えば思うほど頭の中が真っ白になっていく。

片思いの僕にはつらいはずなのに、股間は萎えてくれない。健気なララが可愛くて淫らで、エッチな声を聞いているだけなのに、いつの間にか下着の中に吐精していた。

一時危険な瞬間はあったものの無事にヴィムとの契約を絶つことには成功した。気絶するように眠ってしまった二人と、部屋の後始末をエスジェイア卿や使用人らに任せ、僕は一足早く自分の部屋に帰る。ズボンの中がヌルヌルのネチャネチャだったからだ。

部屋に入ってまずズボンと下着を脱いで、ベッドに飛び込む。勃起が収まらない。ずっと前屈みでここまで来たけれど、誰かにバレなかっただろうか。

精液にまみれたペニスを握る。一擦りしただけでとんでもない快感が突き抜け、喉を反らして奥歯をギリリと噛《か》んだ。

「はぁ、……っあ、すぐ、出そう」

震えるペニスから手を離し、一旦落ち着かせる。射精感の波が遠ざかったところでまた握り、上下に扱《しご》いた。

精液がちょうど潤滑剤になっており、いつもより手で与える快感が増していた。エラの張ったところを擦るとまたすぐに射精感がこみ上げて、とっさに根元を握ってやり過ごす。我慢させられたペニスがビクビクと跳ね、先っぽからは我慢汁が糸を引いてシーツに垂れた。

「ッぐ、……ふ、ぅ」

また擦り上げ、快感に没頭する。頭の中は、さっきのララの喘ぎ声でいっぱいだった。何度父上の子種をその子宮に注がれたのだろうか。僕の子種も受け取ってほしい。僕のペニスもララの膣で包んで、柔らかい肉で扱いて、尽きるまで搾り取って。

ぎゅっとタマが上がる。達しそうになって手を離すと、腰が空中を突き上げるように跳ねてペニスが情けなく揺れた。尿道口がくぱくぱと射精したそうに開閉する。

こうやって何度も何度も、限界まで射精を寸止めする自慰が好きだった。

「はぁ、は……っ、ぁ、イっちゃいそ、だったな……」

絶頂を先延ばしにされたペニスはほんの少し落ち着きを取り戻すが、再び扱けばすぐに精液を飛ばしそうになる。ギリギリのところを見極めて、ずるずると長い時間快感に耽《ふけ》っているのがたまらない。

硬くなった太いペニスで貫いて、張り出したエラでララの中を抉《えぐ》ったなら、どんな反応をしてくれるだろう。妄想の中で犯すのは自由だ。彼女はいつも大きなおっぱいをぷるんぷるんと揺らして僕の下で鳴いている。なかなか出してあげない僕に、「早く出して」って甘えた声でねだるのだ。

「ッう、……はぁ、あ……っいく、いく」

イキそうになって手を離す。跳ねるペニスは腹筋を叩《たた》き、飛んだ我慢汁がシャツを汚した。

暑さに呼吸を乱しながらやっと上着から腕を抜き、シャツもその辺に脱ぎ捨てる。ベッドの上に前屈みに座り、握ったペニスをシーツに擦りつけた。

溢《あふ》れた我慢汁がシーツをしとどに濡《ぬ》らす。裏筋をシーツに擦るように腰を振れば、本当にセックスしているような感覚だった。

「ふ、ふぅ、……ッあぁ、だめだ、もう、……っ」

欲望を抑えつけてなんとか腰を止める。血管の浮いた赤黒いペニスはパンパンに膨らんでいてかわいそうだ。びくん、びくん、と跳ねたペニスからまた汁が溢れ、射精したのと変わりないくらいシーツが汚れていく。

おそるおそる律動を再開するとすぐにまた射精感に襲われて、慌てて腰を引いた。

「いく、これは、もうイく……っ、はぁ、まだ、イきたくない」

まだララの艶声の余韻に浸っていたい。終わらせたくない。射精した瞬間頭が冷静になってしまいそうで、それがなぜだか恐ろしかった。

ずり、と亀頭を擦りつけると、背筋を快感が走り抜ける。喘ぐ口の端から涎《よだれ》が垂れてしまうのもかまわず、まだだめだと言いながら勝手に腰が蠢《うごめ》いた。棹《さお》を握って扱きながら、シーツで先っぽを刺激する。

シーツに種付けしたって子種の無駄なのに。でもどうしようもなく気持ちいい。ララの生の声をおかずに耽る自慰は、これまでで一番気持ちが良かった。

「あっ！　ぁ、……出る、出るでるでるっ、ふ、……ぅう」

ぎゅう、と根元を握り締める。そんなことしたところで気休めにしかならないけれど、またなんとか射精を堪《こら》えられた。

官能に浸る時間が永遠に続けばいいのに。そうすれば現実に戻らなくて済む。父上のものになったララを見ないでいられる。

でも愛した男に抱かれているララは、僕の妄想なんて易々《やすやす》と飛び越えてもっとずっと可愛かった。

父上が許してくれるなら、一生二人の寝室の壁になりたい。

我慢汁でぬるついたシーツに敏感な亀頭を擦りつける。一段と質量を増したペニスを握って、ゆっくりと扱いた。

ララの声がずっと頭の中でリフレインしている。

ヴィムに乗っ取られた父上を取り押さえる際に一瞬見た、快感に火照った顔が忘れられない。なんてエッチなんだ。ララの存在は本当に僕をおかしくさせる。

目を瞑《つぶ》ってララを思い浮かべた。いつも僕の下に組み敷かれている、僕のララ。

でも今日は上手に妄想が具現化できなくて、いつの間にか父上に抱かれているララを横で見つめる僕の姿が思い浮かんでしまう。

「～～～っ！」

びく、とペニスが跳ねた。ゾクゾクわき上がる快感が溜《た》まり、爆発する。

「で、る……ッ！　あぁ、っ……ふ、はぁ、はー……」

シーツに飛び散った白濁を見下ろす。

「出ちゃった……」

長く射精をお預けさせられていたペニスは未だ震え、断続的な吐精を繰り返していた。勢いのない白濁はシーツに水溜まりのように溜まっていく。

「はー……、クソ」

僕は何か、とんでもない扉を開いてしまったのかもしれない。

新皇帝即位式の前に、戦争で延期されていた私の成人記念パーティーが開かれることになった。

誕生日からはもう随分過ぎているし、今更やらなくてもいいと言ったのだけど、ディオンもクリストハルトも開催することを断固として譲らなかったため、私が折れたかたちだ。

数カ月後には即位式も控えているのに、短期間で何度も帝都に呼びつけられる、離れた領地の貴族たちが少しかわいそうになる。

皇女の成人パーティーの招待状が各貴族家に届いた頃、私のもとにはパーティーのパートナーになってほしいという内容の手紙から、果ては求婚状までもが送られてくるようになった。

「年頃の息子がいる高位貴族家からは軒並み届いてますね。うわぁ、これ遠く離れた北の帝国の皇太子から求婚状が届いてますよ！　父上！」

「燃やせ」

手紙のチェックをしているのはクリストハルトとディオンの二人で、私が読む前にほとんどを燃やしていってしまう。

ディオン以外の人と結婚する気なんて元より皆無ではあるが、〝神の愛《いと》し子〟でなくなった私には価値なんて無に等しいと思っていた。だからこんなふうに手紙が届くことなど全く想定しておらず、ちょっとびっくりしている。

どうやらヴィムを魔界に帰した件と、それに伴いシグルルド帝国と神聖国ヘーベンの関係改善に一役買ったことが評価されているらしい。聖水が安定して供給されるようになり、国民たちからも称賛された。

その功績の前では、私が反逆者の娘だとか、皇帝の養女であることは足枷《あしかせ》にはならないようだ。

そもそも私が結婚適齢期であるにもかかわらず婚約さえしていないから、こうして求婚状やパートナーを望む声が届くのだろう。

ディオンとの関係をあまり大っぴらにするわけにもいかず、もどかしい。

「パートナーは私に決まっている。そうだろう、ラララルーシェ」

求婚状をまた一枚破り捨てながら、さも当たり前のことのように言うディオンに顔が緩む。

「もちろんです！」

「ふ、それでラララルーシェ。成人祝いの品は決まったか？」

ここ数週間ずっと聞かれている質問だ。私の答えはいつも同じだが、どうやら気に入らないらしい。

「既にいろいろいただきましたし、もう十分ですよ。それに私にとってはディオン様と過ごす毎日が宝物です！」

「困ったやつだ」

笑いながら見つめ合う私たちを、クリストハルトが砂糖を丸飲みしたような顔で見ていた。


成人記念パーティー当日。

主役である私はほとんど準備を手伝わせてもらえなかったが、パートナーのディオンとのおそろい衣装だけは自分で手配した。パステルピンクのふんわりした可愛らしいドレスだ。ラララルーシェのイメージにはあまり合わないかと思いきや、元が美人だから着てみると意外と似合っている。

そしてディオンも！　パステルピンク衣装のディオン可愛い！

「……当日まで衣装を秘密にしていたのはこういうことか」

白とパステルピンクの燕尾服《えんびふく》を着たディオンは、いつもの冷たい雰囲気が和らいで見える。色気溢《あふ》れる黒も捨てがたかったけれど、せっかくの機会だから普段なら絶対に着ない色にしてみた。鏡を見るディオンは若干嫌そうな顔をしていたけれど、文句は言わない。

白いモフモフのファーがついたパステルピンクのマントを肩に乗せると、さらにキュートさが増して顔がニヤけてしまう。最後に頭の上にいつもの王冠をかぶれば完成だ。

「ディオン様最高！　世界一可愛い！」

「大帝国の皇帝の威厳が……大丈夫かな……？」

なんとも愛くるしい仕上がりになった父親を見て、クリストハルトが遠い目をした。

「大丈夫よ、お兄様。よく見て。パステルピンクもディオン様が着たらあら不思議、美しく神々しい雰囲気になるでしょ？」

私の言葉を聞いて、クリストハルトはもう一度ディオンを頭のてっぺんから足の先まで見回す。

「……確かにそんな気がしてきた」

うんうんと頷《うなず》く彼は単純すぎると思う。

「そうだ、ララ。僕とエスジェイア卿《きょう》から成人祝いのプレゼントだよ」

「誕生日当日にも貰《もら》ったのに」

「まあまあいいから。見てごらん」

クリストハルトは懐から箱を取り出し、私に向けてぱかりと開いた。中にはブレスレットのようなものが入っていて、よく見ると赤色とアンバーの魔石がはまっている。

「これ……」

「そう。防御魔法がかかってるんだ。前のやつが壊れちゃったから、エスジェイア卿と相談してまた贈ろうってことになったんだ。アンクレットだよ」

「ありがとう。お兄様、エスジェイア卿」

部屋の隅に控えていたルイゼルが、気恥ずかしそうに目を伏せる。

「素敵！　でもアンクレットなんて珍しいわね」

「父上が、人目につくアクセサリーはダメだって言うから……」

「クリストハルト」

窘《たしな》めるような声に呼ばれると、クリストハルトは私にだけ見えるように悪戯《いたずら》っぽく舌を出した。

ディオンは秘密にしておきたかったようだが、独占欲丸出しな話を聞けて嬉《うれ》しくなる。

「そろそろ入場の時間だ。行くぞ」

「あっ、待ってください」

マントを翻し扉のほうへ向かってしまうディオンを追いかけて、腕にしがみついた。ツンとした態度だけれど、振り払われないあたり満更でもないらしい。私が追いついた途端歩調がゆっくりになる。

さりげない優しさにこっそり胸をときめかせていると、不意に額にキスをされた。

「な、なんですか！」

内緒話を暴露された意趣返しなのか、ディオンはフンと鼻で笑う。

「ドレスのように頬がピンクに染まったな」

「もうっ」

「そういうことは僕のいないところでやってもらえませんか!?」

赤い顔で喚《わめ》くクリストハルトを無視して、ディオンは侍従にホールの扉を開けるよう指示した。

「ディオン・デ・ロス・シグルド皇帝陛下、クリストハルト・デ・ロス・シグルド皇太子殿下、ラフルーシェ・デ・ロス・シグルド皇女殿下のご入場です！」

シンと静まり返ったホールが、姿を現した私たちを見てざわりと揺れる。口々に「ピンク」「ピンクだ」「ピンクよ」と囁《ささや》かれているのが聞こえてきて、ちょっと笑いそうになってしまった。

「ラフルーシェの成人を祝して」

短い言葉に合わせ、皆がグラスを掲げる。ディオンがぐいっと飲み干すと、招待された貴族たちもグラスを空にした。

私も今日は初めてのお酒にチャレンジだ。飲みやすいように度数が低めのシャンパンにしてもらった。ロゼだから見た目は可愛い。ちび、と飲んでみると、甘く華やかな味とスパークリングの爽快感が喉を潤す。

「おいしい！」

ディオンを真似してぐびーっと飲み干すと、空になったグラスを侍従に渡していたディオンが振り返って目を見開く。すぐさまグラスを奪われたけれど、既に空にしてしまっていた。きょとんと見上げれば、彼は呆《あき》れたように小さく息を吐く。

「慣れていないのに一気に飲むな」

「えへ。そういうマナーかと思ってました」

だって皆飲み干してたんだから私もそうするでしょ。ぽわわーっと顔が熱い気がするものの、そんなに酔ってる感じはしないから平気よ。

「ディオン様！　間違えた、陛下！　私とダンスを踊っていただけますか？」

妙に楽しい気分でニコニコしながら、紳士を真似てファーストダンスに誘ってみる。

「酔ってるな」

そう言いながらも、ディオンは私の手を取りホールの中央へ進み出た。

音楽に乗って、リードに身を任せて踊る。思い返してみれば、彼と踊るのはデビュタントボール以来かもしれない。懐かしさに浸っていると、心ここにあらずなのが筒抜けだったのか、ディオンにくるくる回された。

「きゃーっ」

目が回ってふらつく私を抱きとめて、ディオンは耳元に顔を寄せる。

「この私と踊っているのに、考え事か？」

「ディオン様と初めて踊った日のことを思い出してたんです」

生まれる前からあなた一筋の私が、余所見《よそみ》をするはずないじゃない。ぷくりと頬を膨らませると、ディオンは私の腰を両手で掴《つか》んでいつかのように持ち上げた。そのままふわりと一回転して、抱き締めるようにして着地する。

「こうだったか？」

「ふふ、覚えてたんですね」

穏やかな顔で笑うディオンにつられて笑い声を上げながら、次の曲も続けて踊った。

家臣たちに挨拶されているディオンを玉座に置いて、私は自由にホール内を歩き回っていた。私の成人記念パーティーということもあり、好物ばかりが並べられている。

チョコレートを一つ取って食べていると、横に誰かが並ぶ気配がした。

「ラルーシェ皇女殿下にご挨拶申し上げます」

「あっ！　アイナちゃん！　間違えた。ゴホン。お久しぶりですね、タイラー伯爵夫人」

ゲームをやっているプレイヤーの感覚で呼んでしまい、慌てて誤魔化す。おかしいな、今日は口がよく滑る日みたいだ。

ヒロインのアイナ・リルハートは、昨年ジョナサン・タイラー伯爵と結婚した。

デビュタントでしか会ったことはないのに、気さくに話しかけてくるのが実にヒロインらしい。

「成人おめでとうございます」と掲げられたグラスの中身が私もよく愛飲しているジュースだと気づき、突然ハッと勘が働いて彼女のお腹を見た。

「もしかして、妊娠してるの？」

「はい。今年の冬に生まれます」

「わあ、おめでとう！」

お腹を撫《な》でるアイナの肩を抱き、タイラー伯爵が愛おしそうに微笑《ほほえ》む。幸せそうで良かった。

クリストハルトやルイゼル、ハインリヒなどの攻略対象と結ばれるよりも、よっぽどタイラー伯爵のほうが穏やかな人生を約束してくれそうである。

嬉しい報告にルンルンした気分でチョコレートをもう一つつまんでいると、また隣に誰かが立つ気配がした。私が振り向くよりも先に、スッと手を取られて甲に口づけられる。

「皇女殿下。俺の求婚状はお読みになりましたか？」

ぎらついた眼差しが特徴的な、野性味溢れる男性だ。この威圧感、態度、ただの貴族じゃない。

「えっと……？」

「スノーベル帝国より参りました、皇太子のヴィクトルです」

例の北の帝国の皇太子だ。そもそも招待されているのかな、この人。ディオンが招待するとは思えないから、帝国内の貴族の誰かから招待状を譲り受けたのかもしれない。

かなり熱烈なアピールにどぎまぎしていると、周りにいた別の貴族たちが声を上げた。

「皇女様、僕も求婚状を送ったのですが、ご覧いただきましたか？」

「シグルルド帝国を愛していらっしゃる皇女殿下には、他国へ嫁ぐよりも帝国内の貴族家のほうがよろしいのではないでしょうか？　開国よりの忠臣である公爵家嫡男の私のような……」

スノーベルの皇太子を皮切りに、僕が、私がと次々に名乗り出てくる男性貴族たち。だが私は一切手紙を見ていないので、誰がどんな内容で送ってきたのかも把握していない。

ヴィクトルが私の手をぎゅっと握り締める。痛くはないけれど、振《ふ》り解《ほど》けないくらいの力だ。

「ちょっと、離して」

強めに言ってみても、彼はやけに自信があるのか笑みを崩さない。

しかしヴィクトルと私の間を遮るように、突然ピンク色の布が目の前を覆った。

「ラフルーシェは誰とも婚約を結ぶ予定はない」

マントの中に私を隠したまま、ディオンに連れ去られる。ピンク色の視界の外はシンと静まり返っていた。


皇族専用のテラスに出ると、ディオンは柵に両手をついてその中に私を囲いこんだ。ホールに続く扉はしっかりと締められ、カーテンも下りている。外は近衛《このえ》騎士が守っているだろうから、私たちを邪魔する人はいなかった。

じっと見下ろしてくる無表情は、一見何を考えているのかわからない。

「ふふ、デビュタントの時と一緒ですね」

あの時も、男性からダンスに誘われる私をディオンが攫《さら》っていった。

「一緒、か……ふむ」

私の言葉に少し考え込むような仕草を見せたあと、ディオンは唇の片端を上げた。この顔はなんか悪いこと考えているに違いない。ディオンは私の肩口に顔を寄せ、耳元でしっとりと囁いた。

「……私は、お前を娘だと思ったことは一度もない」

脈絡もなく、記憶に強く刻みつけられた言葉を口にするディオンに目を見開く。あの時は深く悲しんだけれど、この言葉に込められた本当の意味を知った今は、愛の告白にさえ聞こえた。

彼の戯れに乗ってあげましょう、と胸板をいじらしくつつく。

「私も、陛下のことをお父様だと思ったことは、これまで一度もありませんよ」

いつかのやりとりを交わすと、ディオンはちょっと悪い顔で笑う。随分と豊かになった表情に見惚《みと》れていれば、背中を屈《かが》めたディオンの顔が胸元に近づいた。

胸の谷間の近くに、ちゅう、と音を立てて吸いつかれる。

「お前が既に誰かのものである印を、つけておくべきだったな」

赤く色づいた肌を舐《な》め、首筋にも唇が触れる。柵に囲いこまれているから逃げようがなくて、ディオンの胸に手をつき息を震わせることしかできない。

「ん……、ふ」

「いっそ、私のものだと公言してしまうか？」

パーティーでおそろいの衣装を着たり、ダンスを踊ったりテラスに攫ったりと、今も公言しているようなものだと思うのは私だけだろうか。

おでこをくっつけて、しかめっ面に睨《にら》みつけられている。ちらっと見上げた途端、唇を重ねられた。

「相変わらずお前のドレスは胸元が開き過ぎだな」

ドレスの襟ぐりに指を引っかけて、軽く上に持ち上げられる。そういうデザインだから、いくら上に引き上げようと胸元が隠れるわけでもないのに。

「男どもがケモノのような目つきで見ていたぞ」

ヤキモチを焼いてくれるのが嬉しくて、滲《にじ》み出る笑みを隠せないままディオンの首に腕を伸ばした。

「ディオン様に見てほしくて、こういうドレスばかり着てるって言ったら？」

至近距離で挑戦的に見つめると、ディオンはさらに私を狭い腕の中に閉じ込めた。

「……私を誘惑しているのか？」

ふ、と笑ったディオンが腰をぐっと寄せてくる。そこはもう兆しはじめていた。ぐいぐい押しつけられる熱に息が上がっていく。私が挑発していたはずなのにすぐに形勢逆転して、いつの間にか私のほうが誘惑されていた。

いつも与えられている快感を身体が勝手に思い出してしまう。股の間がぬかるむ感覚と下腹部の疼《うず》きに耐えきれず、ディオンを見上げる瞳はねだるような熱を帯びていた。

「部屋に戻るか？」

甘い声音に誘われて、こくん、と頷く。ディオンは私の腰を抱くと、右手で何かを掴むような動作をした。その手が空を切り、彼がチッと舌打ちをする。

「ぷっ、……あははっ！　ディオン様はもう魔杖《まじょう》をお持ちでないですよ」

魔法を使えなくなったというのに、これまで転移魔法を多用してきた癖で魔杖を握ろうとしたディ

オンに笑いがこみ上げる。こんなシーンを何度も見てきたが、未だに慣れないようだ。クスクス笑う私の肩先に顔を埋め、彼は溜息《ためいき》を吐いていた。

「笑うな。……さて、どうしようか」

「………ッ」

ディオンの手が私の手を誘導し、股間に触れさせる。そこは先ほどよりも硬くなっていて、大きさに添って横に撫でるとトラウザーズの中でぴくりと跳ねた。

「こんな状態のまま、ホールに出られないな」

「どう、すれば……いいですか？」

「どうしたらこれが収まるか、お前はもうわかっているだろう？」

近くのベンチに腰掛けたディオンに手を引かれ、彼の膝の上に乗り上げる。口づけをしながらドレスの中に忍び込んだ手が秘裂をなぞった。

「下着までびしょびしょに濡《ぬ》らして、どんないやらしい想像をした？」

「は、ぁ……っ、あ」

「言ってみろ。望みどおりにしてやる」

興奮に僅かに息を荒くしたディオンが、どろりと熱を孕《はら》んだ声で囁く。

「私にここを舐められたいか？　それとも指で中をかき混ぜられたい？　ああ、違うな。私のものを奥までハメられて、めちゃくちゃに突かれて、腹の中にたっぷり子種を出されたい、だな？」

「あ、あ、……ぁ」

言葉によって犯されていく。触られてもいないのに、とろとろと溢れる愛液が内腿《うちもも》を伝っていった。

扉を一枚隔てて、すぐそこにたくさんの人がいる。テラスだから、庭園に人がいれば声だって聞こえてしまうかもしれない。それなのに我慢できず、誘惑してくる唇を撫でて哀願してしまうのは、私が酔っているからだろうか。いつもより開放的な気分だった。

「ディオン様が、欲しいです……中にきて」

「ああ」

下着から取り出された陰茎が秘裂に添えられる。愛液をまとわせ、先っぽだけが中に入ってきた。

「指で慣らしたほうがいいか？」

「もうディオン様の形を覚えてるから、そのまま、早く欲しいの」

「そうだな。お前のここも、私によく懐いているから」

腰を掴んで引き寄せる力に身を任せ、体重をかけていく。たっぷりの蜜に満たされた私の中は、彼の大きさに合わせるように開き、奥へ奥へと飲み込んでいった。最も深いところまで埋まった瞬間、同時に零《こぼ》した吐息が混じり合う。

奥まで入り込んだ陰茎が、小刻みに子宮口を突き上げた。ディオンは私の胸元に顔を埋め、また新しく痕をつけている。

「あっ、はぁ……あ、あ！」

待ち望んでいた快感を素直に受け止めて、与えられる刺激に従順な身体は嬌声《きょうせい》を上げてしまう。なんとか声を抑えようと唇を噛《か》み締めるけれど、気持ちいいところを擦《こす》られる度に弾みで出てしまいそうだった。

口を両手で覆って我慢していると、顔を上げたディオンが微《かす》かに眉を寄せる。

「ラルーシェ」

促されて手を外すと、すぐに口づけられた。吐息も喘《あえ》ぎも彼の口の中に閉じ込められる。

「お前の声が聞けないのは残念だが、ほかの奴らに聞かせたくはない」

「んうっ、ふ……ん、……ッ」

また舌を絡め取られ、腰を掴んだ手が私の身体を少し浮かせると、さっきよりも長いストロークでズンズン突き上げられた。縋《すが》るものが欲しくてディオンの背に手を回す。

快感に耐えるディオンはぎゅっと眉を寄せていて、口づけの合間に低く呻《うめ》く声が色っぽい。そんな表情をもっと引き出したい、と勝手に胎《はら》が蠢《うごめ》く。陰茎の形をなぞるように蜜壺《みつつぼ》が肉棒を包み込み、きつく食い締めた。

「くっ……締め過ぎだ」

「……は、あ、あっ……！」

ぐっと最奥を穿《うが》ち、子宮口を執拗《しつよう》にいじめられる。慌ててディオンの背中にしがみついたけれど、快感が逃がせず強制的に昇り詰めさせられた。絶頂に痙攣《けいれん》するそこが与える強い刺激にディオンは息を詰め、額に汗をかきながら耐えるように瞼《まぶた》を閉じる。

「出して、出してぇ……っ、ディオン様」

「いいのか？　中に出して」

クスリと笑いながら、脱力する私を抱き締め休まず律動を続けた。射精を待ち侘《わ》びた陰茎が中で震えているのが伝わってくる。ディオンの表情にも余裕はなく、私に選択の余地を与えておきながら何度も奥をノックした。

今更どうしてそんなことを聞くのかわからなくて、けれど中に欲しくて首肯する。自分で腰を落としておしりを揺らし、ディオンの射精を誘った。

早く熱を注がれたい。私の身体でもっともっと気持ち良くなってほしい。

「……知らないぞ」

ディオンの手がドレスの中に入り込み、おしりを両手で掴んだ。熱く、汗で少し湿った手がおしりを下へと押さえつける。そのままディオンに突かれると、奥の気持ちいいところばかり押し潰された。暴力的な快感は背筋に電気が走ったような刺激で、身体がびくびくと反応する。

「やあっ、あ！　……んんっ、ふ……う、ん」

思わず甲高い声を上げてしまうと、ディオンに口を塞がれた。気持ち良すぎて耐え切れず顔を横に振ると、それを追いかけて舌を吸われる。口を閉じることもできず唾液が顎を伝っていった。

「んっ、イく……！　イッ、んんぅ……ッ！」

下腹部に溜《た》まっていた熱が一気に解放され、大袈裟《おおげさ》なほど全身が跳ねる。達した快感に身体をくねらせて、蜜壺が収縮をすればするほど襞《ひだ》が肉棒を味わってしまい、また軽く達した。

「ひ、ん……！　は、ぁ、……っも、だめなの、だめ」

「……は、可愛いな」

キャパシティを超えた快楽に涙が滲む。それを見たディオンは嗜虐心《しぎゃくしん》を煽《あお》られたのか、猛獣のように鋭い眼差しで私を睨《ね》めつけながら口角を上げた。

「もう突いちゃだめ、あっ！　あ、……ッあぁ！」

「出すぞ。……っ、しっかり飲み干せ」

乱暴に思えるくらい強い律動なのに、それでも凄《すさ》まじい快感を得てしまう。甘イキを繰り返す膣《ちつ》は、終わりの見えない果てに痙攣が止まらない。

番奥まで捻《ね》じ込まれ、中の深い場所で熱が広がる。

「……っぐ」

「あ、あ、出てる……っ」

ドクンドクンと中で脈動する熱を感じ、もっと搾り取ろうと意識的に締めつけてしまう。何度中に出されても、その度にあのディオンが私に興奮してくれているという事実に幸福を感じた。

息を弾ませたディオンが、名残惜《なごり》しそうな表情を浮かべながらずるりと中から抜け出ていく。胸ポケットから抜いたハンカチで私の顔を拭き、股と腿も軽く拭ってくれた。下着を穿《は》かせられ、彼の横に座らせられる。

それから私の愛液でどろどろになった陰茎を拭こうとしているのを見て、慌てて手を伸ばした。

「わ、私が綺麗《きれい》にしますから……！」

「お前に触れられるとまた硬くなるぞ」

まだ情交の余韻を残した顔で意地悪な笑みを向けられ、真っ赤になってしまう。確かにいつも彼は一度の交わりで萎えるような淡泊な男ではない。

私が照れている間にさっと下半身を清めたディオンは、頬にキスをしてからじっと見つめてきた。

「部屋に戻って続きをするか？」

「……はい」

そんな艶っぽい声と表情で誘われて、断れる人間がいるなら見てみたい。まだ熱が灯ったままの下腹がきゅんと疼き、なまめかしい声を上げそうになる唇をディオンが親指でなぞる。

「口紅が取れてしまったな」

そういう彼の唇に少し赤が移ってしまっていて、いつも以上に色っぽく見えた。こんなエッチなディオンをほかの人の目には晒せないと、指で口紅を拭う。

「歩けるか？　それとも抱いていくか？」

「あ、歩けます！」

人が大勢いるホールを、ディオンにお姫様抱っこで運ばれるだなんて恥ずかしすぎる。必死な私にクスクス笑いつつ、肩にマントをかけてくれて前まできっちり締められた。

「たくさん痕をつけてしまったからな。……見せびらかしても私はかまわないが」

かああ、と頬を赤くする私を見下ろしディオンは目を細める。なんか意地悪だな。

「可愛いな、ララルーシェ」

「や、や、やめてくださいっ！」

なかなか顔の赤みが引かない。ディオンがいつまでも、寝室で見せるような妖艶な雰囲気をまとっているせいだ。

「早く行きましょう」

「そうだな」

誰にも邪魔されない場所へ早く戻りたい。立ち上がると手を取られ、エスコートされながらテラスを出る。足腰にあまり力が入らなくて震えてしまうし、マントが長くて裾を引きずっていた。うう、素直に抱っこしてもらえば良かったかもしれない。

テラスから出てきた私を見て、微かにホール内がざわめく。そんな中近づいてきたのは、少し拗《す》ねた顔をしたクリストハルトだった。

「ララ！　捜したんだよ。ねえ、今日は僕と踊ってくれないの？」

クリストハルトにぐっと距離を詰められ、先ほどまでしていた行為の後ろめたさに動揺してしまう。

しかし私を見つめていたクリストハルトは、突然気遣わしげに眉を下げた。

「どうしたのララ、顔が赤いよ？　それに少し髪が乱れてるけど……」

伸びてきた手を避けて、足を一歩後ろに引く。トン、と踵《かかと》をついた途端、股の間から熱いものがどろりと溢れる感覚がして息を呑《の》んだ。――奥に出された精液が下りてきている。

「……っ、ん」

内腿を伝っていく感触に思わず震えてしまう。そんな私をちらっと見て、ディオンがクリストハルトの手を撥《は》ね除《の》けた。

「ララルーシェは体調が優れないようだ。主役がいなくとも、皆は存分にパーティーを楽しめ」

「えっ、風邪ひいたの？　大丈夫？　ララ。もしかして初めてなのにお酒飲み過ぎちゃった？」

「う、ん……平気よ」

こうして立ち止まっている間にも、溢れたものがどんどん脚を伝って垂れていく。気もそぞろな様子に本気で体調を心配してくれているクリストハルトには申し訳ないが、早く部屋に戻りたくて仕方がなかった。

「父上のマントじゃ重いし長すぎるだろう？　僕のジャケットを貸してあげるよ」

「しつこいぞクリストハルト。離れろ。お前を待っているレディたちが大勢いるようだが？」

「レディたちよりもララのほうが大事ですから」

食い下がるクリストハルトは、ディオンのこの冷たい眼差しに気がついていないのだろうか。

ディオンの腕に絡めた手が震える。また奥からこぽりと零れ出た精液が内腿を撫で、とうとう足首のあたりまで垂れてきた。このままでは床を汚してしまうだろうという羞恥と、ディオンの熱が腿を濡らす感触がもたらす快感に、身体がだんだん火照っていく。

「は、あ……陛下、早く……」

ディオンの袖を引いて意識を向けさせる。

「……こ、ぼれちゃう……」

今の私はどんな顔をしているんだろう。振り向いたディオンは目を見開き、次の瞬間には苛立《いらだ》たしげに舌打ちをした。

「あ……！」

予告もなくがばりと抱き上げられ、ディオンはクリストハルトの横を足早に抜いていく。

「下がれ。お前の出る幕ではない」

ディオンの首にぎゅっとしがみつく。やっと何かを察したクリストハルトは、通り過ぎる時に私を見て顔を赤くしていた。


ホールを出てしばらく進むと、ディオンは耳元に唇を寄せ吐息のかかる距離で囁いた。

「中から私のが垂れてきたか？」

返事の代わりに震える息を吐く。彼の声はうんと甘くていやらしく、子宮まで響いた。

「だから中に出していいのか聞いただろう？」

「ふ、ぁ……」

こうなることを予想していたなら、最初からそう言ってくれれば良かったのに。私の反応を楽しんでいたに違いない。

城を守る騎士が点在しているだけの長々とした廊下を進み、階段を上がって、皇帝夫婦の寝室に入る。ディオンは私をベッドに下ろすと、すぐに覆い被《かぶ》さってきた。私を包んでいたマントを広げ、ドレスも下着もあっという間に脱がしてしまう。

脚を左右に広げられ、彼の精液で白く汚れた秘所に、トラウザーズをパツンパツンに張り詰めさせたディオンが腰を押しつけ揺さぶった。

「大勢のいる場所であんな顔をするなんてどういうつもりだ？　その場で犯してやろうかと思った」

「あんな、顔……？　あっ、ディオン様、あぁっ」

性急にトラウザーズを寛《くつろ》げたディオンが、陰茎を一息に奥まで突き入れる。眉を寄せ歯を食い縛る彼には余裕はなく、荒々しい突き上げに嬌声が止まらない。ポタポタと滴ってくる汗に気がついて彼の服を脱がそうと手を伸ばしたけれど、一番感じるところを突かれてシーツに沈んだ。

「あ、あっ、……あぁっ！　ディオン様、気持ちいい、ディオン様……！　好きっ、すき」

乱暴に口づけられ、舌を絡めとられて口内も犯される。頭がぼうっとしてしまい、視界に映るディオンの姿がぼやけて見えた。

「ん、ふ……う、っんん」

酸素が足りなくてもういっぱいいっぱいなのに、挿入したまま花芽を剥《む》かれて敏感なそこを指で弾かれて、ついディオンの舌を少しだけ噛んでしまった。途端に鉄の味が口の中に広がる。だが舌を噛まれる痛みも血が滲んでいることにも関心がないのか、身悶《みもだ》える私の顔を熱に浮かされたような眼差しで見ながら、ディオンは花芽をつまんだ。

「あ……！」

中と外からの強い刺激に達した中が、ぎゅーっとディオンのものを締めつける。するとディオンは息を詰め、ぶるりと背中を震わせた。

「ディ、オンさま……っ」

快感に歪《ゆが》む彼の顔をもっと近くで見たくて、甘えた声で名前を呼ぶと、ぎゅっと瞼を閉じたディオンの陰茎が中で大きく跳ねる。

「すき、大好き……！　もっとして、あっ、ふあ……ッあ、好きぃ」

「は、……はぁ、く……その顔だ。その、私を欲する淫らな顔……！」

ガツガツと加減なく突かれ、恐ろしいほどの快感に何度も絶頂させられる。激しい情交は夜が明ける頃まで続き、最後のほうの記憶はおぼろげだった。


――心地良い微睡《まどろみ》からゆっくりと引き上げられ、重い瞼を上げる。傍《かたわ》らでは微かな食器の音と、それから甘く柔らかないい香りがしていた。

私の目覚めに気がついた彼がベッドまで近づいてくる。枕元に座り、私の髪を撫でながら微笑むディオンの眩《まぶ》しさに目を眇《すが》めた。朝から絶景すぎる。

「朝食……いや、もう昼食か。食べられるか？」

「おなかぺこぺこです」

でも身体に力が入らなくて、上体を起こすのもやっとだ。そんな私を見かねて、ディオンがテーブルからお皿とカトラリーをトレーに乗せて持ってくる。

「わあ、パンケーキだ。おいしそうですね」

「……成人祝い、お前が何も希望を言わないから……私が、作ってみた」

「えっ」

ディオンが？　パンケーキを？　作ってみた？

頭の中が疑問符でいっぱいの私を見て、気恥ずかしそうにディオンは目を伏せる。か、かわ……っ、可愛い……！　尊い！　推しが尊くて死にそう！

「ちゃんとシェフに作り方を教わったから、不味《まず》くはないはずだ」

朝から皇帝がパンケーキの作り方を教わりに来た時、皇宮の厨房《ちゅうぼう》がどれだけの緊張感に包まれたのか想像すると面白い。満面の笑みの私とは反対に、ディオンはぐっと眉間に皺《しわ》を寄せている。

「何を面白がってる」

「あはっ、だって、皇帝が……！　ふふ、ありがとうございます。ディオン様の手作りパンケーキだなんて、食べるのがもったいないくらいとっても嬉しいです」

ナイフで一口大に切り分けたパンケーキをフォークに刺し、顔の前に差し出される。ぱくりと頬張ると、優しい味が口の中いっぱいに広がった。

「おいしい……！」

大好きなディオンの手作り料理を食べられる幸せに、涙が出そうだ。あーんしてもらって食べると、さらに百倍美味《おい》しくなる。

「今まで食べたものの中で一番美味しいです！」

「大袈裟だな」

ふ、と笑いながらも満更じゃなさそうな様子が愛おしい。ぺろりと平らげて空になったお皿を見つめ、ディオンは嬉しそうにこっそり顔を綻ばせていた。

髪から滴る水をタオルで拭いながら、用意させておいた小瓶に手を伸ばす。コルクの栓を外し、中身を一気に呷《あお》った。男性用の避妊薬だ。ララルーシェを抱く前は必ず飲むようにしていた。

どちらかが飲めば効果が得られるため、私が飲むようにしている。避妊薬といえど、常用していれば決して身体にいいものとは言えない。ララルーシェに飲ませるくらいならばと私が飲んでいるが、これといって副作用を感じたことはなかった。

もっと優れた薬や手段が確立されればいいのだが、貴族社会は血を継ぐことを重要視しているためかなかなか研究は進んでいないようだ。

「ディオン様、お待たせしました」

愛らしい声に誘われるように振り返る。バスローブに身を包んだ妻が気恥ずかしそうに立っているから、空になった小瓶を置いて迎えに行った。二人きりの宮殿で過ごすようになってから一年以上経過しているというのに、未だに閨《ねや》事の前は妙に緊張している様子が可愛らしい。

湯上がりの髪からは花の匂いがする。火照った頬を撫《な》でると仔猫のように擦り寄り、期待に潤む瞳で見上げてきた。

「ん、ぅ……」

背中を屈《かが》めて唇を重ねる。爪先立ちになっているのが不安定に見えて、腰を抱くようにして支えた。柔らかな口唇《くちびる》を啄《ついば》み、唇で食《は》む。はぁ、と漏れた息に興奮を煽《あお》られて、僅かに開いた隙間から舌を割り入れた。

相変わらず狭い口内は私の舌を受け入れるだけで精一杯で、舌を絡め合わせるうちに彼女の唇の端から溢《あふ》れた唾液を舐《な》め取る。そのまま首筋に吸いついて、赤い痕を散らした。

「はぁ……ディオン、様……もっとキス、してください」

「お望みのままに」

私との触れ合いを心の底から欲する飢えた顔をして、甘い声音でおねだりされては断れない。断る気もさらさらないが、彼女は私の欲をそんなに焚《た》きつけて一体どうしようというのか。ラフルーシェにそんな自覚はないとわかっているけれど、私はいつも彼女の無意識の仕草に翻弄されてばかりだった。

何度抱いても足りない。もっともっとと求めるうちにいつも夜が明けてしまい、また無茶をさせてしまったと後悔する。もちろん何もせず添い寝だけの夜もあるものの、いつか彼女を抱き潰してしまいそうだ。

首に腕が回され、互いの身体が密着する。余裕のなさが露呈しないよう気を遣いながら、ラフルーシェのバスローブの紐《ひも》を解《ほど》いてするりと合わせを開いた瞬間、私は思わず手を止めた。

「……ラフルーシェ」

「最近、こういうのが流行《はや》ってるらしいんです……」

目を逸《そ》らし、真っ赤になりながら身体を隠そうとする彼女を上から下までじっくり眺める。その美しい肢体は卑猥《ひわい》な下着で彩られていた。

扇情的な黒に息を呑《の》む。下着と呼ぶのも憚《はばか》られるくらい、隠したいのか見せたいのか謎な透け透けさだ。バストトップもレース越しに見えているし、ショーツは股のところが裂けていて、柔らかそうな媚肉《びにく》が薄桃色に色づき私を誘う。ウエストにも謎のレースが回っていて、そこから伸びた細いベルトのようなものが、太腿《ふともも》までを覆うストッキングと繋《つな》がっていた。

剣の鍛錬中、騎士たちが妙に盛り上がっていたのを思い出す。――最近女性の間で密やかに流行っているこれを、ガーターランジェリーというらしい。

「いやらしいな」

「お、お嫌いですか？」

「そそると言ったら？」

細いながらも柔らかい腹に指を滑らせる。ラフルーシェはへその形まで可愛い。正直、とても興奮する。裸でもドレスでも美しいのに、男を煽ることが目的の下着を身につけている姿には目が眩《くら》みそうだ。

自分で着てきたくせに羞恥に顔を赤くしているところや、必死に胸や股を隠そうとするのが逆になまめかしくすら感じた。少し触れるだけで鼻にかかった声を出し、もじもじと膝を擦り合わせているのを見て、腰がズンと重くなる。

「はぁ、どうしてくれようか」

興奮に荒くなる息を零《こぼ》し、ララルーシェを舐めるように見つめながら自身のバスローブの紐を解く。滾《たぎ》る陰茎に彼女は驚いたように目を見開いたあと、物欲しげに唇を舌で濡らした。

「どんな想像をしたんだ？　もう腿まで滴ってる」

「あっ」

片足を持ち上げ、ぐっと身体を近づける。ぱっくりと開いたショーツから覗《のぞ》く膣口《ちつこう》に、陰茎を挟むように擦《こす》りつけた。濡れた陰唇が私の肉を食む。腰をゆっくり前後に動かせば、絡みつく膣液がぬるぬると淫らな音を立てた。

「ん、んっ……熱い……」

「いつからこんなに濡らしていたんだ？」

彼女が私との夜のために、こんな下着を用意してくれていたのだと思うとさらに興奮する。床にぽたぽたと膣液が滴るまで、痛いくらいに張り詰めた陰茎を往復させた。

このまま勢いで抱いたら手酷《てひど》くしてしまう気がして、一度身体を離す。名残惜《なごり》しそうにしているのを見て笑ってしまいそうになりながら、レースから透けた胸の先端を優しく爪でかいた。

「ひゃっ」

下への刺激だけでもう硬くなっている突起の周りを、くるくると焦らすようになぞる。レース越しに触れるといつもとは違う快感を得られるようで、びくびくと跳ねる身体は普段よりも敏感に見えた。

弾くように愛撫《あいぶ》すると一際高い声を上げて、爪でカリカリと可愛がれば悶《もだ》えるように腰が揺れる。

「あっ、……！　ディオン様、だめぇ……！」

美味《おい》しそうな果実に吸いつけば、喉を反らして全身を震わせた。

「イったのか？」

「ふ、ぅ……ぅ……ちが、ちがうっ」

恥ずかしそうに否定しているが、明らかに達したようだった。胸への刺激だけでイくとは、ララルーシエも相当昂《たかぶ》っているらしい。「やだ、やだ、恥ずかしい」と涙声で訴えているが、それだけ私で感じてくれているのだから、こちらとしては嬉《うれ》しいことこの上ない。

もっと胸だけでイかせたいけれど、そうすると泣かれてしまいそうで仕方なく断念する。なに、また機会はいくらでもあるのだ。急《せ》く必要はない。

じんわりと涙が滲《にじ》んだ目尻にキスを落としてからその場に跪《ひざまず》く。彼女の前でならいくらでも膝をつけるのだから、元皇帝といえど好いた女相手では私もただの男でしかない。

片方の腿を肩に乗せ、少し脚を開かせる。いつもはぴったりと閉じたそこが、今は私を誘惑するように紅色の粘膜を晒《さら》してひくひく震えていた。膣液でぬるついた腿に口を寄せ、脚の付け根まで舐め上げる。せっかく舐め取った蜜がまた奥から溢れて、つう、と糸を引いた。

「…………」

その光景を眺めていると、ふと刺さる視線に気づいて顔を上げる。まじまじと見つめてくる期待に満ちた熱視線に応えるように、舌を出して股に近づいた。舌先が触れるのを今か今かと待ち侘《わ》びる彼女の息が弾み、私の髪をくしゃりと掴《つか》む指に力がこもる。

少し悪戯心《いたずらごころ》がわいて、既に赤く腫れた花芯にふっと息を吹きかけた。

「ひゃぁ、ん……！」

「……ふ」

期待どおりの反応につい笑ってしまうと、「ディオン様！」と叱られる。これだからやめられない。あまり意地悪ばかりして愛想を尽かされても困る。彼女が求めたとおりに、花芯を吸い上げた。ちゅっ、じゅっ、と吸いながら素早く啄むように繰り返す。

「はぁ、あ……ッ、もう、……！」

「ん、……」

「あ！　ぁあっ、そこばっかりしたら、すぐイっちゃいます……！」

「それなら、ここも一緒に」

舌で愛撫しつつ中に指を二本挿入し、花芯を裏側からも刺激するようにざらついた天井をぐっと圧迫する。途端に大袈裟《おおげさ》なくらい腰が跳ね、私の顔に膣を押しつけるようにして達したようだった。

「ぁ、ぁ、……い、一緒にしたら、もっとだめですっ、や、ぁあッ」

余韻に痙攣《けいれん》する柔壁をゆっくり指で奥まで暴く。私に何度も愛されたそこは柔らかく解け、中で二本の指を開くと、十分な量の膣液がとろりと零れ落ちていった。

すぐにでも私を受け入れられる準備はできているが、陰茎を挿入《い》れてしまうと、ラルーシェの表情をじっくり眺める余裕もなくなってしまう。

より太く長いものを求めて指を引きずり込もうとする膣奥の意に反して、浅い場所を重点的に指の腹で撫でた。手首まで膣液を滴らせる健気なそこを可愛がるように、下腹部や内腿、花芯へと唇を落としていく。

「んや、ぁ、くすぐった……っあ! ふ、ぁっ」

花芯を舌先でちろちろと刺激してやると、中が指を強く締めつけた。膣液を啜《すす》りながらきつく吸えば、かわいそうなくらい膝を震わせて声にならない悲鳴を上げる。そのまままた幾度も吸いながらうねる膣内を撫で擦っていれば、甘やかなそれに涙声が混じった。

「やだ、やだ……っ、ディオン様! いつも、それッ、……だめ、出る、でちゃう……! あ、あ、あっ、~~~!!」

「……っん」

強く収縮する中に合わせ指を引き抜く。同時にぷしゃっと吹き出した潮が、彼女の腿や私の身体を濡らした。

ゆっくり立ち上がりながら、花芯を手のひらでにゅるにゅる刺激してやると、達したばかりで敏感なそこはいとも容易《たやす》く絶頂を繰り返し床に水たまりを広げていく。

頬を涙で濡らし、荒い息に胸を弾ませるラルーシェに口づけた。

「ちゃんとイけてえらいな」

「んう、……ふ、……っ」

「こんなに漏らして、淫らな身体だ」

「あ……、ディオン、さまぁ……ひどい……っ」

「可愛い」

顔中にキスをして囁《ささや》く。ふにゃりと蕩《とろ》けた顔で油断したラルーシェの両足を抱え上げると、慌てたように首にしがみついてきた。

「このまま挿《い》入れても？」

「えっ」

聞いてはみたものの、了承を得るつもりはなかった。ぐいっと持ち上げて、びしょびしょになった膣口に先端を押し当てる。少し腕の力を抜くだけで自重により亀頭が中に飲み込まれた。はぁ、と熱い息を零す。待ち望んだ彼女の柔肉が擦り寄ってきて、奥へ引き込むように蠕動《ぜんどう》した。

ラルーシェは初めての体位に目を白黒させて、そんな様子を観察する私の視線に気がつくと、恥ずかしそうに肩口に埋もれる。首筋に息が当たるのがくすぐったい。それに、あまり耳元で愛らしい声を上げないでもらいたいな。

「あッ――――！」

興奮するから。

「深ぁ、……ひ、ひぅ、……っ！」

パンッと音が鳴るほど腰を打ちつけて、一気に最奥まで突き上げる。背中に爪を立て、貫く楔《くさび》から逃れようと足掻《あが》く彼女の身体を弾ませて休む間も与えず穿《うが》った。私のものを包み込む濡れきった肉は絶えず舐め回すように絡みつき、やはり余裕というものを根こそぎ奪っていこうとする。

「くっ、……はぁ、ラルーシェ」

根元まで埋め小刻みに揺らすといいところに当たるらしく、彼女の腰も求めるように蠢《うごめ》き快感を貪ろうとする。

緩やかな刺激で絶頂を引き伸ばそうとするラルーシェの中をずるりと抜け出て、多少乱暴に深い場所を暴いた。下りてきている子宮を押し上げるように突いて、子宮口を責め立てる。途端に膣が肉棒を淫猥に扱《しご》き、彼女の足の爪先にぎゅっと力が入った。

急な刺激に私は息を詰め、迫りくる射精感をどうにか堪《こら》える。

「あっ、ぁあっ、イってるから、も、ゆるして……っ！」

「……ッはぁ、すごい締めつけだな」

肩口に額を擦りつけて懇願するラルーシェを、キスで宥《なだ》めながら陰茎を抜く。持ち上げていた両足をゆっくり下ろしてやると、あまり力が入らないのか膝が震えていた。

ベッドに連れていくという至極紳士的な選択肢を欲が撥《は》ね除《の》け、このまま虐《いじ》めてやりたい、と彼女の身体をくるりと反転させる。壁に手をつかせ、ぐいっと尻を引き寄せた。

丸く柔らかい双丘を鷲掴《わしづか》みにして、レースの上からその谷間に陰茎を乗せた。彼女の膣液と私の先走りをまとったものをなすりつけられ、白い柔肌が穢《けが》されていく。穴の開いたショーツでは膣が丸見えで、指でぐいっと広げれば、泡立ち白くなった膣液が泥濘《ぬかるみ》からとろりと零れていった。

「ディオン様……っ、やだぁ、広げないで」

扉に縋《すが》り振り向いたラルーシェは、口では嫌と言いながらも恍惚《こうこつ》とした表情をしていた。この先を欲しているのだ。舌舐めずりする私を見て、渇きを覚えたように喉を鳴らしている。

膣口に先端を押しつけ、殊更にゆっくり奥まで埋めると満足そうに吐息を震わせて、爪先立ちになり臀部《でんぶ》を私の腰骨に密着させてきた。

「っは、そんなふうに尻を振って誘惑して……。もっと欲しいか？」

「してな、い……です……っ！　あぁっ」

「嘘《うそ》吐《つ》きだな」

背中を屈め、ララルーシェの腰を掴んで奥へ奥へと押し入る。突き上げに合わせ子宮のあるあたりを外から手で刺激してやると、ぎゅっと中が締まって悦《よろこ》びを伝えてきた。

薄い腹に根元まで埋めると、手のひらに陰茎の存在が伝わってくる。激しくすると腹を突き破ってしまいそうで恐ろしいが、同時に小さな身体で目一杯私の愛を受け入れてくれていることに胸が熱くなり、自然と律動が重みを増していく。

「おなか、押すの……っきもち、い……ぁ、あっ、イく、イっちゃう」

「……っふ、……」

弱い場所をごりごりと抉《えぐ》る責め苦を悦び、私の陰茎をきつく食い締めてくる。達した彼女が身体を震わせているのにもかかわらず、頽《くずお》れそうな脚を支えるために腰を強く掴んだ。ほとんど爪先が浮いているような状態のまま、深く重い律動を繰り返す。

「あっ、あぁっ！　イく、また……イっちゃ……ッ！　ひ、ん、ぁっ、やぁ……！　イってるからぁ……っ！」

「ああ、上手に私に吸いついてくる。……はぁ、気持ちいい」

「嬉しいっ、私もいい、きもちいいの……！　あ、あっ、好き、好きぃ」

「好き」と言われた瞬間猛烈な射精感に襲われて、歯が軋《きし》むほど食い縛った。

ラルーシェからの愛の言葉は、いくら贈られようといつでも私を新鮮な喜びに浸らせてくれる。いつ生を終わらせてもいいと思ってすらいたのに、今では一分一秒が惜しい。愛おしさで胸が苦しくなるほどに私を幸福で包み込んでくれる彼女との時間を、一瞬たりとも逃したくなかった。

柔らかな尻の肉が振動で揺れるほど腰を打ちつけて、今少し終わりを名残惜しみながらも、欲望を貪るためだけの抽挿を続ける。先ほどまでよりも加減なく突かれる激しさに、ひっきりなしに漏れる甘やかな響きには泣き声が混じっていた。

「……っ、そろそろ、出してもいいか？」

「ん、ん……っ、出して、私の中にっ、出してください……」

私の子種を欲しがるように膣内がうねる。絡みつく媚肉を掻き分け最奥を突くと、子宮口が先端に吸いついてきた。

「く……ッ、出す、ぞ」

ぐっぐっと腰をぶつけ精を求める膣奥へ熱を注ぐ。射精する間も断続的に私のものを締めつけるみだりがわしい献身に、子種を全て飲み込んだ子宮を腹の上から撫でた。

「は、ぁ……っ」

熱い息を吐くララルーシェに、後ろからのしかかるように顔を寄せ低く囁く。

「まだ中は私のものをいやらしく舐めているが、もっと抱いてほしいとねだってるのか？」

少し間を置いて、耳やうなじまで赤く染め上げた彼女は小さく頷《うなず》いた。

「お前は本当に可愛いな、ララルーシェ」

足腰の立たなくなった彼女を抱き上げ、今度こそベッドへと連れて行った。

◇◇◇

もうクリストハルトは私の助けなしでも立派に皇帝を務め国を治めているが、それでも時間が空くとたまに顔を出すようにしていた。早くに重責を押しつけてしまったという負い目と、幼い頃に父親らしいことをあまりしてやれなかったのを埋め合わせるように。

何も言葉にはせずとも、クリストハルトには私に対して思うことがたくさんあるはずだ。私のせいで母の愛も受けられず、寂しい思いやつらいことも数えきれないほど経験しただろう。奇跡的にまっすぐ育ってくれて良かった。

「父上、ララのところにいなくていいんですか？」

「たまにはクリストハルトの手伝いでもしてこい、と追い出されたんだ」

「あはは！　相変わらず仲が良さそうで安心しました。ついこの間も南にある王国にひと月も行っていたんですよね。あの国はどうでした？　暖かくて過ごしやすいと……」

仕事をする手を止めないまま穏やかに会話していたところへ、少し荒々しいノックが響いた。侍従が応答すると、私のほうへ視線を寄越す。

「離宮の執事です」

「通せ」

あの場所の使用人たちは、滅多なことでは外へ出てこない。ノックの音からして、緊急事態だと察した。入室してきた執事は私のもとに駆け寄ると耳打ちをしてくる。

「皇女殿下が、昼食に召し上がられたものを全て戻してしまったようです……。ご気分が優れず床に伏せっていらっしゃいます」

もどかしい。

「……なんだと？」

突然立ち上がった私に注目が集まる。頭が真っ白になりながらも、クリストハルトに「皇宮医を借りていくぞ」とだけ言い残し、急いで離宮へ戻った。こういう時ばかりは魔法が使えなくなったのがもどかしい。

ベッドに横たわるラルーシェは青白い顔をしていた。私の剣幕に脅《おび》え冷や汗をかきながら診察していた皇宮医は、やがてホッとしたように息を吐く。

「――ご懐妊です。おめでとうございます」

「懐妊……？」

それを聞いて、ラルーシェの顔がほんのり明るくなる。「本当なの？」と皇宮医に尋ねる声音は弾んでいて、赤子を授かったことを心から喜んでいるように見えた。

そんな彼女を横目に、診断は確かなのかと皇宮医を睨《にら》みつける。

「避妊薬は飲んでいた」

「避妊薬は絶対ではありません。極めて低い確率ですが、妊娠する可能性もあります」

知っている。薬を処方された時に聞いた。それでも、まさか妊娠するはずがないと思っていた私にとっては、まさに青天の霹靂《へきれき》だった。黙り込む私に、彼女が不安そうな顔をしているのはわかっていたけれど、動揺のあまり表情を取り繕うこともできない。

「おそらく着床から十二週を少し過ぎたくらいでしょうか。つわりがおつらいようでしたら、無理して食べ物を召し上がる必要はありませんが、水分も摂れないようでしたらまたご相談ください。今後は二週間に一度ほど診察に参りますね」

「ええ、よろしくね」

皇宮医はラルーシェにいくつか注意事項を述べると、私に頭を下げ出ていった。

彼女と二人きりになった空間に沈黙が落ちる。

いつまでも不安にさせていてはいけないとベッドに腰を下ろし、具合の悪そうな彼女を労《いたわ》り長い髪をそっと撫でた。私の事情でラルーシェを煩わせたくない。そう思うのに、私の心の内を察しているのか、窺《うかが》うように見上げてくる眼差しから目を背けそうになり、自分が情けなくなる。

「……ディオン様は嬉しくないですか？　赤ちゃん」

「………………」

なんと答えればいいのだろう。少し迷ったが、私は「嬉しい」と呟《つぶや》いた。偽りではない。嬉しいけれど、素直に喜べない。

「ディオン様……」

初代皇帝とヴィムとの間の契約があったとはいえ、私は今まで自分の血を継ぐ子どもたちを見捨ててきたも同然だった。父親としても人としても非情だ。

ヴィムが作ったからと、血が繋がっているにもかかわらず、クリストハルトを含め子どもたちをどこか他人のように見ていた。普通の父親らしく可愛がることも慈しむこともしたことがない。

契約の儀に震え涙する子を見ないふりをして、失敗して死んでいくのをただ淡々と、無感情に、機械的に幾度も見送った。私の父がしていたように。歴代の皇帝がしていたように。

そんな私に新たな子ができたことを、どういう感情で受け止めていいのかわからない。愛《いと》しいラルーシェとの間に授かったことを嬉しく思う反面、今更そんなふうに思ってはいけないような気がして、矛盾した感情に胸が張り裂けそうになる。

子どもたちとの間に一線を引いてきたのは、死んでいく彼らに自分が心を痛めたくなかったからだ。最低の人間だ。最悪の父親だ。

ララルーシェがクリストハルトを救ったようにはできなかったし、しようともしなかった。あの頃の私は自分のことで手一杯で、己が死んで解放されることしか考えていなかったのだ。

何かしてやれることがあったかもしれないのに、救えたかもしれないのに、たった十年だけでも愛してやることだってできただろうに。

関心のないふりをしてきたけれど、本当の私は罪悪感で押し潰されそうになっていた。

「すまない、ララルーシェ」

共に手を取り合って喜ぶことができないのを、申し訳なく思った。彼女にとっては初めての妊娠だ。不安なことも多いだろう。ただでさえつわりがつらそうだから、気持ちだけでも楽にさせてやりたいのに、上手く言葉が出てこなかった。

「ディオン様」

小さな手が、私の手に重ねられる。ララルーシェは何もかも理解しているとでもいうように微笑《ほほえ》んで、私に向けて腕を伸ばした。身体を寄せれば、ぎゅっと抱き締められる。彼女は慰めるでも責めるでもなく、ただ私の頭をそっと撫でた。

父親になるという実感もわかないまま、一カ月、二カ月と月日は無情にも過ぎていく。初めて親になるわけでもないのに〝父親になる〟だなんて表現もおかしなものだが、私にとってはそれがしっくりきた。

一人の女性のお腹の中でひとつの命がすくすくと育っていくという神秘は、たとえようのない気持ちにさせる。ただひたすらに、時間が許す限りラルーシェの傍《そば》に付き添っていた。

今までは私の意思などなく勝手に子どもが作られていて、いつの間にか生まれていたから、あんなに子がいたくせにその過程を全く知らない。懐妊が判明してから慌てて本城の図書館で関連する本を何冊も読み込んでみたけれど、実際に体験することは本の内容とは違っていたりして、あまり参考にはならなかった。

そもそも男の私にはできることは少ない。せいぜいラルーシェがつわり中でも食べられるものを探したり、気分が悪くなった時に背中をさすったり、できることといえばそれくらいだった。


「ディオン様、またベビー服買ったんですか？　産まれるまで性別もわからないのに。ねぇ赤ちゃん、パパは早くあなたに会いたくてたまらないみたいよ」

ベビー用品のカタログを見ていた私をからかって、ラルーシェはロッキングチェアに揺られながらお腹に手を当てて語りかけていた。穏やかで優しい光景に目を細める。私には彼女たちがとても眩《まぶ》しくて、遠い世界のように見えた。


「あっ、蹴った……！　ほら、ディオン様も手を当ててみてください」

「…………」

「ね、動いたでしょう？」

つわりが落ち着き、だんだんと大きくなっていくお腹。初めての胎動。とくとくと速い心臓の音。愛する女性の胎内で命が育まれているのだと思うと、なんともいえない不思議な気持ちになった。胸にじわじわと、得体の知れない感情がわきだす。

「ラルーシェ、階段は危ない。私が抱いていく」

「妊婦だってちゃんと運動しないとだめなんですよ。私を甘やかさないでください」

大きなお腹では段差が見えにくかろうと思い抱き上げようとすると、いつもそうして窘《たしな》められる。

臨月になったラルーシェは出産に備えて庭園を毎日散歩していて、私もそれについていった。

気がつけば彼女は慈しむように自分のお腹を撫でている。子が生まれてくるのを今か今かと待ち侘びていた。


――陣痛に苦しむ声を、扉越しに聞くことだけしかできない時間は地獄だ。ここでも男は役に立たない。

陣痛が始まるとすぐに皇宮医と産婆に追い出され、私は何もできず扉の前で何時間も待ち続けた。悲鳴に耳を塞ぎたくなるが、ラルーシェが頑張っているのだから私も逃げるわけにはいかない。

祈るような気持ちでひたすら待ち、もうすぐ夜が明けるという頃、力強い産声が聞こえてきた。

「ラルーシェ……！」

皇宮医からの許しを得て部屋に入り、すぐベッドに駆け寄った。出産は命懸けだと聞く。まずは彼女の顔を見て無事を確かめたかった。

「……ディオン様」

疲労感でいっぱいの憔悴《しょうすい》しきった様子だが、どこかやりきったような表情で私を見ると頬を綻ばせた。そんなラルーシェを見て、やっと息ができたような心地で胸を撫で下ろす。

「頑張ったな」

「……はい」

声が震えてしまいそうになりながら、ララルーシェの額や頬へと口づけた。

「ディオン様、見てください。私たちの赤ちゃん、とっても可愛いしょう？」

そこで彼女の横に寝かされた赤ん坊に初めて気がつく。私は周りに注意を向ける余裕もなかったらしい。おくるみに包まれたその小さな存在はふにゃふにゃとしてか弱くて、触れてはいけないもののように感じた。

赤ん坊を見つめるララルーシェの眼差しは慈愛に満ちている。

「抱っこしてみますか？」

「いや、私は……。ぁ……」

赤ん坊をそっと抱き上げたララルーシェが、私の腕にその子を抱かせる。抱いているのかいないのか区別がつかないほど軽くてふわふわで、それなのに命の重さを感じ、抱く腕や肩に力がこもった。

よくわからない。わからないけれど、胸が苦しい。

「ふふ。抱っこ、へたくそですね」

そう言って笑うララルーシェを見て、熱いものが喉元までこみ上げてくる。

赤ん坊が仔猫のようなか細い泣き声を上げて目を開けた。私と彼女によく似た碧眼《へきがん》は、空よりも海よりも、この世の何よりも美しい。

「可愛い」

「でしょう？」

「可愛いな……」

赤ん坊がこんなにもあたたかいのだと初めて知った。頬を擦り寄せると、不思議な匂いがする。いつの間にかこみ上げた涙が零れ、赤ん坊の顔にポタポタと落ちていった。こんなにも胸がいっぱいになるものなのか。こんなにも尊いものなのか。――こんなに、愛しいものなのか。

「ありがとう、ララルーシェ」

私は生まれてきたこの命を愛したい。この世のどんな苦難からも守ってやりたい。そんな感情が自分の中にあったことも驚きだ。

最低の父親だった私が、この子を愛することは許されるだろうか。ちゃんと愛せるだろうか。

「私、今が一番幸せです。ね、ディオン様なら大丈夫」

「ああ……。お前となら」

彼女がいれば、きっと私でも普通の父親のようにこの子を愛せるだろうという予感がする。

赤ん坊を片腕で抱いたまま、ララルーシェも一緒に抱き締めた。濡れた睫毛《まつげ》を細い指先が拭う。ふにゃ、と泣いた赤ん坊の小さな小さな手が、私の頬をか弱い力で叩《たた》いた。

「ふふ、あなたが泣き虫なのはパパに似たのかしら？」

「母を奪うなと怒っているんだろう」

くすくす笑うララルーシェに口づける。そうすると赤ん坊はますます泣き声を大きくして、母を求めるようにもがいた。何をするにも一生懸命なのにままならない様子が愛らしい。庇護《ひご》欲《よく》をそそる、というのはこういう感情だろうか。

赤ん坊は彼女が抱くと大人しくなって、生まれたばかりだというのに現金なものだ。

フラルーシエはもう立派な母親の顔をして、赤ん坊をあやしている。私にとっては彼女もつい最近まで子どもだった気さえするのに、本当に時間が経つのはあっという間だ。

「この子が大人になる頃、私がいくつになっているのか考えたくもないな」

「ディオン様はおじいちゃんになっても、見た目はあんまり変わらない気がします」

「そんなわけないだろう」

それまで生きられるかもわからない。

「……長寿の秘薬でも探しに行くか」

「あはは！　そうですね。長生きしないと」

この子が健やかに成長するよう、ずっと見守りたい。ラルーシェと共に。

これから先、ラルーシェが一番幸せだと思う瞬間が何度も更新されていくその場に私もいたい。

そして彼女に寂しい思いをさせないために、できることなら彼女よりあとに逝きたい。

愛する彼女たちが毎日笑っていられるようにと願いながら、私はまた二人を腕の中に包み込んだ。

あとがき

こんにちは。柴田と申します。

この度は「成人指定な悪逆皇帝の攻略法」を手に取っていただいてありがとうございます。

趣味の一環として書いていた作品に書籍化の話をいただいて、当初は驚きました。義父と娘の話なのに大丈夫かな？　という不安な気持ちもあるなか、担当編集者様に支えていただきこうして形にすることができました。

全てが初めてのことで戸惑いなどもありましたが、とてもいい経験になりました。

担当の編集者様や関係者の方々、そして美しいイラストを描いてくださった炎かりよ先生には、感謝の念に堪えません。

本当にありがとうございました。


あとがきが五ページもあるため、せっかくなので作品を書こうと思ったきっかけでも書きます。

そもそも私は漫画を読むことが好きで、その時ハマっていたジャンルがよくあるヒロインが転生する内容のものでした。

面白い作品が溢れているので、それはそれで楽しんでいたんです。

そのジャンルの中に転生先のパパに溺愛されました系があって、お話を読むと大体そのパパに転んでしまう私ですが、当然ヒロインは別の人と結ばれますよね。実父は当然のこと、義父であろうと同じです。

ヒロインは横から王子だとか騎士だとか幼馴染だとかに奪われていき、最終的にはパパの存在は霞んでいきます。

イケメンパパが読みたくて読んでるこっちとしてはたまったものじゃないわけですよ。

そんな溜まりに溜まった鬱憤から書き始めたお話が、この作品です。

とにかくパパを幸せにしてあげたいという一心で書きました。

そんな作品が意外にもウェブで受け入れてもらえて、こうして書籍化のお話までいただけて感慨も一入です。

無口で冷酷と見せかけて精神面がグラグラなヒーローと、好きな人のためにひたすら頑張るヒロイン。義理の親子という立場から始まるこの二人の恋愛模様を楽しんでいただけましたら嬉しいです。

また自身の性癖をかなり詰め込んだ作品なので、割と思い入れがあります。

女性優位ものを書くのが好きなので、その要素も絶対に入れたいという欲望のままに濡れ場を書きました。皆さまお気づきだと思いますが、私はヒーローを喘がせるのが好きです。

こちらの書籍から当作品を初めて読まれた方は、本編終了後に突如挟まれた男サブキャラ二人の自慰シーンに大変驚いたことでしょう。

作者の性癖に付き合わせてしまいまして申し訳ございません。男性の自慰シーンを書くのが好きなので番外編として書いたものなのですが、まさか書籍にも入れてもらえるとは思いもよりませんでした。書くのとても楽しかったです。同じ性癖の方がいれば幸いです。


今回書籍化していただくにあたり、書き下ろしを二本執筆させていただきました。

ラルーシェ視点の明るい話は、デビュタントボールの思い出が最終的にアレで締めくくられてしまったので、それを塗り替えるような話を書きたいと思い、ところどころデビュタントボールと重なるように書いています。

ゲームのヒロインちゃんも友情出演させてみました。ラルーシェのせいで不幸になってたら可哀想なので、幸せそうに過ごしていることが伝わるように、彼女が出る場面では気をつけています。

ゲームの攻略対象たちよりも、穏やかな伯爵と結婚するほうが一番幸せになれるかもしれないと思ってしまうのは、男サブキャラ二人が変態なせいです。

そして番外編一本につき絶対に濡れ場を一カ所入れてやろう、という作者の熱い気持ちが表れていますね。


もう一本はディオン視点のシリアスな話です。

これは悩みました。ディオンとラルーシェの間に子どもが生まれるのは、どうなのかと。

死ぬまで二人でいようと、この二人なら幸せだったと思います。でもラルーシェに子どもができた場合のディオンの気持ちを書いてみたくなり、意を決して執筆してみました。

基本的に冷たい人間だと思われているディオンですが、その胸中はかなり繊細です。作中一のガラスの心の持ち主なので、ディオンを書く時は気を遣います。

でもその心情を綴るのが好きでした。


本編も番外編も、全て通して楽しく書くことができて良かったです。書籍化に伴う作業も新鮮で楽しかったです。

字書きのくせに普段あまり小説を読まないので、表現の仕方だとか語彙力の少なさだとかに悩まされながら一生懸命書きました。インプットの大事さを実感したので、これからはちゃんと小説も読んでいきたいと思います。


ちなみに、炎かりよ先生からラフでいただいた、角を生やして魔印がドスケベに広がったディオンが良すぎたあまり、ずっと悪魔の姿でいてくれ……と思ってしまったことをラルーシェに謝りたいです。

どのイラストも素敵すぎて、一日に何度も眺めてしまいます。

最後になりますが、「成人指定な悪逆皇帝の攻略法」を手に取ってくださった皆様に、改めて心よりお礼を申し上げます。

本当にありがとうございました。

また別の作品でもお目にかかれるよう、これからも精進していきたいと思います。

王太子妃に
なんてなりたくない!!
王太子妃編
著▶月神サキ　イラスト▶蔦森えん

悪役令嬢と鬼畜騎士
著▶猫田　イラスト▶旭炬